QUAND JE RESPIRE

Tome 1

Elisa Alberte

Photo de couverture : Elisa Alberte

Dépôt légal : mars 2020

© Elisa Alberte, 2020
74270 Minzier

ISBN 9789463988926

Instagram : elisa_alberte_auteur

4

CHAPITRE 1

« Underneath our bad blood,

We still got a sanctum, home, still a home, still a home
here

It's not to late to build it back,

'cause a one-in-a-million chance is still a chance, still
a chance, and I would take those odds »

Train wreck - James Arthur

Le ciel est d'un bleu tel que je pourrais m'y perdre. J'inspire profondément. J'essaye de m'emplir de tout ce que je sens et vois autour de moi, les bruits, les voix des promeneurs, une sirène au loin et, encore plus loin, le grondement sourd de la circulation me parviennent étouffés, comme à travers une bulle. Les brins d'herbe qui me chatouillent et traversent mon t-shirt pour me gratter le dos, le tout petit souffle d'air qui fait vibrer les branches des arbres là-haut tout au-dessus de mon visage, le piaillement d'un oiseau quelque part et cette chaleur sur ma main, sa main dans la mienne.

Tout en me concentrant sur ces sensations délicieuses, je me dis que si je devais, à cet instant précis, choisir un vœu, je ne saurais quoi souhaiter. J'ai tout, tout ce qu'une jeune fille de 20 ans pourrait vouloir. Et surtout sa main dans la mienne.

Je me tourne sur le côté et observe son profil. Il a les paupières closes. Mentalement, je passe mon index le long de son front, sur l'arête de son nez fin, sur ses lèvres fermées. Et je ressens des picotements partout en moi. Il se tourne pour me faire face, plaçant sa main sous sa tête, le coude enfoncé dans la pelouse, et me sourit.

- A quoi tu penses ?

Je tente de hausser les épaules, pas évident dans cette position.

- A des vœux.

Il rigole en se recouchant sur le dos avec un soupir de satisfaction. Puis, tout en observant attentivement le ciel, il demande :

- Alors ? Quels vœux ?

- Justement, c'est ça le truc : aucun. Je suis bien, juste là.

Je pose la paume de ma main sur sa poitrine et la sens descendre et remonter au rythme lent et régulier de sa respiration. Il sourit sans me regarder. Nous sommes à la fin du mois de mai, je viens de finir ma deuxième année à l'université, en architecture, lui sa troisième en biologie. J'ai

6

assuré à tous mes examens, il passe l'année avec brio. Que demander de plus ? J'entrevois déjà l'été de rêve que j'ai concocté. Je lui explique tous mes plans, nos plans, alors qu'il me raccompagne, son bras sur mes épaules, le mien agrippé à sa taille. C'est si agréable de le tenir comme ça contre moi alors que les gens autour passent à toute vitesse à côté de nous, pressés d'arriver je ne sais où. Il y a tellement de bruit dans les rues de Manhattan que je ne suis pas sûre qu'il entende tout ce que je lui raconte mais ça m'est égal et je sais que pour lui aussi. Nous allons passer le meilleur été de nos vies !

Je suis euphorique, la trace de ses lèvres encore sur les miennes depuis qu'il m'a déposée en bas de chez moi, quand j'entre dans l'immense ascenseur de l'immeuble dans lequel je vis avec mes parents dans le quartier de Chelsea. Je me balance même sur la petite musique qui résonne dans la cabine jusqu'à ce que je parvienne au dernier étage. Toutefois, je sens tout de suite que quelque chose ne va pas en pénétrant dans le hall d'entrée. Il règne une atmosphère lourde, inhabituelle. En général quand je rentre, maman est à la cuisine, la radio allumée en fond sonore alors qu'elle lit, tricote, bricole ou fait la cuisine. Elle est toujours occupée mais n'aime pas le silence. Or, là, il n'y a pas un bruit. Du moins je n'entends rien, enfin pas tout de suite. Je dépose doucement mes clés sur le vide poche de l'entrée et tends l'oreille. Je perçois des chuchotements mais impossible de dire de qui et de quoi il s'agit. Alors j'entre dans la cuisine. Mes parents sont assis à table, l'air plus inquiet que jamais. Rien ne va dans cette image. Déjà, il est bien trop tôt pour que papa soit déjà de retour du travail. Il est directeur d'un bureau d'architecture, et je ne me souviens pas l'avoir jamais vu à la maison avant vingt heures sauf à de très rares occasions. Et aujourd'hui ne devrait pas en être une. Mais il est là, assis en face de maman, qui se tient les mains jointes sur la table. Papa a étalé des papiers devant eux et il les contemple l'air abattu. Je me racle la gorge et ils lèvent la tête précipitamment, surpris de me voir là.

- Luna, s'exclame maman, visiblement gênée.

- Est-ce que tout va bien ?

Papa se racle la gorge à son tour. Il semble ne plus trop savoir où se mettre l'espace d'une seconde puis reprend un peu de sa prestance habituelle et se redresse.

8

- Viens t'assoir, Luna, m'ordonne-t-il.

Sa voix n'est pas dure mais je sens qu'il vaut mieux éviter de le contrarier. De toute façon, je suis trop intriguée et inquiète pour ne pas obéir. Je m'assieds docilement en bout de table.

- Luna, commence papa, cherchant ses mots un instant, la boîte va mal.

Je sens une boule se former dans mon estomac et la sensation très désagréable que j'avais raison de m'inquiéter. Puis tout à coup je me souviens de Véronica. Elle était dans ma classe au collège, jusqu'à ce qu'elle quitte l'école précipitamment parce que « la boîte de son père allait mal ». Je revois cette jolie fille au doux visage angélique et aux longs cheveux noirs. La boule dans mon estomac se resserre.

- Ok, je réponds prudemment, attendant d'en savoir plus.

- En fait, nous avons été placés en faillite aujourd'hui.

Il lâche cette bombe sur un ton si défait que quelque chose me dit qu'il s'attendait à cette issue.

- Je..., comment... depuis quand ?

- Ça fait déjà quelques mois que j'essaye de redresser la situation, sans succès. Les affaires n'ont pas été bonnes, la concurrence a sensiblement augmenté ces...

- Arrête ton charabia.

Je l'interromps, agacée qu'il utilise le même discours qu'il a sans doute dû tenir devant son conseil d'administration à peine quelques heures plus tôt. Je vois qu'il est surpris alors je m'explique :

- Qu'est-ce que ça veut dire exactement ? Est-ce que tu...

J'essaye de réfléchir à toute vitesse.

- Tu vas chercher du travail ? Il doit y avoir plein de cabinets qui cherchent un architecte avec ton expérience, ou alors tu pourrais donner des cours, ou...

Cette fois c'est lui qui m'interrompt, mais d'un regard uniquement. Il soupire. Je sens que c'est encore pire que ce que je pensais. Je m'agace.

- Quoi ?

- Le conseil d'administration m'a demandé de partir. Dans ces circonstances, impossible pour moi de retrouver rapidement un travail à New York. La nouvelle a déjà fait le tour de la ville probablement.

Il soupire.

- Luna, ta mère et moi avons discuté et nous avons décidé de partir.

Discuté ? Juste là en quelques heures ils ont discuté et décidé de partir ? Mais où ? Je les regarde paniquée. Mon cerveau, dont l'imagination débordante m'accompagne dans toutes mes aventures quotidiennes, a déjà élaboré plusieurs scénarios, tous aussi horribles les uns que les autres. Il entrevoit notamment une petite cabane perdue au fin fond de la forêt, ou encore une hutte dans le désert.

- Luc et Pauline ont proposé de nous accueillir, poursuit mon père.

Je me tourne vers maman :

- Tes parents ?

Elle hoche de la tête en signe d'approbation.

- Mais où ?

- Sur l'exploitation. Nous pourrons leur donner un coup de main, explique-t-elle. Depuis l'accident de grand-père il a de la peine et aurait besoin de toute l'aide qu'on pourra leur apporter.

Je secoue la tête. Je ne comprends rien. Je ne veux pas comprendre. Mon coeur bat si fort que j'ai l'impression qu'il pulse jusque dans mes oreilles. Ma vue se brouille.

11

- Mais... combien de temps ?

- Le temps qu'il faudra, répond papa d'un ton plus ferme.

Je sens qu'il aimerait mettre un terme à cette discussion mais je ne l'entends pas de cette oreille.

- Attendez là...

La moutarde me monte au nez – je préfère encore ça aux larmes. Alors je m'accroche à cette colère qui monte en moi pour exiger des explications.

- Et l'université ?

- Tu pourras t'inscrire à l'université de Des Moines. Elle n'est pas aussi prestigieuse qu'ici mais ils ont de très bons professeurs.

- C'est hors de question !

Je sors de mes gonds et tape du plat de la main sur la table. Maman lève la tête et me regarde, surprise. Elle ne devait pas s'attendre à une telle réaction de ma part sans doute. Je vois bien qu'elle est en soucis mais je ne peux pas me retenir.

- Vous ne croyez tout de même pas que je vais vous suivre dans cet endroit paumé, aller dans une université bas de gamme et laisser toute la vie que j'ai ici ?

- Luna... commence mon père, que je sens légèrement agacé.

12

- Je reste.

J'ai déclaré ça comme ça, sans vraiment y réfléchir, mais avec toute la conviction dont je suis encore capable sous la colère. Pour me donner plus de crédit, je croise les bras devant ma poitrine.

- Pardon ?

Là je le sens vraiment énervé.

- Tu m'as bien comprise : je reste. Je suis majeure. Je trouverai un petit appartement, un job, je travaillerai à mi-temps s'il le faut. Pas question que je quitte New York.

Je vois maman se décomposer de plus en plus mais elle ne dit rien. Elle a depuis longtemps pris l'habitude de suivre l'avis de papa après tout. Je sens qu'elle attend sa réaction, qui ne tarde d'ailleurs pas à venir, plus fort que je ne l'avais envisagée :

- Tu vas venir un point c'est tout ! hurle-t-il. Nous sommes une famille !

Je vais rétorquer mais il m'en empêche d'un geste de la main.

- Je n'ai pas choisi cette situation mais elle est ainsi ! Le déménagement est prévu pour la semaine prochaine. Prépare tes affaires et que je ne t'entende plus.

Son ton n'appelle aucune contestation. Je le regarde, tremblante. Je sens les larmes me monter aux yeux mais il est hors de question que je craque devant lui alors je tourne les talons et m'enferme dans ma chambre.

Cette scène est encore si présente dans mon esprit que je suis capable de la revivre dans les moindres détails tout en scrutant la vitre de la voiture sans la voir. Il fait gris, tellement gris dehors qu'on se croirait dans un film où l'atmosphère doit correspondre à l'état d'esprit des personnages. Coïncidence ou pas, aujourd'hui, alors que nous roulons vers l'Iowa, le temps correspond parfaitement à mon humeur en tout cas. Les paysages défilent à toute vitesse mais je refuse de regarder. Je me suis enfermée dans un silence complet depuis l'annonce de notre départ. J'essaye de me remémorer les derniers moments passés avec Théo, sa réaction bizarre et décevante quand je lui ai annoncé que j'allais quitter New York, son regard lointain quand je lui parlais de ma colère et mon envie de revenir aussi vite que possible, son air indifférent quand je lui demandais de venir me voir dans l'Iowa. Rien que d'y repenser je sens une douleur dans mon estomac. Je le revois essayer de m'expliquer qu'il est triste mais ne veut pas

14

être trop affecté par la situation. *La situation...* J'hallucine ! J'oscille entre la colère et la tristesse et cet état m'empêche de réfléchir correctement. Puis je revois la montagne de cartons dispersés partout dans l'appartement, jusqu'à ce que les déménageurs les emportent, la semaine dernière. Toute ma vie empaquetée et scotchée dans de simples cartons avec une étiquette : *habits Luna, livres Luna, salle de bain Luna, ...* Et par moment mes pensées s'en vont vers notre destination, l'immense ferme de grand-père Luc et grand-mère Pauline.

Mes parents ont tous deux grandi dans l'Iowa, à Brenton, avant de quitter cette petite ville d'un peu plus de 1000 habitants perdue au milieu de l'état pour étudier à Des Moines. C'est à l'université qu'ils se sont mis ensemble et sont partis pour New York à la fin de leurs études. Luc et Pauline Ducrost, les parents de maman, gèrent depuis la nuit des temps une immense exploitation agricole où ils ont toujours travaillé, entourés des vaches, des chèvres, des cochons et des champs à perte de vue. Je me souviens des étés entiers que j'y ai passés, à la « ferme

Ducrost », à courir partout pour « aider » grand-mère Pauline. J'allais nourrir les poules et chercher les œufs, ramasser les pommes qui tombaient par dizaines des nombreux arbres du verger attenant à la ferme et je me baignais dans la rivière. Je me revois assise sur une immense couverture en patchwork que grand-mère a cousu durant l'année exprès pour ma venue, tous mes jouets étalés autour de moi, un chien ou un chat venant se frotter à moi quand l'envie le prend. Les quelques images que j'arrive à extirper de ma mémoire sont si lumineuses qu'elles me font douter de leur réalité tant elles contrastent avec la situation présente. J'ai presque l'impression de sentir l'odeur de la soupe de légumes du potager que je ramassais exprès et que grand-mère cuisinait tous les soirs pour moi, ou encore celle des tartes aux cerises et aux myrtilles. Serait-ce possible que ce déménagement ne soit finalement pas la pire chose au monde ? Et puis je me rappelle de la dernière fois que nous y sommes allés, il y a sept ans. Je me souviens des disputes incessantes entre papa et grand-père Luc, des pleurs de grand-mère. Je me souviens être allée à la rivière tous les jours pour essayer de sortir de cette

16

atmosphère lourde. J'avais 13 ans, trop jeune pour que qui que ce soit daigne m'expliquer ce qu'il se passait mais assez grande pour sentir que la situation était grave. Suffisamment grave en tous cas pour que maman me réveille un matin et m'ordonne de mettre toutes mes affaires dans les valises et que nous quittions Brenton comme des voleurs. Je n'ai plus revu grand-père Luc et grand-mère Pauline depuis ce jour. Et encore aujourd'hui je me demande ce qu'il s'est passé. Mais dans ma famille nous ne devions pas parler de ces choses-là alors je n'ai jamais évoqué les événements de ce dernier été dans l'Iowa.

Mal à l'aise de repenser à ces souvenirs désagréables, j'essaye de tourner mon esprit vers autre chose. Comment sera la ville après toutes ces années ? Le *Moose café* a-t-il finalement un concurrent ? Est-ce que Ruth et Joe en sont toujours les propriétaires ? Le marché du dimanche a-t-il toujours lieu sur la place principale ? Toutes ces images me reviennent et je ne suis plus sûre qu'elles correspondent à la réalité ou à un souvenir fabriqué avec le temps. Je me demande aussi si John, Joseph et Damian travaillent toujours à la ferme ou si grand-

17

père les a remerciés. Et César, l'immense chien sur le dos duquel grand-mère me laissait monter, est-il toujours en vie ? C'était encore un chiot, même géant, la dernière fois que nous sommes venus.

La route est longue jusqu'en Iowa, tellement longue que j'ai l'impression que je pourrais me repasser le film de ma vie avant que nous parvenions à destination. Alternant visionnage de séries télé sur ma tablette et périodes de somnolence, je me remémore certains épisodes du passé, avec la désagréable sensation que ces retours en arrière sont destinés à clore ce chapitre de ma vie.

Je me rappelle notre installation dans l'immense appartement situé dans le quartier de Chelsea. Après avoir vécu depuis ma naissance à Brooklyn, l'accession à l'île de Manhattan représentait le but suprême, dont mon père n'était pas peu fier. Je le revois passer des heures dans le bureau qu'il s'était aménagé dans le petit 4 pièces juste à côté du Brooklyn bridge, tentant avec acharnement de faire décoller son cabinet d'architecture. A l'époque, nous ne manquions déjà de rien, de mon point de vue, mais c'était sans compter le luxe auquel nous allions avoir accès une fois logés à Manhattan. Notre nouveau lieu de vie, un splendide *penthouse* au sommet de l'un des plus hauts immeubles du quartier, disposait d'une terrasse aussi grande que notre précédent appartement, et était composé de 4 chambres gigantesques, autant de salles de bain et un salon ouvert sur la salle à manger et la cuisine. Je me rappelle parfaitement la sensation de vertige que j'ai ressentie en réalisant que tout cela nous appartenait, et la joie immense qui m'avait gagnée à peine j'avais déposé mon sac à même le sol le jour où nous avions emménagé. Je m'étais retrouvée avec plus d'espace que je n'en avais jamais rêvé. Ma chambre disposait d'un dressing dont je n'utilisais pas même la moitié, et les fenêtres m'offraient une vue de premier choix directement sur l'Empire State building. Maman avait complètement arrêté de travailler. J'avais changé d'école. Je passais la plupart de mon temps libre à flâner dans les magasins et à Central Park. Le gigantesque poumon vert de New York me rappelait la campagne après les étés passés dans l'Iowa. J'allais m'y installer avec mes copines, faire du patin à glace

19

l'hiver, et, par la suite, courir pendant les beaux jours. Ma vie avait complètement changé le jour où j'étais arrivée à Manhattan... Et elle vient de changer à nouveau... Je soupire en scrutant le paysage. Je viens de faire un triste retour dans la réalité, ma nouvelle réalité. Il semble que nous roulons depuis des heures sur cette route droite et monotone, entourée de champs à perte de vue. Je n'ai pas la moindre idée d'où nous nous trouvons. Je bouge en marmonnant pour trouver une position confortable, ce qui a pour effet de se faire retourner maman, qui me regarde l'air préoccupé. Elle me sourit quand je croise son regard mais je n'ai aucune envie de lui répondre. En plantant mes yeux sur l'écran de ma tablette j'essaye de repartir dans mes pensées, histoire d'échapper ne serait-ce qu'un petit moment à l'ennui.

Le ciel commence à s'assombrir lorsque papa quitte la route principale et parque la voiture sur un immense parking. Nous passons la nuit dans un motel en bord de route. L'atmosphère est toujours aussi lourde, le ciel gris, mais malgré ma profonde détermination à rester enfermée dans une humeur maussade – espérant secrètement que celle-ci permette de faire changer d'avis mes parents à propos de ce déménagement insensé – je sens comme une ouverture. Pas dans le ciel, empli de nuages s'étalant à perte de vue dans toutes les nuances de gris imaginables, mais dans l'air. Nous avons quitté il y a plusieurs heures les plus grandes agglomérations et l'on sent que l'espace autour se fait plus vaste. Les buildings ont progressivement laissé la place à de petits quartiers résidentiels composés de dizaine de maisons semblables les unes aux autres, puis à des petites villes et des villages, entrecoupés de champs. L'air aussi est plus pur. En sortant de la voiture, je prends une longue inspiration.

Le silence règne, interrompu uniquement par le bruit de la faible circulation sur la route. On entend même les oiseaux. J'attends sur le parking de l'hôtel alors que mes parents sont partis demander une chambre. Appuyée sur le capot, j'observe les alentours. Tout est si différent de New York ! Cela fait si longtemps que je ne me suis pas retrouvée à la campagne. Cette atmosphère commence à me détendre, avant que je n'aperçoive mes parents, les mines défaites, revenir vers moi. Maman tient dans sa main une carte magnétique pour accéder à notre chambre. Ils commencent à sortir quelques affaires pour passer la nuit et je les suis. Je suis retournée dans mon coin sombre.

Je passe une grande partie de la nuit à me tourner et me retourner dans le lit grinçant du motel, incapable de trouver le sommeil. Des milliers d'images surgissent sans arrêt dans mon esprit, me transportant tantôt à New York, tantôt dans l'Iowa, au point que je finis par me redresser brusquement, comme pour chasser ces souvenirs. Papa et maman dorment profondément, comme me l'indique leur respiration douce et régulière. Alors je me lève doucement de mon lit et décide de sortir marcher un peu et prendre l'air. Dehors, une légère brise me rafraîchit immédiatement. Serrant mon gilet autour de ma taille, je m'avance sur l'allée extérieur en tenant la rambarde. Un coup d'œil à mon téléphone m'indique qu'il est deux heures du matin. La circulation a nettement diminué mais quelques voitures passent quand même de temps à autres. Je poursuis ma marche jusqu'au bout de l'allée et m'accoude au garde-corps. De là, j'ai une vue dégagée sur les champs à l'arrière du motel. Et sur le ciel, maintenant complètement libéré de la chape de nuages. A la vue des milliers d'étoiles qui s'étalent au-dessus de ma tête, je me sens soudain plus légère et je commence enfin à me détendre. Je laisse mon esprit dériver. Loin de ce motel miteux, loin de l'atmosphère lourde, loin de cette nouvelle vie qui semble s'étendre devant moi. Je me revois deux ans plus tôt, à l'aube de ma vie, le premier jour de l'université, le premier jour du reste de ma vie. Je me revois franchissant les portes de l'université de *Columbia*, la prestigieuse université de New York, le temple auquel l'accès n'est offert qu'à une élite. Élite acceptée pour ses compétences et ses réussites... ou son argent. J'avais la chance d'avoir réussi à cumuler ces trois aspects et en étais particulièrement fière. Je n'ai jamais voulu être la fille de riche à qui l'on ouvre toutes les portes sans qu'elle n'ait à prouver qu'elle le mérite. J'avais envie de réussir. De réussir pour moi-même avant tout, et pour rendre fiers mes parents. Alors j'avais travaillé dur et étais parvenue à faire partie des quelques étudiants dont le dossier avait été retenu par l'une des universités les plus prestigieuses

23

de la côte est. Alors ce premier jour, au pied des marches conduisant au bâtiment principal, j'avais ressenti une fierté indescriptible. Je me souviens parfaitement de ce sentiment que tout est possible. Que mes rêves deviendraient réalité. J'avais des projets bien ficelés depuis plusieurs années. Je devais entrer à l'université de New York, obtenir un diplôme d'architecte et devenir collaboratrice, puis associée dans le cabinet de papa. Après avoir fait quelques séjours à l'étranger bien sûr, et effectué quelques stages dans d'autres boîtes prestigieuses si possible. Mon avenir était tout tracé et j'étais si bien partie, ce matin-là au bas des marches. Quand j'y repense c'était presque trop facile... Après un long moment, je finis par regagner discrètement la chambre et parvenir à m'endormir.

Les heures semblent ne pas vouloir passer dans la voiture où règne un silence lourd. Je me concentre de toutes mes forces sur ma lecture mais mon esprit saute sans interruption d'une pensée à une autre à tel point que je dois sans arrêt relire le dernier paragraphe du chapitre. Au bout de plusieurs répétitions de ce cirque, je finis par perdre patience. Je ferme brusquement mon livre et lève les yeux pour regarder au-dehors. Le temps s'est quelque peu dégagé mais il reste de gros nuages épars. A perte de vue s'étalent des champs de maïs et de blé sur lesquels les gouttes laissées par la pluie scintillent à tel point que j'en suis éblouie. J'essaye de trouver une pancarte ou toute autre indication du lieu où l'on se trouve à présent. Dans mes souvenirs, nous dormions toujours deux nuits sur la route, prenant volontairement le temps de parcourir les presque 2000 kilomètres séparant l'Etat de New York à celui de l'Iowa. À l'époque, j'adorais faire ce long voyage, que nous préparions à chaque fois méticuleusement avec maman : liste des jeux à faire comme trouver les voitures bleues, le chiffre 7 sur toutes les plaques d'immatriculation que nous croiserions, compter les poteaux électriques, et j'en passe, musique à écouter, histoires à raconter. Je ne m'ennuyais pas une seconde de ces deux longs jours de route. Et le soir, lorsque nous nous arrêtions dans un motel, c'était à nouveau le prétexte à de nouveaux jeux, de nouvelles histoires et aventures. Ces voyages rimaient avec du temps passé en famille, juste les trois, ce qui

25

n'arrivait pas souvent durant l'année. Alors je me réjouissais d'avance et n'étais jamais déçue. Jusqu'à la dernière fois. A nouveau j'essaye de me remémorer les derniers moments passés à la ferme. Mais je n'ai que des sensations. L'atmosphère lourde, les cris, quelques images en forme de flash comme les yeux rougis de maman alors qu'elle vient me rejoindre dans le jardin après avoir « discuté » avec ses parents. Et je me revois vaguement occupée à jouer avec d'autres enfants. Un enfant ? Je ne sais plus. Je fouille ma mémoire mais j'ai le sentiment que plus je cherche à raviver mes souvenirs, plus j'en invente des nouveaux. Dehors, le paysage continue à défiler et je finis par apercevoir un immense panneau : Sunny Lake. Ça y est, nous n'allons pas tarder à arriver. Je me souviens parfaitement de la joie que je ressentais à chaque apparition de ce panneau, signe que nous approchions de notre destination, Sunny Lake n'étant qu'à une cinquantaine de kilomètres de Brenton. En observant plus attentivement les alentours, quelques éléments me semblent familiers, sans pour autant former une image claire. J'ai plus l'impression de me trouver devant des dizaines de pièces d'un puzzle, mélangées sur la table. Je reconnais plus ou moins ce qu'il y a sur chaque pièce mais je suis incapable de voir l'image dans son entier. Sur la banquette à côté de moi, mon téléphone vibre. Je l'attrape et le regarde machinalement puis je vois que c'est un message de Théo et mon cœur s'emballe. Je l'ouvre et constate qu'il n'y a qu'un lien vers un article de journal : « *Aylin Architecture fait faillite* ». Je sens une boule se former dans mon estomac et remonter jusqu'à ma gorge. J'hésite avant d'ouvrir le lien et de lire l'article mais ma curiosité l'emporte. Au fil des lignes je sens le dégoût prendre place. « *James Aylin, le roi déchu de l'architecture, fait ses valises et quitte la ville...* ». Je suis estomaquée. Comment est-ce seulement possible que toute la presse soit déjà au courant de notre départ ? Je lis le reste de l'article en diagonale et finis par lancer mon téléphone sur le siège rageusement. Maman se retourne et me regarde avec curiosité mais je n'ai pas envie de lui infliger la lecture de ce torchon alors je détourne le regard et me tourne vers la fenêtre. Et Théo qui m'envoie ça comme ça, sans rien me dire d'autre ? Je fulmine de l'intérieur, ramasse mon téléphone et commence à rédiger un message plein de colère, avant de l'effacer et d'en écrire un autre, plusieurs fois de suite. Finalement, je me contente d'un « *merci* » qui, j'espère, sera assez explicite pour lui faire comprendre que je n'ai pas apprécié et je jette à nouveau mon téléphone à côté de moi avant de reprendre mon observation de l'extérieur. Encore un peu plus d'une heure et nous passons devant l'immense panneau de bois, qui a l'air d'être là depuis la nuit des temps, annonçant que nous avons pénétré dans l'enceinte de Brenton. 1457 habitants. Probablement pas beaucoup plus que la dernière fois... Peut-être même moins ? Dès les premières maisons, je suis frappée par l'absence de changement par rapport à mes souvenirs. La station essence à l'entrée de la ville est toujours surmontée de cette étrange sculpture d'acier. Puis vient, sur la droite, l'épicerie « *Chez Divo* », dont la façade n'a pas changé et arbore encore la frise formée de trois traits – rouge, blanc et vert – aux couleurs de l'Italie, pays d'origine de son propriétaire. Quelques blocs plus loin, j'aperçois le clocher de l'église, attenant au cabinet médical, toujours en place visiblement. Puis la « zone commerciale », composée d'un bar, le *Moose café,* et de

quelques magasins de première nécessité :
une droguerie, un magasin de bricolage et de
jardinage, le vétérinaire. Rien ne semble
avoir bougé en sept ans.

Petit à petit, des images envahissent mon
esprit et se superposent à ce qui nous
entoure. Des souvenirs surgissent sans que je
n'arrive encore à déterminer de quand ils
datent. Nous roulons encore plusieurs
minutes dans la rue principale avant que
papa ne bifurque à gauche. Je regarde
maintenant avidement dehors, cherchant à
reconnaître d'autres endroits. Peu à peu, les
maisons se font plus rares. Nous quittons la
ville et roulons encore une dizaine de
minutes sur une route qui aurait bien besoin
d'être refaite lorsque j'aperçois l'immense
bâtisse rouge surmontée d'un toit de tuiles
beiges. Mon estomac se serre. Cette vision
est si familière, le bâtiment principal de la
ferme, la grande maison coloniale où vivent
mes grands-parents à sa gauche, et le garage.
Le périmètre est délimité par une barrière de
bois blanc que l'on voit de loin, se détachant
sur le vert et le jaune des champs qui
l'entourent. Papa pénètre dans la cour
intérieure et arrête la voiture. Après une

courte pause, il se tourne vers maman, puis moi, avant de lancer :

    - Allons-y.

CHAPITRE 2

« Oh, I wonder, when did it all stop making sense?
I don't understand.
I remember we were so sure, so innocent.
Oh, but that was then, can we ever go back again ?
Can we ever go back? »
Speaking a dead language - Joy Williams

Maman sort de l'habitacle. Elle reste immobile quelques secondes juste à côté de la voiture, semblant chercher quelque chose du regard. Je n'ose pas sortir mais elle finit par toquer à ma fenêtre alors je la suis, non sans y mettre le moins de bonne volonté possible. A peine mon pied a touché le sol qu'une multitude d'images m'assaillent alors que je regarde autour de nous. Le grand chêne est toujours là, ses longues branches sinueuses grattent la façade de la maison. Et le banc de bois est encore installé au pied de son large tronc. C'est comme un retour dans le passé, sept ans plus tôt. Des poules se baladent dans la cour sans nous prêter la moindre attention et j'entends un chien aboyer. Les battements de mon cœur

31

s'accélèrent tant les souvenirs me paraissent clairs maintenant. C'est comme si je n'étais jamais partie. De là où je me tiens, je peux voir les champs au loin, entre la maison et l'imposante étable. La colline sur laquelle s'élève le vieux cerisier, avec la balançoire accrochée à l'une de ses branches. Je sais qu'au-delà, un petit chemin descend jusqu'à la rivière.

- Bienvenus !

Je me retourne. Grand-mère Pauline vient de sortir de la maison et elle s'approche de nous. Elle sourit de bonheur, tout en essuyant ses mains sur son tablier. Maman l'embrasse, suivie de papa. Puis elle s'approche de moi et je remarque ses yeux pleins de larmes. Elle m'enlace et me garde dans ses bras un long moment.

- Tu es si grande Luna ! s'exclame-t-elle.

Je souris, tout aussi émue qu'elle. Puis elle me glisse à l'oreille :

- Tu m'as terriblement manqué...

Elle n'a pratiquement pas changé : ses cheveux gris argent sont coiffés proprement et montés en un chignon parfait à l'arrière de sa tête. Elle porte toujours un tablier à carreaux sur une robe longue de couleur pâle. Son beau regard bleu est aussi vif et souriant que dans mon souvenir et à l'exception de quelques petites rides aux coins des yeux, son visage est exactement le même que dans mon esprit. Elle se tourne vers mes parents et, d'un geste de la main, nous invite à rentrer. Papa attrape une valise et quelques sacs et nous la suivons. La porte principale donne dans une petite entrée et, à droite, dans l'immense cuisine aux vieilles tomettes grises et blanches. L'îlot central en bois est recouvert de plusieurs plats à tartes qui viennent visiblement tout juste d'être sortis du four. Une délicieuse odeur de pomme et de cannelle a empli la pièce. Grand-mère nous ordonne d'un ton ferme de poser nos affaires et de venir manger un morceau de tarte. Je note qu'elle a toujours autant d'autorité que dans mes souvenirs.

Grand-mère Pauline a toujours été la seule femme sur l'exploitation. Son caractère très fort lui a permis de se faire respecter de tous, tout en étant très maternelle. Elle savait donner des ordres à une dizaine d'hommes, les diriger, tout en soignant leurs blessures. Lorsque nous passions l'été à la ferme, il était fréquent qu'elle prépare d'immenses repas, auxquels elle conviait tous les employés de l'exploitation. Nous mangions sur de longues tables installées dans la cour et nous discutions jusqu'au milieu de la nuit, chacun racontant des histoires ou chantant des chansons. Je me rappelle m'être endormie plus d'une fois la tête sur les genoux de grand-père Luc, bercée par leurs voix et leurs rires.

Mes parents s'installent autour de la grande table ovale du salon-salle à manger attenant à la cuisine et j'entends leurs voix s'élever alors que je scrute l'extérieur par la fenêtre de la cuisine, à la recherche d'autres souvenirs. L'étable, bâtiment principal de la ferme, s'élève de l'autre côté de la cour. Ses deux immenses portes sont ouvertes mais je n'arrive pas à voir ce qu'il y a à l'intérieur. Je reconnais le tracteur de grand-père parqué sur le côté et, plus loin derrière, j'aperçois l'annexe, une petite maison qui servait surtout à stocker du matériel ou des récoltes. Je la regarde, cherchant ce qui me paraît différent, quand je vois un jeune homme en sortir précipitamment et se diriger vers les champs, la tête baissée. Il a l'air énervé, ou bouleversé, difficile à dire de là où je me trouve. Il est suivi quelques secondes plus tard par César, qui se met à trotter à ses côtés. Je les observe jusqu'à ce qu'ils disparaissent, cachés par la ferme. Je reste devant la fenêtre, sans plus vraiment regarder à l'extérieur, perdue dans mes pensées. Je me sens perturbée par toutes ces images et ces souvenirs qui m'ont assaillie depuis notre arrivée, perdue entre la colère que je ressens toujours, le sentiment d'impuissance face à cette situation et les sensations que je retrouve en étant ici après y avoir passé tellement de bons moments.

Je suis complètement ailleurs quand la porte s'ouvre brusquement. Grand-père s'arrête sur le pas de la porte et me fixe, incrédule. Je tente de faire bonne figure et lui adresse un sourire timide. Puis, je vois dans ses yeux qu'il me reconnaît.

- Luna ! s'écrie-t-il en me prenant dans ses bras avec fermeté. Et bien, tu as bien grandi.

- Grand-père...

Il a vieilli. Les séquelles de son accident, une chute depuis l'étage de l'étable alors qu'il rangeait le foin, sont encore visibles lorsqu'il marche. Je repère également une longue cicatrice qui lui barre la joue gauche. Elle lui donne un air encore plus sévère que dans mon souvenir. Mon cœur se serre à l'idée de ce qu'il a dû endurer, entre la

35

douleur, les semaines à l'hôpital puis les mois de rééducation pour pouvoir à nouveau se servir de son bras gauche tandis qu'il devait en même temps rapprivoiser tous les gestes du quotidien.

Nous rejoignons ensemble mes parents et grand-mère, toujours installés dans la salle à manger. Grand-père serre à peine la main de papa et fait une brève accolade à maman. Je sens toute la tension qui semble ne jamais être retombée depuis notre départ précipité sept ans auparavant et cela me met mal à l'aise. À tel point que je demande à grand-mère si je peux aller m'installer.

- Bien sûr ma chérie. Nous avons mis tes cartons dans ta chambre à l'étage. Rien n'a changé tu verras.

Elle m'adresse un sourire doux en me poussant gentiment vers les escaliers. En montant les marches, je me revois assise sur la première alors que grand-père m'apprend à lasser mes souliers. Des cadres décorent le mur sur toute la montée : des photos de moi de ma naissance à mes 13 ans, des photos de famille, une vue aérienne de l'exploitation. Rien ne semble effectivement avoir changé dans la maison. Le couloir en haut des escaliers donne sur six portes. Ma chambre est située tout au bout du couloir, à côté d'une salle de bain. Je m'avance lentement, presque effrayée de ce voyage dans le passé. Je prends de plus en plus conscience de la réalité de la situation, du fait que je vais vivre ici, qu'il ne s'agit plus de vacances. J'ai l'estomac noué quand j'ouvre la porte, et bute sur une pile de cartons. Grand-mère a dit vrai : la pièce n'a pas bougé. Le grand lit en bois est toujours placé sous le velux duquel tombent les rayons du soleil. Les rideaux forment un baldaquin juste au-dessus. Une imposante armoire s'élève à gauche de la porte, contre le mur décoré de tous mes dessins. Au fond de la pièce, le petit bureau, devant une immense fenêtre, qui donne sur un champ et, de l'autre côté, la route menant à Brenton. Je reconnais la petite boîte en ferraille dans laquelle je rangeais tous mes crayons. Je pose mon sac sur le large fauteuil qui trône au centre de la pièce et m'approche de la table. Je me dis que c'est impossible mais lorsque j'ouvre la petite boîte rectangulaire, je les vois : tous mes crayons de couleur sont encore là. Bouleversée, je me laisse tomber sur le lit et reste assise au bord un long moment, dans le silence. Il me semble si étrange ce silence qui n'existe nulle part à New York. Je ferme les yeux et respire profondément. Je commence à me demander si je ne pourrais pas me plaire ici, avant que le visage de Théo ne surgisse dans mon esprit. Mon cœur se serre douloureusement. J'attrape mon téléphone et commence à rédiger un message. J'aimerais juste lui dire qu'il me manque, mais nos derniers échanges froids me poussent à me contenter de brièvement décrire notre arrivée. Je repose le téléphone. Je ne sais même pas si j'attends une réponse de sa part. Je finis par me lever et me poster devant la fenêtre, d'où je vois un bout de la cour et le garage, dont les portes sont ouvertes. Je plisse des yeux et me rends compte que quelqu'un se trouve à l'intérieur, mais impossible de savoir qui c'est. Perturbée par tout ce calme, je décide finalement de ranger toutes mes affaires et commence à ouvrir les cartons et à en sortir tous les objets qui remplissaient ma vie à New York, ma vie d'avant.

J'ai déjà vidé plusieurs cartons lorsque mon téléphone vibre. Je réalise que j'avais presque oublié le message envoyé à Théo un peu plus tôt et me précipite, le cœur battant, pour voir de quoi il s'agit. « *Tu me manques* ». Je souris de toutes mes dents en lisant sa réponse, avant d'avoir les larmes aux yeux. Je lui réponds rapidement que lui aussi me manque. J'aimerais l'appeler mais quelque chose me retient. En essayant de déterminer quoi exactement, je me replonge dans notre dernière conversation, peu après que je lui ai dit que je quittais la ville. Je me remémore ce sentiment désagréable de l'avoir senti indifférent, peu préoccupé par l'avenir de notre relation, avec cette impression bizarre qu'il n'attendait que ça pour se détacher de moi. Je suis partagée entre l'envie de lui trouver des excuses et la colère qu'il n'ait pas fait preuve de plus de soutien alors que je lui exposais la situation. Mais au fond, ce que je ressens le plus fortement est une immense peine. Je suis complètement perdue. J'en veux à mes parents de m'avoir amenée ici, de m'avoir arrachée à ma vie, j'en veux à Théo de ne pas avoir protesté à l'annonce de mon départ. Mon esprit digne d'un scénariste de films hollywoodiens aurait souhaité qu'il parte en guerre contre mes parents, m'empêchant par tous les moyens de partir, élaborant des plans pour que je puisse rester avec lui. Et puis je m'en veux de me sentir aussi faible. Toute cette colère finit par m'épuiser et je décide de m'allonger sur le grand lit. Il n'en faut pas plus pour que je sombre dans un sommeil profond.

De faibles coups frappés à ma porte me sortent de mon sommeil. J'émerge lentement et scrute quelques secondes le plafond sans plus trop savoir où je me trouve. Je réalise douloureusement que toute cette histoire n'était pas un cauchemar au moment où les brumes de la fatigue se dissipent. Maman se tient dans l'encadrement de la porte et m'adresse un sourire doux.

- Le repas est prêt mon cœur.

Je me redresse et elle s'approche du lit puis s'y assoit en pose sa main sur ma jambe.

- Est-ce que tu as tout ce qu'il te faut ?

J'ai envie de rire… et de lui répondre qu'il me manque tout ce que j'avais à New York, mais je me retiens en regardant son visage préoccupé. Alors je hoche de la tête et me lève. Nous rejoignons grand-mère dans la cuisine. Elle est installée devant l'îlot central et s'active au-dessus d'un énorme bol rempli de salade. Je m'approche pour lui proposer mon aide mais elle désigne la porte d'entrée.

- Va t'installer, tout le monde est déjà là !

Je la regarde avec curiosité. De qui parle-t-elle ? Puis je scrute à l'extérieur par la fenêtre. La longue table est installée sous l'immense chêne. Tout autour, plusieurs personnes sont attablées et discutent avec animation. Je suis maman dehors et les visages se tournent vers nous. Aussitôt, j'en reconnais plusieurs : Damian Ward, Joseph Lynn et John Landis, les employés de l'exploitation. Leurs visages me semblent à la fois lointains et familiers. Je reconnais dès le premier regard les cheveux bouclés et en bataille de Damian et ceux, coupés tout courts, de Joseph. Ils m'adressent les trois un large sourire, que je leur rends en m'approchant. John émet un sifflement à travers ses lèvres.

- Et bien la petite, tu as bien grandi !

Il m'adresse un sourire railleur alors que je lui rétorque :

- On ne peut pas en dire autant pour toi !

Les trois jeunes hommes éclatent de rire et Damian me fait signe de m'installer à côté de lui sur le long banc posé devant la table. Il me sert un verre d'eau et me le tend.

- Bienvenue Luna, me dit Joseph en souriant avec douceur.

Je les sens un peu gênés, probablement par la différence entre la moi d'il y a sept ans et la moi d'aujourd'hui. Alors je leur adresse un sourire et les remercie de leur accueil. Puis je me tourne vers les autres personnes présentes. Un homme se tient tout au bout, une bouteille de bière à la main. Il semble en avoir déjà bu plusieurs. Son visage est dissimulé derrière une longue barbe, mais je sais au fond de moi que je le connais. Je le regarde avec un peu plus d'insistance et finis par le reconnaître.

- Bonsoir Mason, dis-je.

Il lève sa bière en guise de salut. Il a l'air renfrogné, ce qui me surprend car cela ne correspond pas au souvenir que j'avais de cet homme plutôt jovial. A ses côté est assis un jeune homme qui doit avoir à peu près mon âge. Je crois reconnaître celui que j'ai aperçu sortir de l'étable. Je lui adresse un regard et au moment où nos yeux se croisent, je réalise que je le connais lui aussi. C'est Benjamin, le fils de Mason Edwards et le petit garçon avec qui je passais mes étés à jouer. Il porte les cheveux très courts alors que dans mes souvenirs, il avait une touffe de cheveux d'un noir profond, toujours ébouriffés. Ses yeux en revanche, deux billes d'un brun très clair, n'ont pas changé. Je ne sais pas pourquoi mais mon cœur manque un battement. Peut-être la vue de ce visage si familier et rattaché à tant de bons souvenirs. Alors je lui adresse un sourire.

- Salut Benjamin, dis-je timidement.

A ma grande surprise, il me renvoie à peine mon salut, m'adressant juste un signe de la tête avant de se tourner et de regarder ailleurs. Je reste interdite devant sa réaction mais passe rapidement à autre chose quand Joseph m'interpelle pour me poser un millier de questions sur ma vie. Tout en discutant avec animation, je ne peux m'empêcher de jeter des coups d'œil vers le bout de la table. Mason et son fils ne disent pas un mot et ne parlent même pas ensemble. Je n'arrive pas à mettre le doigt sur ce qui ne va pas dans cette image. Il manque quelque chose. Ou quelqu'un. Alicia… la femme de Mason et la mère de Benjamin. Une superbe brune aux cheveux longs et bouclés, dont je n'ai qu'un vague souvenir, si ce n'est son sourire lumineux. En me creusant un peu la tête, il me semble les revoir les trois nageant dans le bonheur. Cependant, l'image que j'ai dans mon esprit ressemble plus à une photographie tirée directement de mon imagination qu'à la réalité. J'essaye de me concentrer sur ce que me racontent Joseph, John et Damian, mais mon attention est sans arrêt détournée vers eux et leurs mines renfrognées. Je n'arrête pas de m'interroger sur leur attitude. Benjamin finit par se lever de table et part s'isoler dans un coin de la cour, où il est rapidement rejoint par César. Le chien est gigantesque. Alors que cela me semblait impossible quand j'avais 13 ans, il semble avoir encore grandi. Un rapide calcul dans ma tête et je réalise qu'il doit avoir une dizaine d'années. En tous cas il ne semble pas avoir perdu toute l'énergie qu'il avait lorsque grand-père l'a ramené du marché alors qu'il n'était qu'un chiot de quelques semaines. Il saute et se précipite sur Benjamin qui jette une branche d'un bout à l'autre de la cour. J'aimerais les rejoindre mais me retiens en repensant à l'accueil offert par le jeune homme.

J'essaye de me concentrer sur les conversations qui m'entourent. A chaque fois que je croise le visage de l'une des personnes attablées, des images me reviennent. Je me souviens parfaitement des parties de cartes endiablées que je faisais avec Joseph. Je nous revois sous le grand chêne en train de jeter des cartes les unes sur les autres et éclater de rire. Je suis à peu près sûre qu'il me laissait volontairement gagner. En observant Damian, je me rappelle que c'est lui qui m'a appris à monter à cheval, après avoir passé des heures à me tenir alors que j'étais assise sur le dos d'Iris, la ponette de la ferme. Des images de lui courant après la ponette, moi criant de frayeur, me reviennent et je souris.

- A quoi tu penses, Luna ?

Je lève les yeux. C'est John qui m'a posé la question. C'est celui qui a le plus changé je trouve. Il a coupé court les cheveux qu'il portait long et attachait en une queue de cheval à l'époque. Il a pris du muscle aussi, alors qu'il était plutôt gringalet il y a sept ans. Je ne peux que constater qu'il a pris de l'assurance et est devenu très bel homme. C'est lui qui m'a appris à tirer avec un fusil, au grand désarroi de maman. Je me rappelle de ces matins où il venait me chercher pour m'amener, à l'arrière du tracteur, jusqu'à un champ où il avait placé des canettes sur une poutre. Là, nous passions des journées entières à viser les canettes jusqu'à ce que je les aie toutes fait tomber. Je souris.

- Je trouve que tu as beaucoup changé, réponds-je.

Il affiche un air surpris alors je désigne ses cheveux.

- Ah oui! C'est vrai, je les ai coupés il y a un moment maintenant. C'est plus pratique pour le travail.

En repensant à tous les souvenirs qui me reviennent, je ressens une sensation bizarre, un mélange de mélancolie et d'excitation. Je suis partagée entre le sentiment que, finalement, cette situation n'est pas si inintéressante, et ma volonté de rester ferme avec mes parents et de rentrer à New York dès que possible. Et toutes ces contradictions me donnent presque le tournis.

Je suis interrompue dans mes pensées par des exclamations tout autour de la table : grand-mère s'approche avec un énorme plat, dans lequel grésille encore le poulet qu'elle vient de sortir du four. Après plusieurs aller-retour, la table croule sous les mets, tous plus délicieux les uns que les autres. Les conversations se réduisent alors que tout le monde mange goulûment. Si je pensais que grand-mère avait eu la main lourde sur la quantité de nourriture, je dois vite changer d'avis, tant la taille des assiettes que se servent les garçons est impressionnante. Au moment où j'entends grand-père déclarer avec enthousiasme qu'il vaut mieux ne pas les avoir en permanence sous son toit, je réalise que c'est la phrase qu'il a déclarée à pratiquement chaque repas depuis aussi loin que je m'en souvienne. Et comme chaque été, le repas se prolonge jusque tard, très tard dans la nuit.

Les voix me bercent, j'ai posé ma tête sur mes bras et me contente d'observer. Alors que je sens mes paupières lourdes et que j'ai de plus en plus de peine à suivre les discussions autour de moi, je finis par me redresser et décide d'aller faire un tour histoire de me réveiller un peu. Je fais le tour de la cour doucement, examinant chaque recoin et découvrant – redécouvrant – des objets du passé. Je quitte ensuite l'enceinte de la ferme et me dirige vers la balançoire, au fond du champ, au sommet de la petite colline. Sur le chemin, je suis rejointe par John, qui m'adresse un sourire chaleureux.

- Ça te gêne si je t'accompagne ?

J'accepte avec plaisir et nous conversons jusqu'au vieux cerisier aux branches tombantes. Dans la pénombre, je devine qu'il croule sous les cerises, assaillie par un sentiment de tristesse à l'idée qu'il n'y a plus eu personne pour les ramasser depuis des années. Je m'installe sur la planche en bois faisant office de balançoire. Elle n'a pas changé. La corde semble effilée à un tel point que je ne suis pas sûre qu'elle ne va pas tout simplement lâcher et moi me retrouver les fesses au sol. Mais comme elle tient malgré tout, je commence à me balancer doucement. J'aperçois au loin la cour et la lumière pendue au-dessus de la table, autour de laquelle tout le monde semble poursuivre sa discussion animée. J'ai l'impression d'avoir été projetée sept ans en arrière, d'avoir vu cette image des milliers de fois. En levant les yeux au ciel, j'en ai le souffle coupé : c'est comme si nous nous trouvions littéralement baignés dans une mer d'étoiles. Profitant de l'absence de lumière aux alentours, la voie lactée trace son chemin de part et d'autre de la voûte céleste. Je reste plusieurs minutes, les yeux rivés vers le ciel, sans trouver quoi dire.

- Tu n'as pas ça à New York, hein ?

Je secoue la tête.

- A vrai dire, ça faisait très longtemps que je n'avais pas vu autant d'étoiles.

Il soupire et je le sens hésiter. Puis, en me regardant du coin de l'œil, il se lance :

- Comment tu te sens ici ?

Je grimace. Je réalise que je trouve difficile de lui dire que je n'ai qu'une idée en tête, repartir, alors que je passe un très bon moment. Il semble deviner ma réponse à mon expression et paraît déçu.

- Toute ma vie est à New York, expliqué-je pour me justifier.

- Je comprends.

- Je n'ai pas demandé à venir, j'ai été obligée.

- Ça ne doit pas être facile.

- Non, effectivement.

Il détourne le regard et enfile ses mains dans les poches de son jean avant de s'appuyer contre l'arbre.

- Je me souviens de plein de choses.

Comme je le regarde avec curiosité, pas sûre de ce qu'il entend par là, il ajoute :

- Quand on tirait au fusil là-bas.

Il désigne l'ouest, mais je ne vois rien dans le noir.

- Je m'en souviens aussi. Je devais être la plus jeune tireuse de la région.

- C'était sympa.

- Va dire ça à ma mère ! dis-je en rigolant.

La conversation se poursuit autour du quotidien à la ferme. John a maintenant 25 ans. Il travaille pour grand-père et grand-mère depuis qu'il a 15 ans. Au fil de la discussion, je ne peux que constater toute l'admiration et l'affection qu'il porte à mes grands-parents. Il parle avec un tel enthousiasme de son travail à la ferme, de tout ce que Luc lui a appris, de ce que ce métier lui a permis d'acquérir comme expérience. Il m'apprend qu'il s'est installé en ville et partage un appartement avec Damian depuis quelques années. Cela leur permet d'économiser de l'argent sur les frais de logement et ils ont pris l'habitude de venir ensemble tous les matins à la ferme. Damian a tout juste 26 ans, c'est un peu comme un frère pour John, dont les parents sont décédés il y a plusieurs années. Joseph s'est marié deux ans plus tôt avec une jeune fille de la région, Betty, qui travaille pour le vétérinaire. Je sens une pointe d'envie lorsque John décrit la vie de couple de son collègue.

- Et toi alors ?

Devant son air interrogateur, je précise ma question :

- Tu n'as pas de petite copine ?

- Ouh non ! s'exclame-t-il. Ces dernières années j'ai tellement travaillé sur l'exploitation. Difficile de rencontrer quelqu'un dans ces circonstances.

- Comment se fait-il que vous avez travaillé aujourd'hui, on est samedi. Vous n'avez jamais de congé ?

- Si, mais en ce moment il y a beaucoup à faire alors on vient de temps en temps en fin de semaine aussi. On sera là demain.

- Et qu'est-ce que vous faites quand vous avez vraiment congé?

- On en profite pour se reposer ou aller à la pêche. On va aussi se baigner au lac de Dayton.

- Et des fêtes ?

- Il y a de quoi faire ici, me lance-t-il avec un clin d'œil, tu verras !

Je dois avouer qu'il a piqué ma curiosité avec cette information. Je suis certes très motivée à aider grand-mère à la ferme comme à l'époque, mais l'idée qu'il y ait aussi d'autres animations dans la région n'est pas pour me déplaire.

Au bout d'un moment, nous finissons par rejoindre la tablée, où les discussions se poursuivent, mais avec moins d'animation. Je devine que grand-mère et maman sont allées se coucher, car il ne reste autour de la table que les hommes. Joseph, Damian et grand-père semblent plongés dans une intense réflexion au sujet du travail, car je perçois des bribes de leur conversation, concernant les récoltes et les semences. Mon esprit est trop épuisé pour que je puisse me concentrer sur quoi que ce soit, alors je finis par m'excuser et me lève pour rentrer. J'entends encore, en fond sonore qui me berce, les voix des hommes jusque tard dans la nuit alors que je suis allongée sur mon lit.

CHAPITRE 3

« It feels like falling. It feels like rain.
Like losing my balance, again and again.
It once was so easy : breathe in, breathe out. »
Atlas: sorrow - Sleeping at last

- Viens ! On ne peut pas rester là !

La petite fille tend la main et appelle le petit garçon encore et encore.

- Viens ! Il faut partir !

Mais il la regarde de ses yeux sombres. Il semble effrayé, il n'ose plus bouger.

- Regarde tes bottes, elles sont pleines de boue ! s'écrie-t-elle.

Alors les yeux du garçonnet descendent jusqu'à ses pieds et ils s'écarquillent, terrifiés. Il relève le visage et supplie la fillette du regard.

- C'est pas grave, dit-elle d'une voix douce.

Elle a compris qu'il a eu peur.

- C'est pas grave, répète-t-elle. On va les nettoyer. Viens maintenant.

Mais il ne bouge toujours pas, il se tient légèrement penché en avant, immobile, les sourcils froncés. Puis il tend la main vers elle.

- Tu veux bien me tenir la main ?

Le regard de la fillette se fixe sur cette petite main tendue et elle l'attrape d'un geste souple en serrant fort les petits doigts du garçon.

J'ouvre les yeux. Il me faut quelques secondes pour savoir où je me trouve. Les images de mon rêve s'estompent petit à petit alors que j'essaye de les rattraper. Rapidement, je n'ai plus que de vagues visions. Des souliers, une main, de la peur... et plus je m'y accroche, plus elles me filent entre les doigts, ne me laissant que des sensations qui finissent elles aussi par s'affaiblir pour ne laisser qu'un sentiment indéfini de malaise. Je me redresse dans mon lit, encore confuse. Une vibration attire mon attention et je réalise au bout de quelques secondes qu'il s'agit de mon téléphone. Je l'attrape sur la table de chevet : un message de Théo, qui me demande comment s'est passée ma première nuit. Aussitôt les restes flous de mon rêve s'évaporent définitivement et je me sens parfaitement réveillée. J'essaye de l'appeler, sans succès.

Déçue, je me contente de répondre vaguement puis me lève, m'habille, me maquille dans la salle de bain attenante à ma chambre et descends à la cuisine.

Grand-mère et maman discutent doucement autour de l'îlot central. Maman tient une énorme tasse fumante dans ses mains. Son thé du matin. Elle sourit en m'apercevant.

- Alors cette première nuit ? demande-t-elle à son tour.

J'aimerais tellement continuer à me montrer négative au sujet de ce déménagement, mais j'ai tellement bien dormi que je dois l'admettre.

- Aussi bien que dans mes souvenirs.

Le visage de grand-mère s'illumine, elle passe son bras autour de mes épaules et me serre avec force.

- Je suis ravie de te l'entendre dire, ma chérie. Maintenant viens t'installer pour le petit-déjeuner !

Elle accompagne ses paroles d'un geste de la main, me pousse légèrement dans le dos vers l'une des chaises hautes placées autour de l'îlot et pose une tasse devant moi.

- Thé ? Café ? Ou ton chocolat chaud habituel ?

Je souris.

- J'ai 20 ans grand-mère, je bois du café maintenant !

- On n'est jamais trop âgée pour le chocolat chaud, ma chérie !

Néanmoins, elle me verse une tasse entière de café noir et me propose du lait et du sucre, que je refuse poliment. Puis je jette un coup d'œil dans la salle à manger.

- Ton grand-père et ton père sont déjà partis aux champs, m'indique grand-mère avant même que je n'aie posé de question.

- Ils ont beaucoup à faire, ajoute maman. Ils sont partis faire le tour de l'exploitation.

Je me contente de hocher la tête, plongeant avec gourmandise les lèvres dans mon café brûlant, laissant le liquide couler doucement dans ma gorge et me délectant de cette sensation. Même si à New York, je ne manquais jamais de passer au Starbucks en bas de notre immeuble pour commander un immense café noir, je dois admettre que celui de grand-mère le surpasse largement. Pendant que je sirote ma boisson, perdue dans mes pensées matinales et encore embrumées, je perçois les messes basses que s'échangent maman et grand-mère. Je sens leurs regards se poser sur moi par intermittence alors qu'elles chuchotent, ce qui finit par m'agacer.

- Un problème?

Elles me regardent alors d'un air faussement innocent, tout en hochant la tête tellement de concert que rien de tout cela ne peut être spontané.

- Maman?

- Rien, ma chérie. Nous réfléchissions juste au programme de la journée.

- Et?

- Grand-mère et moi devons aller au marché. Peut-être voudrais-tu nous accompagner?

L'idée de bouger un peu et voir les alentours me séduit et j'accepte la proposition, avant d'aller chercher mes affaires dans ma chambre. Mon téléphone se met à vibrer. Aussitôt je réponds et découvre le visage de Théo en grand sur l'écran. Il affiche un large sourire.

- Salut ma puce!

- Coucou!

- Ça fait plaisir de te voir.

- A moi aussi.

- Alors cette première nuit?

- J'ai dormi comme un bébé! Le calme est déstabilisant.

- J'imagine que comparé à ici... enfin... à New York, il ne doit pas y avoir beaucoup de bruit effectivement.

- Qu'est-ce que tu fais?

- Je me prépare à aller déjeuner.

- Je regarde l'heure, un peu surprise. Il est vrai qu'il est déjà passé 10h30. Avec le décalage horaire, il est déjà presque midi sur la côte est.

- C'est bizarre, je me suis levée il y a peu et tu es déjà à la mi-journée...

Il hoche de la tête en souriant. Nous échangeons quelques banalités. Tout en répondant à ses questions, je me surprends à me demander comment nous en sommes arrivés là, à discuter de la pluie et du beau temps comme deux connaissances qui essayent maladroitement de ne pas laisser de blanc dans la conversation. Cette réflexion me fait mal au cœur, à tel point que j'écoute à peine Théo me décrire son programme de la journée, avant de m'expliquer qu'il « doit filer retrouver des amis ». Je raccroche, le cœur lourd. J'ai l'impression de ne rien avoir eu le temps de lui dire, de lui demander. Qui sont ces amis? Est-ce que je les connais? Puis je finis par me ressaisir. Il avait l'air sincèrement heureux de me parler. Il me posait plein de questions. Et je connais ses amis. Et j'ai confiance en lui. Je me le répète plusieurs fois en terminant de rassembler mes affaires puis je descends rejoindre maman et grand-mère.

Dans l'entrée, celles-ci sont en train de parlementer sur ce qu'il convient d'acheter. Maman tient dans ses bras un énorme panier en osier. Comme un retour en arrière, elle a coiffé un tissu sur ses cheveux, qui me donne l'impression de m'être retrouvée en quelques minutes au siècle passé. Je l'observe avec attention. Tout à coup, je la trouve particulièrement à l'aise. Elle se regarde dans le miroir et range une mèche de cheveux sous son foulard. On dirait qu'elle a fait ce geste toute sa vie. Et c'est probablement le cas puisqu'elle a grandi ici. J'entends grand-mère marmonner dans la cuisine et je vais la rejoindre pour voir si elle a besoin d'aide. Je la retrouve en train de superposer une quantité impressionnante de sandwichs dans un immense plat posé sur l'îlot central. Devant l'air interrogateur que je lui lance, elle s'apprête à me répondre lorsque nous entendons du bruit provenant de la cour et que la porte d'entrée s'ouvre à la volée. Damian, John et Joseph pénètrent dans la cuisine, suivis quelques minutes plus tard de Benjamin. Les trois premiers rient aux éclats et se précipitent vers le plateau de sandwichs en poussant des exclamations de joie. Après avoir goulûment croqué dedans, ils déposent ensuite chacun à leur tour un baiser sur la joue de grand-mère, qui sourit avec bienveillance.

- N'en mettez pas partout les enfants!

Je m'amuse de son attitude maternelle avec ces trois grands gaillards.

Benjamin se tient dans l'encadrement de la porte et observe ses collègues se goinfrer de sandwichs. Grand-mère se tourne alors vers le plan de travail où sont encore étalés les ingrédients qui lui ont servis pour les sandwichs. Je l'observe s'affairer autour d'une baguette de pain puis elle l'apporte à Benjamin.

- Tiens mon grand.

Le jeune homme s'empare du long sandwich et croque dedans avec appétit, avant de passer son bras autour des épaules de grand-mère avec une affection surprenante, en totale contradiction avec son attitude taciturne. Il se dégage d'eux une tendresse dont je ne me souvenais pas, et à laquelle je ne m'attendais pas après son

« accueil » de la veille. Je ne me sens tout à coup pas à ma place, comme si j'étais une intruse, ou que j'avais manqué plusieurs épisodes d'une série.

La totalité des sandwichs préparés sont engloutis en moins de temps qu'il n'en faut pour le dire et la grande assiette se retrouve vide. Après avoir bu de longues gorgées d'eau fraîche, les quatre jeunes hommes repartent, presque aussi bruyamment qu'ils sont arrivés, laissant grand-mère au milieu de miettes de pains et de verre vides, le sourire aux lèvres. Je l'aide à rapidement nettoyer puis nous filons au marché.

La place principale de Brenton est envahie d'étals et de monde. Le marché de la ville est très prisé des habitants de la région, qui s'y rendent en masse tous les dimanches. Et aujourd'hui ne fait pas exception. Je suis immédiatement engloutie par la foule, les bruits et les odeurs, qui me renvoient à des années en arrière. Ici aussi, le temps semble s'être arrêté pendant sept ans car je retrouve tout de suite mes repères: Josie Beckett qui se tient devant son stand de confitures, de miel et autres délices faits maison, Samuel Ambrosio qui harangue les passants en leur déclamant les prix de ses fruits et légumes, et, un peu plus loin, je reconnais Tony Melun, le boulanger, plongé dans une conversation passionnée avec un client. J'observe un moment le spectacle de ces gens allant et venant, scrutant les étals ou discutant les uns avec les autres. Parmi tous les visages familiers que j'aperçois, quelques nouveaux apparaissent. Un vendeur d'habits ici, une vendeuses de tissus là-bas, les stands sont plus nombreux que dans mon souvenir. Au bout de la place, un groupe joue gaiement de la musique country sur une scène en bois, devant laquelle s'agite une ribambelle d'enfants dont les éclats de rire résonnent jusqu'à moi. Je me revois il y a plus de dix ans, alors que je n'accordais encore aucune importance au fait d'être observée, dansant comme une folle devant le groupe, qui jouait à même le sol à l'époque. Certaines mélodies me reviennent en tête alors que j'écoute les musiciens, un sourire aux lèvres. Je suis prête à me laisser envahir par l'enthousiasme général quand Théo me revient en tête. Aussitôt je ressens une vive douleur au creux de l'estomac. Je soupire, fatiguée de ces aller-retours douloureux. Machinalement, je sors mon téléphone de ma poche et lui envoie un message. J'attends un petit moment, scrutant l'écran, espérant qu'il me réponde rapidement. Au bout de cinq bonne minutes, je dois me résoudre à ne pas recevoir de réponse, rageant sur le fait qu'il doit probablement s'amuser avec ses amis sans penser à moi.

- Luna!

Je me retourne et aperçois maman me faisant signe à travers la foule. Je la rejoins, morose, et constate qu'elle a déjà rempli son immense panier et deux autres sacs de toile, que j'attrape pour l'aider. Aux sourires qu'elle m'adresse sans discontinuer, je devine qu'elle est vraiment heureuse de se retrouver là et la voir ainsi m'apaise quelque peu.

Nous arpentons encore un long moment les allées, nous arrêtant régulièrement pour discuter avec les vendeurs, ravis de nous revoir après tout ce temps. La plupart poussent des cris de ravissement en constatant à quel point j'ai grandi, sont extatiques à l'idée que nous nous installions à Brenton, et nous invitent les uns après les autres à passer un jour prendre le café. Toutes ces effusions finissent par me remonter le moral, et je me prends au jeu des discussions animées. Après avoir scrupuleusement salué toutes les personnes que nous connaissons, soit l'immense majorité des personnes présentes sur la place du marché ce dimanche, grand-mère propose que nous allions nous désaltérer au *Moose*.

Lorsque nous pénétrons dans le café, je reconnais immédiatement Ruth, qui lève les yeux en entendant tinter la petite cloche au-dessus de la porte d'entrée. Je suis stupéfaite de constater qu'absolument rien n'a changé. La salle est toujours meublée de tables et chaises en bois disposées en rangées, alors que les vieux canapés en cuir sont toujours cachés dans de petits boxes formant des demi-lune de chaque côté de la salle, où les amoureux s'installent à l'abri des regards. Petite, j'étais fascinée par les boxes. Je m'imaginais m'y assoir à côté de mon amoureux et siroter un jus de fruit. Je souris en me rappelant ces idées de petite fille. Ruth se précipite vers nous et nous serre dans ses bras avec force, maman et moi, tout en poussant des exclamations de bonheur.
    - Incroyable Luna! Mais quelle magnifique femme! Quelle beauté! Joe!
    Elle s'adresse aux cuisines.

- Joe! Viens voir qui est passé nous rendre une petite visite!

Puis, sans attendre son mari, elle nous pousse avec vigueur vers une table.

- Venez vous désaltérer! Qu'est-ce que je vous sers? C'est pour moi aujourd'hui! Non, non, j'insiste! ajoute-t-elle devant les protestations de maman.

- Juliette!

La voix profonde de Joe et le petit accent avec lequel il prononce le prénom de ma mère - *Jouliette* - me font sourire à la seconde où je les entends. Le grand homme dont les cheveux grisonnants sont aussi en bataille que dans mon souvenir s'approche de notre table en s'essuyant les mains sur son tablier blanc. Il embrasse chaleureusement maman puis se tourne vers moi.

- Non! Luna?

- Si, c'est bien moi.

Je me lève pour le prendre dans mes bras.

- Ma parole mais tu es bientôt aussi grande que moi! s'exclame-t-il.

J'éclate de rire en levant les yeux vers lui, qui me dépasse de plus d'une tête.

- Il y a peu de chance quand même!

- Ruthi, que prennent nos invitées aujourd'hui?

- Je vais les servir Joe, t'emballe pas!

J'éprouve un bonheur tout à fait indéfinissable en les entendant se parler ainsi, exactement comme dans mes souvenirs. Ruth et Joe sont originaires du Congo. Noirs comme le charbon, ils sont arrivés à Brenton alors qu'ils avaient à peine 20 ans, bientôt 40 ans plus tôt. Je me souviens des histoires que me racontait Ruth à propos de leur installation dans cette petite ville qui n'avait jamais vu un seul noir, les regards de travers, la méfiance, puis l'infinie confiance qu'ils avaient fini par gagner auprès des habitants, par miettes au début, pour être finalement indispensables au paysage de Brenton. Ils avaient tous les deux commencé par des petits boulots très ingrats auprès des fermes de la région, en tant qu'homme à tout faire et femme de ménage, économisant chaque centime pour, au bout d'une dizaine d'années, parvenir à acheter le *Moose*, laissé à l'abandon au décès de son ancien propriétaire.

Lorsque je venais boire un jus de fruit, Ruth s'asseyait toujours avec moi des heures durant et racontait leurs débuts difficiles au café, alors que la population restait méfiante à l'idée de manger de la nourriture préparée par des étrangers. Jusqu'au jour où, me disait-elle toujours, grand-père Luc était entré et avait demandé le plat du jour. A partir de là, il était venu chaque samedi et avait commandé à chaque fois la même chose. Puis il était venu accompagné de grand-mère, de maman, et avait convié des amis. Au fur et à mesure, le café s'était rempli, les gens avaient découvert les délicieux petits plats concoctés par Ruth et Joe, avaient appris à les connaître et les avaient adoptés au sein de la communauté. J'adorais l'écouter parler de sa voix chantante, sa façon de rouler très légèrement les r, les mots parfois délicats et désuets qu'elle utilisait et que je n'avais jamais vus ailleurs que dans les livres, son rire fort et ses magnifiques cheveux crépus qu'elle laissait libres, formant une coupole tout autour de son visage rond.

Je me sens étrangement sereine sur le chemin du retour, rassurée par toutes ces rencontres familières. Ce n'est qu'en sentant mon téléphone vibrer dans ma poche que je réalise que je ne l'ai pas consulté depuis que j'ai envoyé un message à Théo. Mon estomac se serre alors que je le sors de ma poche et scrute l'écran : c'est un message. « *Sympa* » écrit-il en réponse à ma description détaillée du marché. Cette réponse laconique m'agace, sans même compter le temps qu'il a pris pour me répondre. Aussitôt, je replonge dans la morosité.

Celle-ci ne me quitte plus du reste de la journée. Grand-mère et maman s'affairent longuement dans la cuisine et je ne leur suis d'aucune utilité. Après les avoir observées sans rien faire pendant ce qui me paraît être une éternité, je décide de sortir me balader, histoire d'explorer les environs et redécouvrir les lieux où j'avais tant de plaisir à jouer des années plus tôt.

Tout naturellement, je me dirige vers le cerisier et sa balançoire, en longeant le champ de maïs à ma gauche et une étendue immense de tournesols à ma droite. Ces derniers scrutent le soleil encore haut, immobiles. Ainsi tournés vers le ciel, ils semblent fascinés. Il règne un tel calme autour de moi que j'essaye de m'en imprégner pour faire descendre la tension que je sens monter. Au bout du chemin, je m'installe sur la balançoire et commence à me balancer lentement d'avant en arrière. Je me sens de plus en plus déprimée, incapable de trouver quelque chose à quoi me raccrocher. J'aimerais résister car cela me donne la désagréable impression d'être faible et en demande, mais je finis par écrire un nouveau message à Théo. « *Tu me manques* » est tout ce que je parviens à lui écrire alors que je sens les larmes me monter aux yeux. Je renifle bruyamment en attendant une réponse. A la place, mon téléphone se met à sonner et le nom de Théo apparaît en grand sur l'écran, faisant manquer un battement à mon cœur.

- Coucou! dis-je en répondant immédiatement et en me forçant à sourire.

Mais j'ai bien conscience que mon sourire ressemble bien plus à une grimace tant j'essaye de ne pas lui montrer que je pleure.

- Hey ma puce!

Au son de sa voix, j'éclate en sanglot.

- Qu'est-ce qu'il se passe? demande-t-il inquiet. Hey, calme-toi!

- Je ne supporte pas l'idée que je vais moisir ici!

Je lève rapidement les yeux de l'écran pour m'assurer qu'il n'y a personne autour et essuie mes yeux. Je dois ressembler à un koala avec mon maquillage qui a coulé.

- Qu'est-ce qu'il s'est passé au marché?

- Rien, dis-je en reniflant, c'était bien, très bien même.

- Alors?

- C'est que...

Je réalise qu'il ne s'est rien passé de particulier. Juste ce sentiment d'inutilité et de désœuvrement auquel je n'ai jamais été habituée.

- Je n'ai rien à faire ici.

- Je suis sûr que c'est temporaire.

- Moi ici ou ne rien avoir à faire?

Il semble hésiter.

- Les deux j'espère.

Je me sens mieux rien qu'en l'entendant prononcer ces mots. Qu'il admette d'une façon même un peu détournée qu'il aimerait que je sois à New York avec lui.

- Je ne vais pas rester vivre ici. Ça, c'est sûr.

- Qu'est-ce que tu penses faire?

- Je n'en ai encore aucune idée. Mais je vais trouver!

Je me sens rassérénée à cette idée et lui souris en m'essuyant le visage.

- Comment s'est passée ta journée? lui demandé-je alors histoire de changer de sujet.

- Comme un dimanche, dit-il. Sauf que tu n'étais pas là.

Petit cri de victoire à l'intérieur de ma tête. C'est Miss Romantique, sans aucun doute.

- Comme j'aimerais avoir été là. On aurait été à Central Park se coucher dans l'herbe, manger une glace et lire des livres.

J'ai conscience que je me fais du mal en évoquant notre programme idéal, mais je ne peux pas m'en empêcher. Il acquiesce de la tête en souriant.

- C'est le meilleur des programmes.

- On refera ça bientôt.

Tout à coup, Théo tourne la tête et regarde quelque chose hors de mon champ de vision restreint. Je le vois hocher la tête, puis il se retourne vers moi.

- Ma puce, je dois te laisser. C'est Jack.

Déçue que notre conversation soit ainsi écourtée, j'essaye néanmoins de faire bonne figure.

- Ok, file. Et salue-le de ma part!

71

- Ça marche. A plus Luna, je t'aime!

Il m'envoie un baiser à travers l'écran, que je lui rends, avant qu'il ne mette fin à l'appel. Je reste un moment à scruter mon téléphone, perdue dans mes pensées. D'un côté, je me sens mieux de lui avoir parlé, d'avoir constaté que je lui manquais. D'un autre, le savoir à des milliers de kilomètres sans pouvoir le prendre dans mes bras me cause une douleur sourde. Je finis par me lever et descendre vers la rivière qui coule en contre-bas. Le petit chemin qui mène jusqu'au bord est presque entièrement recouvert de hautes herbes, mais on le devine tout de même. Entre la trace qui reste et mes souvenirs, je parviens jusqu'à la rive en quelques minutes. Ici non plus rien n'a changé en sept ans. La végétation est peut-être plus dense, mais je reconnais tout de suite les lieux. En suivant le chemin quelques mètres le long de la rivière, je parviens à la minuscule plage dissimulée par des arbres, une surface de sable blanc qui contraste étrangement avec l'environnement qui l'entoure, entre les arbres aux branches épaisses et l'eau d'un bleu très foncé.

L'endroit, où j'ai passé tellement de temps plus jeune, n'est rattaché qu'à des bons souvenirs. Je m'assois à même le sable et en prends une poignée dans ma main, que je laisse s'écouler petit à petit entre mes doigts. L'agréable sensation du sable frais qui glisse me calme. J'observe le mouvement des grains tombant au sol un long moment. Je me sens mieux, à l'abri du soleil, dans une douce fraîcheur, dans le silence que ne perturbe que le léger clapotis de l'eau qui s'écoule devant moi.

Je me redresse et me retourne en sursaut en entendant un craquement. Au début, je ne vois rien et finis par considérer qu'il doit s'agir d'un animal. Une souris, ou alors un oiseau qui s'est envolé entre les branchages. Puis le bruit se répète. A plusieurs reprises. Je reviens lentement sur mes pas, rejoignant le chemin pour retourner à la ferme. Quelques mètres plus loin, je tombe nez à nez avec César, qui se met à aboyer avec force, ravi de me voir.

- Hey, mon César! m'écrié-je, rassurée de le trouver lui et pas un *serial killer* qui rôde dans les environs à la recherche de jeunes filles à égorger.

Je souris tout en caressant le chien, maudissant mes longues soirées devant Netflix. J'ai beaucoup trop d'imagination!

73

Imagination qui reprend l'ascenseur alors que j'entends encore de nouveaux craquements. Instinctivement, j'attrape une touffe des poils de César, au niveau de l'encolure.

- Est-ce que tu as entendu ça, mon chien?

César n'a pas l'air préoccupé le moins du monde et continue à haleter, la langue pendante, la gueule tournée vers moi, respirant le bonheur et la sérénité. Je secoue la tête, agacée d'avoir peur au moindre bruit. « *Tu es bien une fille de la ville* » me dis-je intérieurement en soupirant. Je reprends le chemin de la ferme, longeant la rivière sous les arbres, César me suivant de près. Je finis par sortir du bois et m'apprête à remonter la colline quand je me retrouve devant Benjamin. Je pousse un petit cri de surprise. S'il est étonné de me voir là, son visage n'en montre rien et il reste impassible. Il tient un bouquet d'herbes dans les mains. Nous nous regardons quelques secondes sans rien dire, avant que je finisse par expliquer :

- Je suis venue voir la petite plage...

Je désigne la direction d'où je viens en souriant, essayant ainsi de lui faire comprendre que je me souviens y avoir joué avec lui. A mon grand étonnement, il ne réagit pas, comme s'il ne savait même pas de quoi je suis en train de parler. Alors je me sens obligée d'ajouter :

- Là où on allait jouer quand il faisait trop chaud.

Il hoche la tête, l'air sincèrement ennuyé que je me trouve là devant lui et que je lui parle, ce qui me plonge dans un profond malaise. Comme à chaque fois que je suis très gênée, je passe d'un pied sur l'autre. Benjamin se tient toujours devant moi, sans bouger, et je me demande au bout d'un moment s'il ne veut pas quelque chose en particulier. Et alors que je vais dire quelque chose - à ce stade je suis prête à dire n'importe quoi, même la bêtise la plus énorme, ne serait-ce que pour mettre un terme à ce silence des plus gênants - il énonce :

- Tu ne devrais pas rester là, il va pleuvoir.

Il a prononcé ce conseil sur le même ton que s'il me donnait l'heure. Je ne décèle dans sa voix aucune envie de me rendre service ni aucune inquiétude pour mon bien-être. Cela dit, je scrute le ciel, dubitative. Il n'y a pas un seul nuage et le soleil a brillé fort toute la journée. Je me permets donc d'émettre quelques doutes sur ses prévisions météorologiques.

- Il a fait beau toute la journée.

Benjamin ne semble pas être un homme de débat. Il se contente de hausser les épaules et siffle César, avant d'entamer l'ascension de la colline. Je le regarde s'éloigner avec le chien quelques instants, puis finis par le suivre. Dans le doute, je préfère ne pas me retrouver seule dans les bois à la tombée de la nuit. Qui sait si le *serial killer* de mon imagination ne viendrait pas me tuer.

En marchant derrière Benjamin, j'ai tout le loisir de l'observer. Indubitablement, il a énormément changé depuis la dernière fois que je l'ai vu, sept ans auparavant. Il a grandi bien sûr, me dépassant d'une bonne vingtaine de centimètres maintenant, à vue de nez, alors que lorsque j'avais 13 ans, nous faisions encore la même taille. Il est bien plus musclé aussi. Même s'il porte un t-shirt et des jeans, je devine sans trop de difficultés les muscles bien dessinés de ses bras et ses larges épaules. Je me fais la remarque que ce n'est quand même pas trop musclé, juste ce qu'il faut, avant de secouer la tête pour chasser cette idée stupide de mon esprit. Il a les cheveux coupés courts, ce qui m'avait empêché de le reconnaître le premier soir, alors que quand nous étions petits, il avait toujours ses cheveux en bataille, lui encadrant le visage et partant dans tous les sens. Je me souviens parfaitement des mèches qui lui tombaient obstinément devant les yeux en permanence et qu'il repoussait en secouant la tête avant qu'elles ne reprennent exactement la même place. Je me souviens aussi de maman qui les lui passait derrière les oreilles en lui caressant le visage. Mais il y a quelque chose d'autre. Quelque chose de nouveau dans son attitude. Je n'arrive pas à mettre le doigt dessus et je dois admettre que cela me perturbe. Même si mes souvenirs du passé restent flous, je ne me rappelle pas qu'il y ait jamais eu de silence pesant entre nous. Au contraire, je ne me souviens que de moments joyeux avec Benjamin.

Arrivée presque au sommet de la colline, j'aperçois la balançoire qui se balance vigoureusement d'avant en arrière. On dirait que quelqu'un la pousse mais il n'y a personne. Puis je réalise une fois tout en haut que le vent s'est levé. Sur le chemin en contrebas nous étions protégés, mais maintenant que nous sommes là les rafales s'abattent sur nous avec force. César s'agite autour de nous, allant de Benjamin à moi et inversement avec excitation. Il sent l'orage qui arrive.

Benjamin ne s'est pas arrêté. Il poursuit sa route en direction de la ferme pendant que je reprends mon souffle. Je suis stupéfaite qu'il ait su qu'il allait pleuvoir alors que rien ne l'annonçait. A mes yeux en tous cas. En le voyant déjà à mi-chemin je me remets en route et accélère le pas, peu rassurée de me retrouver seule en plein orage.

La pluie se met à tomber soudainement, si violemment que je suis trempée en quelques secondes. Je me mets à courir en direction de la ferme. Benjamin est déjà arrivé et a disparu à l'intérieur, suivi de César, qui n'a pas l'air emballé par l'idée de prendre une douche. Au moment où je pénètre dans l'entrée, mon visage et mes cheveux dégoulinent. Grand-mère se tient au milieu de la cuisine avec Benjamin, qui s'essuie les cheveux à l'aide d'un linge. J'aperçois le bouquet d'herbes qu'il transportait, posé sur l'îlot central.

- Merci, mon grand, le remercie grand-mère, c'est exactement ce dont j'avais besoin!

Il se contente de sourire sans répondre et entreprend de se frotter vigoureusement la tête.

Je me débarrasse de mes sandales dans l'entrée et attends quelques minutes avant de les rejoindre, espérant que je ne vais pas mouiller le sol tout le long de mon chemin. En m'entendant, grand-mère se précipite vers moi, un linge à la main.

- Ma puce, tu t'es fait surprendre par la pluie toi aussi?

Je hoche la tête en signe d'approbation.

- Surprendre, c'est bien le mot, je n'aurais pas imaginé un orage après la journée que nous avons eue.

- Oh, tu verras ici, la pluie peut arriver sans prévenir et repartir tout aussi vite!

En prononçant ces mots, elle désigne la fenêtre et, effectivement, le ciel est à nouveau d'un bleu intense, sans un seul nuage. Je dois faire une sacrée tête car elle se met à rire en me regardant.

- On s'y fait vite ma chérie, dit-elle avec douceur.

Puis elle se retourne et commence à s'affairer devant son plan de travail.

- Est-ce que je peux t'aider? demandé-je.

- Oh non, va donc te changer et te reposer! Je vais préparer un bon souper avec les plantes que m'a ramenées Benjamin!

Je me tourne vers le jeune homme. Il est toujours aussi impassible. Il achève de se sécher la tête, va déposer son linge mouillé dans le bac de la salle de bain puis, après avoir déposé un baiser sur la joue de grand-mère avec une délicatesse qui contraste avec son attitude, il quitte la pièce.

CHAPITRE 4

« To see the whole thing is an opening.
A glimpse in to the world you would'nt find.
And you don't think it's happening. »
An opening - Charlie Cunningham

La semaine suivante passe avec une lenteur atroce. Tous les jours, je vois mes grands-parents et mes parents quitter un à un la maison pour aller vaquer à leurs différentes occupations alors que je reste à l'intérieur, sans avoir rien à faire. Maman et grand-mère passent leur temps sur l'exploitation, à s'occuper des animaux, du potager, gérer la fromagerie et cuisiner. Grand-père est aux champs la plupart du temps et papa a pris en main les relations avec les clients de la ferme, ce qui le conduit régulièrement à Brenton et dans d'autres villes de la région.

John, Damian, Benjamin et Joseph passent également tous les jours à la maison, pour apporter du matériel ou manger un morceau. A chaque fois que je le peux, j'essaye d'aider grand-mère en préparant le repas, en rangeant la maison ou en nourrissant les animaux. Le dimanche et le mercredi, je l'accompagne aussi au marché. Mais comme je n'y connais rien, mon utilité s'avère rapidement très limitée et se résume essentiellement à la suivre partout en portant deux-trois choses.

Les premiers jours, je poursuis l'exploration des environs, faisant le tour de l'immense domaine des Ducrost. En plus de l'imposante étable à côté de la maison, où sont installés un cheval - Roméo - et deux vaches - Rosie et Bella - mes grands-parents élèvent une dizaine de cochons, dont l'enclos se trouve juste derrière l'étable. Ils ont également des chèvres, installées à la bergerie, dans le petit bois qui fait face à la maison, à un demi kilomètre. Elles sont traites quotidiennement, tout comme les vaches, et grand-mère fabrique du fromage et des yaourts avec leur lait. La cour est en outre envahie de poules qui se promènent partout à longueur de journée. Je mets un certain temps à m'habituer à les voir déambuler à leur guise, piquant le sol de temps à autre. Je dois admettre que le fait d'en avoir trouvé une dans les toilettes un matin restera un souvenir gravé dans ma mémoire!

En plus des animaux, mes grands-parents cultivent également la terre. Le blé, le maïs et plusieurs vergers les occupent tout au long de l'année. Grand-mère tient aussi un magnifique potager dont les fruits et les légumes pourraient nourrir une bonne partie de la ville. Ils en vendent, avec les produits laitiers, au marché, le blé et le maïs aux paysans de la région, et quelques bêtes chaque année.

Au fur et à mesure que le temps passe, j'essaye de me familiariser avec les occupations de la ferme. J'aimerais pouvoir me rendre utile. J'observe longuement grand-mère faire des allers-retours entre la maison et le potager, s'affairer dans ce dernier, retournant la terre, arrachant des mauvaises herbes et cueillant les fruits et légumes mûrs. Après quoi elle va traire les vaches et les chèvres et ramène des litres de lait frais, pour les fromages et les yaourts. Les soirs, lorsque nous dînons sous le grand chêne, je tends l'oreille pour déterminer quelles seront les activités du lendemain, histoire de voir si je pourrais enfin apporter mon aide. Malheureusement, toutes les tâches dont parlent les hommes entre eux sonnent comme du chinois à mes oreilles. Je comprends bien qu'il s'agit d'aller aux champs, mais je n'ai pas la moindre idée de ce qu'ils y font. Au bout de quelques jours, je réussis à déterminer que la journée débute aux environs de six heures du matin à cette période de l'année, afin d'éviter les grosses chaleurs. Grand-père et grand-mère se lèvent bien avant, préparent de quoi manger, puis accueillent les jeunes qui arrivent souvent ensemble. Les hommes organisent leur journée dans la cour, où grand-père leur donne des instructions. En général, Mason s'occupe des animaux et les garçons vont dans les champs. Plusieurs fois par semaine, l'un d'eux sort les chèvres de la bergerie pour les amener en balade avec Roméo. Selon ce qui est prévu, papa se joint aux garçons ou part en ville et maman l'accompagne si grand-mère n'a pas besoin d'aide. Toutes ces activités s'enchaînent telle une machine bien huilée, dans laquelle je n'arrive pas à trouver ma place. Un peu comme la vis qui nous reste dans la main alors que l'on vient de finir de monter un meuble. J'essaye d'être réveillée en même temps qu'eux, histoire de garder un rythme régulier, et espère toujours qu'une activité me sera accessible. Alors je les observe depuis la fenêtre de la cuisine en buvant mon café. C'est installée là que je découvre un jour, en les voyant sortir pour rejoindre les autres, que Benjamin et Mason vivent dans l'annexe à côté de l'étable.

Un matin, je décide de prendre les choses en main et demande à grand-mère de l'accompagner au potager, ce qu'elle accepte avec plaisir. Celui-ci se trouve à quelques centaines de mètres derrière la maison. Pour y accéder, nous empruntons un chemin de cailloux bordé d'arbres dont les troncs se tordent dans tous les sens, ce qui donne au paysage un côté mystique. Alors que nous cheminons, grand-mère m'explique qu'elle et grand-père n'ont jamais voulu couper ces arbres, de très vieux magnolias, malgré le fait que certains menaçaient de tomber, car ils étaient déjà présents sur le terrain lorsque la famille Ducrost s'y est installée pour y construire la ferme.

Le potager est impressionnant d'ordre et d'abondance. Grand-mère y a planté des dizaines de légumes différents, qui poussent ici à une vitesse étonnante. Pour une fille de la ville telle que moi, j'en suis toujours aussi étonnée. Je remarque que sa surface s'est encore agrandie par rapport à mon souvenir. Grand-mère m'explique, très fière, que Benjamin a confectionné la serre qui s'élève au bout du terrain. Depuis, elle peut faire pousser beaucoup plus de légumes, jusque tard dans l'année.

- Il y a plus de monde à nourrir, explique-t-elle en souriant.

En l'entendant, j'hésite à lui poser des questions sur Benjamin et Mason. Je ne me souviens pas qu'ils aient vécu sur l'exploitation quand je venais y passer mes étés. Et je n'arrête pas de me demander où est la mère de Benjamin. Cette femme dont le visage me revient en tête à chaque fois que je vois son fils. Je me rappelle de ses yeux noisette, en amande, qui devenaient tout petits à chaque fois qu'elle souriait, soit pratiquement tout le temps quand je la voyais. Je me rappelle de ses cheveux bruns tout bouclés que j'aurais rêvé d'avoir à la place de mes longues tiges noires. Et je me souviens aussi de sa douceur. De la douceur de sa voix, de son rire, de ses gestes envers

Benjamin. Mon cœur se serre en y repensant et je n'y tiens plus.

- Depuis quand Mason et Benjamin vivent-ils dans l'annexe ?

Grand-mère est penchée en avant, en train de tirer sur une mauvaise herbe qui semble tenace. A ma question, elle se redresse et me regarde. Je repère immédiatement la gêne dans ses yeux, même si elle disparaît rapidement alors que son visage adopte une expression plus neutre.

- Quelques années…

Elle a répondu comme si elle avait dû y réfléchir quelques secondes, mais je ne suis pas dupe. Quelque chose me dit qu'elle connait exactement la réponse à cette question.

- Quoi, deux ans ? Cinq ans ? Ils n'y vivaient pas la dernière fois.

Cette fois-ci, je sens que ma remarque l'a blessée, ravivant le souvenir douloureux de notre dernier été ici. Mais elle se reprend et secoue la main, balayant la question.

- Mmoui, par là.

Je décide de ne pas mener plus loin mes investigations à ce stade, comprenant que je n'obtiendrai rien de plus, du moins pas aujourd'hui. Mais il reste un malaise. J'ai l'impression que cette question dérange mais n'arrive pas à savoir pourquoi. Cela dit, ma curiosité légendaire est totalement frustrée et je décide intérieurement de ne pas en rester là. Même sans en savoir plus, quelque chose me dit que notre départ précipité il y a sept ans et la présence de Mason et son fils sont liés.

Je sors de mes réflexions quand grand-mère me tend un râteau en désignant une parcelle à quelques mètres de nous.

- Pourrais-tu ratisser là-bas ? Je dois semer des salades avant que nous en manquions.

Je me saisis de l'outil et obtempère. Tout en m'activant, des sensations enfouies refont surfaces. Je me revois m'agitant autour de grand-mère, faisant semblant de travailler la terre, ramassant tous les légumes qui me paraissaient mûrs, les lui ramenant avec enthousiasme. A l'époque, l'une de mes activités favorites était de creuser des trous avec ma petite pelle, dans lesquels grand-mère enfonçait des plants de légumes. J'aurais pu faire ça toute la journée si elle ne m'avait pas arrêtée au bout d'un moment, de crainte que je n'enlève toute la terre de son joli potager. J'aimais venir ici le matin, au lever du soleil, pour vérifier s'il y avait de nouvelles framboises à cueillir. Je peux encore sentir le goût des fruits frais dans la bouche.

Après avoir ratissé longuement, je lève la tête, le front dégoulinant de sueur. Les hauts épis de maïs s'élèvent dans le champ à ma gauche et au loin devant moi j'aperçois le toit de la maison qui dépasse. Je souris en réalisant que sept ans plus tôt je ne parvenais pas à la voir.

Grand-mère remarque que je regarde ailleurs. Elle rassemble les mauvaises herbes qu'elle a arrachées et les amène au fond du potager, où elle les jette sur un tas de compost. Puis elle vient me rejoindre, tamponnant son front avec un mouchoir en tissu.

- Les choses ont bien changé depuis la dernière fois, n'est-ce pas? dit-elle avec douceur.

J'approuve d'un signe de tête. Elle s'approche et jette à la volée des graines sur la parcelle que je viens de ratisser.

- Est-ce que tu viens tous les jours ici? demandé-je.

- En général oui, à cette période de l'année. Avec cette chaleur, il faut que j'arrose tous les jours. Et ramasse les légumes mûrs. Les garçons me donnent un coup de main de temps en temps.

Elle accompagne ses explications par le geste en se retournant et en commençant à fouiller sous de larges feuilles d'où elle extrait des courgettes, qu'elle place dans son panier en osier. Il ne lui faut pas plus de quelques minutes pour que ce dernier soit plein.

- Nous avons de quoi faire un bon plat pour ce soir! s'exclame-t-elle avec enthousiasme.

Puis, après avoir jeté un coup d'œil à sa montre, elle s'empare de son panier, m'en désigne un deuxième posé à quelques mètres de nous et me fait signe que nous rentrons.

- Assez jardiné pour aujourd'hui!

Nous reprenons le chemin bordé de magnolias et, au bout de quelques dizaines de mètres, j'aperçois l'annexe occupée par Benjamin et son père. Je ne peux m'empêcher d'aborder à nouveau le sujet, même si je doute d'obtenir des réponses.

- Où est la femme de Mason?

J'hésite un peu...

- Alicia, c'est ça? je demande après une minute de réflexion.

Grand-mère ne répond tout d'abord pas. Je sens que ma question la gêne.

- Elle est partie, répond-elle simplement en fixant son regard sur la petite maison.

- Elle a laissé Benjamin comme ça?

Au moment où elle va répondre, nous apercevons les garçons arriver dans la cour. Leur apparition tombe vraisemblablement très bien pour grand-mère, qui leur fait signe joyeusement. Son visage est redevenu souriant, il ne reste plus aucune trace de la gêne qu'il affichait suite à mes questions. Damian s'approche rapidement de nous et attrape nos paniers pour nous aider.

- Belle récolte, Madame Ducrost! s'exclame-t-il en les soupesant.

- Pour de belles salades et de bons petits plats pour vous, les enfants! répond grand-mère.

Sans oser me regarder, elle poursuit sa route jusqu'à la maison, où elle entre en indiquant à Damian l'endroit où poser son chargement. John, Joseph et Benjamin ne sont pas longs à nous suivre. Grand-mère enfile alors son tablier et se met à sortir des verres, des assiettes et du pain, puis commence à préparer à manger pour eux. Je me précipite pour l'aider.

CHAPITRE 5

« All around me are familiar faces
Worn out places, worn out faces
Bright and early for their daily races
Going nowhere, going nowhere
Their tears are filling up their glasses
No expression, no expression
Hide my head, I want to drown my sorrow
No tomorrow, no tomorrow »

Mad world - Gary Jules

Le petit garçon observe la petite fille, qui fait un tas avec la terre.

- Tu vas salir ton pantalon, lui dit-il.

- C'est pas grave, rétorque-t-elle, on le lavera!

Elle lève le visage et le regarde, un grand sourire aux lèvres.

- On pourra aller le laver à la rivière!

L'idée a l'air de plaire au petit garçon, qui s'accroupit à côté d'elle et se met à jouer avec la terre à son tour. Il s'essuie avec plaisir sur son pantalon et tous les deux rigolent.

Une femme s'approche d'eux. La fillette lève les yeux vers elle. On dirait un ange. Elle a de magnifique boucles dans les cheveux, qui partent dans tous les sens. Ses

92

yeux brillent. La petite fille pense tout de suite que c'est une princesse.

La princesse se penche vers eux et leur sourit. Elle est si belle! Elle approche sa main du visage du garçonnet et la passe dans ses cheveux, puis repousse une mèche qui lui tombe devant les yeux. Puis, sans un mot, elle se redresse et poursuit sa route.

La petite fille l'observe sans pouvoir la quitter des yeux. Elle apparaît en contre-jour, sa longue robe virevoltant autour de ses jambes. On dirait qu'elle vole...

J'ouvre les yeux. Les images de mon rêve s'envolent comme la princesse, sans que je puisse les garder en moi. J'essaye un instant de m'y replonger en fermant les yeux. Je me force à revoir le petit garçon jouer avec la terre, le pantalon tout tâché, la femme arriver et ses yeux, son sourire. Mais plus je me concentre, plus la réalité prend le dessus et plus les images deviennent floues. Je finis par laisser tomber en soupirant et me redresse dans mon lit. Il y a quelque chose d'étrange dans ces rêves. Ils ne sont pas comme les autres. Comme s'il y avait quelque chose de plus réel que d'habitude.

Mais je suis incapable de m'expliquer pour quelle raison.

Des bruits de voix me tirent définitivement de mon lit. Un coup d'œil à mon téléphone m'indique qu'il est déjà presque six heures du matin. Je m'extirpe de sous les draps et commence à m'habiller. En posant mon pyjama sur la chaise devant mon bureau, mon regard tombe sur un prospectus que je n'avais pas remarqué jusqu'à présent. Mon cœur s'arrête une seconde lorsque je l'attrape et commence à le lire : il s'agit de la présentation de cours donnés dans une école de Des Moines, de la décoration d'intérieur. La description est élogieuse pour cette petite école permettant d'acquérir toutes les connaissances utiles à l'exercice de la profession de décorateur, y compris les aspects liés à l'ouverture d'un magasin. Le prospectus est particulièrement complet. Il contient plusieurs photos des locaux où se déroulent les cours, une liste des thématiques abordées tout au long du programme ainsi que les horaires. Je sens le rouge me monter aux joues. Qu'est-ce que ça veut dire? Qui a mis ces papiers sur mon bureau? Je sors précipitamment de la chambre, la documentation dans la main, et

94

descends à la cuisine, où je trouve mes grands-parents et mes parents, calmement installés autour de l'îlot central, buvant du café et lisant le journal.

Je jette littéralement les papiers devant maman.

- Qu'est-ce que c'est que ça?

Elle lève les yeux vers moi, surprise.

- Rien ma chérie. J'ai trouvé ça l'autre jour quand je suis allée à Sunny Lake faire des achats. Je me suis dit que ça pourrait t'intéresser. Et t'occuper.

- Il n'est pas question que je suive des cours ici!

Je suis hors de moi. Il me semblait avoir été assez claire sur mon souhait de retourner le plus vite possible à New York et la voilà qui essaye de me caser dans des cours. Dans la pièce, personne n'ose plus bouger.

- Luna, ma puce...

- Il n'en est pas question! Je vous ai déjà dit que j'allais retourner à New York et continuer l'université!

Papa se contient et ne dit rien mais je sens qu'il n'en pense pas moins. Je le vois du coin de l'œil, serrant la page de son journal un peu trop fort. Peu m'importe. Je suis dans une colère noire.

95

- Luna... essaye à nouveau maman.

- J'ai dit non.

J'ai l'espoir que mon ton sans appel leur fasse comprendre une fois pour toute que je ne vais pas changer d'avis.

- Je retourne à New York *dès que possible*, ajouté-je en insistant sur les derniers mots.

Papa tape soudainement sur la table, me faisant sursauter.

- Et comment? demande-t-il en détachant toutes les syllabes.

Je l'affronte du regard.

- Avec quel argent? insiste-t-il.

Je dois avouer que je n'ai aucune réponse à ce moment précis, mais je ne décolère pas, bien au contraire. Plus personne ne parle. Mes grands-parents nous regardent, visiblement gênés. Je les remercie intérieurement de ne pas se mêler de cette histoire. Je prends une profonde inspiration, fixe papa droit dans les yeux en m'approchant légèrement de lui. Je tremble de tout mon corps. D'énervement évidemment, mais aussi de peur. Je n'ai jamais affronté ainsi mon père, et son expression ne me dit rien qui vaille, mais je prends mon courage à deux mains et répète avec lenteur, en insistant sur chaque mot :

- Je vais retourner à New York dès que possible.

Sur ces paroles et sans leur laisser le temps de répliquer, je quitte la pièce et sors dans la cour.

Dehors, le soleil a déjà pointé le bout de son nez, mais l'atmosphère reste fraîche. Autour de moi, tout est silencieux. J'observe les alentours, comme si j'allais trouver la réponse à mon problème dans la brouette posée à côté de l'étable, ou dans les bottes de foin entassées près de la remise. Une poule surgit soudain devant mes pieds et passe son chemin sans m'accorder la moindre attention. Je me sens complètement perdue. La situation est grotesque. Plus je regarde ce qui m'entoure, moins j'y vois de sens. Ma présence ici n'a aucun sens! Alors comment imaginer passer ma vie ici?

A l'autre bout de la cour, Benjamin sort de chez lui. A son attitude, je devine qu'il ne m'a pas remarquée. Il pénètre dans l'étable et y reste plusieurs minutes. Je l'entends s'agiter à l'intérieur mais je ne le vois pas d'où je me tiens, l'un des battants de

97

l'immense porte de bois étant encore fermé. Un bon quart d'heure s'écoule avant qu'il ne ressorte, au moment où Damian, John et Joseph arrivent en voiture. Damian, au volant, gare le 4x4 en bordure de la cour, puis ils descendent et se dirigent vers moi.

- Tu es bien matinale aujourd'hui! me lance John.

Je suis incapable de sourire, tant je suis encore énervée.

- Tu viens aux champs avec nous? demande à son tour Joseph.

Cette idée me séduit, dans la mesure où cette activité aurait au moins le mérite de m'occuper. Mais je suis bien trop fâchée pour faire quoi que ce soit qui ressemble à de l'intégration dans cette ville. Je secoue donc la tête.

- J'ai... quelque chose à faire en ville, finis-je par répondre.

Ce mensonge me donne finalement une idée. Je reste encore un moment avec les garçons, qui ont été rejoints par Benjamin et Mason, avant qu'ils ne s'installent aux volants de deux tracteurs gigantesques et quittent la cour en direction des champs. Je les suis longuement du regard puis me mets en marche à mon tour. Je rejoins la route

principale et prends la direction de Brenton.
Un rapide calcul de tête me permet de
déterminer qu'à bonne allure, il me faudra
pratiquement deux heures pour arriver en
ville. Je me console en me disant que la
route me permettra de me changer les idée et
de décolérer.

Je n'imaginais pas avoir autant raison sur
ce dernier point. La vieille route est toute
cabossée, témoin des nombreux passages qui
ont laissé de longs sillons dans le
revêtement. Elle s'étend, toute droite,
jusqu'à Brenton. Quelques arbres la bordent.
Les champs s'étendent à perte de vue, tantôt
jaunes, tantôt vert mousse, ou encore bruns,
de la couleur de la terre vierge de plantation.
A plusieurs reprises, je passe à côté de
troupeaux de vaches qui paissent
paisiblement sans s'intéresser à moi. Partout,
tout au long du chemin, j'entends le chant
des cigales, qui s'affaiblit au fur et à mesure
que le soleil monte dans le ciel.

Je me félicite d'être partie si tôt tant la
chaleur augmente rapidement. En observant
le ciel bleu, sans aucun nuage, je crains un
moment de me retrouver dans un orage

soudain, comme l'autre jour. En secouant la tête, me traitant moi-même d'imbécile, je réalise à quel point ce lieu me déstabilise. J'ai perdu tous mes repères. Je ne peux me fier à rien. La météo semble changer en quelques minutes, les distances sont immenses, le temps s'étire comme s'il n'avait ni début ni fin. Peu à peu, ma colère laisse place à la tristesse et au désespoir. Perdue au milieu des champs, sur une route qui semble ne mener nulle part, j'ai l'impression que je resterai coincée ici pour toujours. En soupirant, je sors mon téléphone de ma poche. Je marche depuis une demi-heure. Je devine les premières maisons de Brenton au loin, mais il me reste encore une sacrée route à parcourir avant d'arriver. C'est alors que j'entends un bruit de moteur. Je me retourne précipitamment, la crainte du *serial killer* de jeunes citadines me revenant en tête malgré moi. La voiture s'approche de plus en plus. De là où je me tiens, je devine qu'il s'agit d'un gros pick-up gris. Il n'est plus qu'à quelques mètres quand j'arrive à reconnaître le conducteur : Benjamin. Il y a quelqu'un à côté de lui. Il ralentit en s'approchant et John passe la tête par la vitre, du côté passager :

- On te dépose?

Reconnaissante, j'acquiesce en souriant et monte à côté de lui.

- Merci, dis-je en me penchant en avant pour m'adresser à Benjamin.

Sans répondre, il reprend la route.

- Tu as fait un sacré bout dis donc, s'exclame John.

- Oui, mais heureusement que vous êtes passés. J'avoue que j'en avais marre de marcher.

- Alors, qu'est-ce que tu dois faire en ville?

J'hésite. En réalité, cette promenade n'était pas du tout au programme. Je décide d'éluder la question.

- Et vous, vous ne deviez pas aller aux champs?

- On y était. Il nous manquait quelque chose. Joseph, Mason et Damian continuent et on les rejoint après être passés à la quincaillerie.

La route est nettement plus courte en voiture. Arrivés au centre de Brenton, je demande à Benjamin de me laisser devant l'église, ce qu'il fait sans un mot. Je les regarde s'éloigner avant de m'engager sur la rue principale, où se suivent tous les magasins que compte la ville. Je suis décidée à agir pour régler mon problème. Papa estime que je ne pourrai pas retourner à New York faute d'argent. Il me suffit donc d'en trouver. Et pour cela, je n'ai bien sûr pas l'intention de braquer la seule banque de la ville, même si ça serait plus rapide. Non, il me faut juste un travail. J'hésite tout de même avant de commencer ma prospection. Je n'ai jamais travaillé de ma vie. Il y a bien eu ces quelques semaines de stage dans le cabinet de papa l'été dernier… mais à part faire des cafés, rédiger des procès-verbaux de séances et ranger des classeurs, je n'ai pas acquis une expérience démentielle. En tout cas, elle ne sera clairement pas suffisante, ni utile, dans une ville telle que Brenton où se côtoient essentiellement des paysans et quelques petits commerçants. Malgré tout, je décide de me lancer. Compte tenu de l'heure matinale, tous les magasins sont encore fermés. Un coup d'œil sur la première vitrine, celle d'un fleuriste sur laquelle sont apposés les horaires, m'indique que j'ai un peu moins d'une heure avant l'ouverture. Je m'installe alors sur un banc en bordure de la place du marché qui s'étend devant l'église et commence à réfléchir à mon discours. Mon idée ayant surgi ce matin, je n'ai pas eu le temps de préparer quoi que ce soit. Ce petit moment de libre tombe donc à pic. Je réfléchis un moment à comment expliquer ma situation. Au final, je décide de rester honnête et d'exposer les choses telles qu'elles sont, sans entrer dans les détails. Une heure plus tard, me voilà qui pénètre dans les magasins les uns après les autres.

« Bonjour, je suis Luna Aylin, la petite fille de Pauline et Luc Ducrost. Nous nous sommes installés à la ferme pour l'été - je mens volontairement à ce propos, bien incapable de dire que nous sommes venus vivre ici - *et je cherche un travail. »*

Je sors la même litanie à tous les petits commerçants, qui m'écoutent avec grande attention, avant de secouer la tête d'un air désolé. Il n'y a pas de place, pas de travail.

Au bout de deux heures, je suis arrivée à la fin de la zone commerciale. Je suis complètement dépitée. J'étais partie tellement motivée que je tombe de haut en découvrant cette nouvelle différence entre Brenton et New York. Les petits jobs sont impossibles à trouver. Déçue, j'erre un long moment dans les rues encore calmes. Cette promenade forcée me permet malgré tout de redécouvrir la ville. Je passe devant *Chez Divo* et décide d'entrer. La petite épicerie est toujours la même qu'il y a sept ans. Les marchandises, que Toni fait venir spécialement d'Italie, sont méticuleusement rangées sur les étagères posées parallèlement les unes à côté des autres. Je souris en constatant que Toni semble toujours aussi maniaque. Il n'y a pas un grain de poussière. Malgré tout, j'entends le bruit typique du balais que l'on passe au sol, au fond du magasin. Je m'approche et découvre le propriétaire, penché en avant, ramassant quelques saletés invisibles sur une balayette.

- Toni?

Il lève le visage et me scrute. Je vois bien qu'il ne m'a pas reconnue.

- C'est Luna Aylin, la petite fille de Pauline et Luc Ducrost.

Il se redresse alors et me fixe intensément de ses petits yeux sombres, puis son visage s'illumine.

- Luna!

Il m'enlace avec force.

- Quel plaisir de te voir! s'exclame-t-il en roulant les r.

Après tout ce temps, il n'a jamais perdu son accent.

- Mais que tu es *belissima!*

Il porte deux doigts à ses lèvres et les embrasse. Je ris, gênée de cette marque d'affection et amusée de ses manières si italiennes.

- Merci.

- Alors vous êtes de retour?

- Mmh, oui, pour l'été!

Je continue à mentir.

- C'est merveilleux! Et qu'est-ce que tu fais ici si tôt?

- Je suis venue chercher un job. J'aimerais m'occuper pendant les vacances. Est-ce que tu aurais une petite place?

Il semble réfléchir puis finit par secouer la tête, l'air triste.

- Tu sais que je t'aurais engagée avec plaisir *tesoro* mais malheureusement je ne peux rien te proposer!

Il accompagne ses paroles en écartant les bras avant de les laisser retomber le long de ses flancs. Il a l'air si déçu que je me sens obligée de le rassurer.

- Ce n'est pas grave Toni, merci quand même! dis-je en posant une main sur son épaule.

En me tapotant le dos, il me pousse gentiment vers le comptoir, sur lequel sont posés, dans de larges assiettes colorées, des petits pains dégageant une délicieuse odeur.

- Ils sortent tout juste du four. Prends-en un *tesoro*!

Il me serre ensuite une tasse de thé puis nous discutons un long moment, jusqu'à ce que la petite épicerie soit remplie de clients. Je finis par m'éclipser en le remerciant pour son accueil et en lui promettant de repasser.

Alors que je longe les maisons, le long de la route principale, je suis dépassée par la voiture de maman. Elle s'arrête quelques mètres plus loin, se parque au bord du trottoir et sort du véhicule.

- Luna!

Rien qu'en l'apercevant, ma colère de ce matin revient et je suis sur le point de faire demi-tour pour l'éviter quand elle m'appelle à nouveau.

- Viens ma chérie, il faut qu'on parle!

Son ton implorant me fait changer d'avis.

- Viens, je t'offre un jus de fruit au *Moose*! propose-t-elle.

Je finis, après un soupir, par accepter. Pas question qu'elle croit que je ne suis plus fâchée. Je n'ai aucunement l'intention de lui faciliter les choses.

Dans le café, nous sommes accueillies à bras ouverts par Ruth, qui nous installe sur l'une des tables au bord de la fenêtre.

- Où est-ce que tu allais?

- Faire quelques courses.

Maman me regarde longuement, puis, après avoir poussé un long soupir, me prend la main.

- Écoute Luna...

- Je veux retourner à New York, la coupé-je. C'était clair depuis le début. Je n'ai pas choisi de venir.

- Je sais ma chérie. Mais ce n'est pas facile pour nous non plus!

Je sens qu'elle est très émue, ce qui me radoucit quelque peu.

- Je ne voulais pas non plus revenir.

- Mais tu es heureuse ici. Tu as ta place.

- Je l'avais, me contredit-elle. Et j'essaye de la retrouver.

- Je n'ai pas envie de trouver ou retrouver une quelconque place ici, maman.

- Et si...?

Je la coupe d'un geste de la main.

107

- Je veux retourner à New York. J'y ai ma vie, Théo, mes projets, mon avenir. Pourquoi est-ce que c'est si difficile à accepter?

- Je comprends très bien, Luna.

Son ton est un tout petit peu plus dur. C'est presque imperceptible, mais pour moi qui la connais bien, je l'ai senti.

- Dans la vie on fait parfois des choses que l'on ne veut pas. Il faut apprendre à tirer le meilleur de chaque situation.

Je laisse un rire narquois m'échapper.

- Je ne vois pas ce que je pourrais tirer de positif dans ma situation actuelle.

A ces mots, mon téléphone, que j'avais posé devant moi sur la table, se met à vibrer doucement et un message apparaît sur l'écran : Théo. Mon estomac se serre immédiatement. Maman le remarque. Je vois son visage se radoucir alors qu'elle me fixe, un léger sourire aux lèvres.

- D'accord.

- D'accord?

- On va passer un accord.

- Ok, dis-je avec méfiance.

- Tu veux retourner à New York mais tu as besoin d'argent et nous n'en avons pas.

- C'est bien pour ça que je suis venue chercher du travail en ville.

- Très bien! On essaye.

- C'est-à-dire?

- Tu vas travailler pour gagner de l'argent. Et lorsque tu en auras assez pour retourner à New York, tu pourras y aller.

- Sérieux?

- Oui.

Elle ne sourit plus.

- Ton père et moi ne pouvons pas t'aider dans cet objectif. Il te faut donc nous montrer que tu peux t'assumer seule. Et pour ça il faut que tu gagnes assez d'argent pour pouvoir retourner à New York, trouver un appartement et y vivre jusqu'à ce que tu y trouves, là-bas, un autre travail qui te permette de te débrouiller seule.

Je la regarde, les sourcils froncés. Je me demande où est le piège. Elle a dû comprendre mon hésitation, car elle ajoute, très sérieusement :

- Il n'y a aucun piège, Luna. C'est simplement la réalité. Il n'y a qu'une condition.

- Ah voilà!

- Si tu n'arrives pas à atteindre ton objectif, tu t'engages à trouver quelque chose à faire, en Iowa. Je ne veux pas que tu gâches ton avenir. Et il y a plein de choses à faire ici. L'université de Des Moines n'est qu'à une heure de route. Et il y a ces cours de décoration d'intérieur dont je t'ai donné le prospectus.

J'hésite toujours.

- Je ne veux pas me battre avec toi, Luna, ajoute maman en soupirant. Nous avons dû prendre une décision difficile en revenant vivre ici. Ce n'était pas de gaieté de cœur, crois-moi. Mais nous n'avons pas eu le choix. Je ne veux pas que cela gâche ton avenir. Je veux te donner une chance. Tu essayes. Si ça ne fonctionne pas, tu...

- Je me résigne? la coupé-je.

Elle soupire.

- Tu passes à autre chose, corrige-t-elle.

Nous nous fixons un long moment. Dans ma tête, Miss Fierté et Miss Prudence se disputent la première place du podium. Finalement, la première prend le dessus, me glissant avec insistance que je peux prouver à ma mère, mon père, et le monde entier d'ailleurs, que je peux y arriver, que je ne n'ai pas besoin d'eux. Je tends la main à maman.

- Ok.

Elle me serre la main.

- Tu as une année, Luna, ajoute-t-elle, pas plus.

CHAPITRE 6

« Life plays such silly games inside of me
And I've had some distant cries, following
And their entwined between the night and sun beams
I wish I were free from this pain in me »
One fine wire - Colbie Caillat

C'est un pari risqué que j'ai passé avec maman. Mais, étrangement, il me donne des ailes. Je ressens une nouvelle motivation. A l'envie de retourner vivre à New York s'ajoute désormais le souhait de leur prouver de quoi je suis capable. Un petit bout de fierté mal placée. Je m'imagine déjà refaire mes bagages, monter dans un car et repartir, les laissant derrière moi pour mener ma vie. Il me faut toutefois régulièrement me rappeler de garder les pieds sur terre et de ne pas mettre la charrue avant les bœufs. Après tout, je n'ai toujours pas trouvé de travail... Les jours suivants, je les consacre d'ailleurs à poursuivre mes recherches. Et je profite de chaque occasion pour le faire. En allant faire des courses avec maman au supermarché de Sunny Lake, le plus grand à proximité, je repère un jour un tableau sur lequel sont affichées les annonces laissées par les gens de la région. Elles concernent essentiellement de la vente d'occasion. Des outils de bricolage, de jardinage, des animaux. Mais je ne désespère pas. J'épluche aussi les annonces dans le journal, sans plus de succès. En attendant, je décide également de participer à la vie de la ferme. Principalement pour tromper l'ennui, mais je me dis aussi que tout ce que j'apprendrai du travail sur une exploitation pourrait m'être utile dans mes recherches d'emploi. Après tout, l'agriculture est l'activité principale dans les environs. C'est ainsi que je me retrouve à devoir accomplir une liste de tâches tous les jours. Au début, je ne suis pas emballée. En effet, l'essentiel de ces tâches consiste à nourrir les animaux et transvaser diverses matières peu ragoûtantes d'un lieu à un autre. Heureusement, grand-mère s'aperçoit de ma gêne et décide de commencer en douceur.

- Ne t'inquiète pas, tu vas vite t'y faire, ma chérie, me dit-elle un matin alors que j'affiche une mine défaite à l'idée de déplacer des kilos de purin.

Je la regarde en coin, me forçant à sourire, tout en avalant avec peine mon café.

- Tu vas d'abord aller nourrir les animaux. Ça devrait déjà t'occuper un moment, surtout au début, le temps de t'habituer.

Nous passons une grande partie de la matinée à faire le tour de l'exploitation. Les poules, les chèvres, les cochons, le cheval et les vaches doivent être nourris tous les jours. Grand-mère m'indique où se trouve la nourriture ainsi que ce que je dois faire dans les enclos et l'étable. Fort heureusement, elle décide de rester avec moi pour cette première expérience. Même si je l'aidais quand j'étais petite, avec l'impression d'accomplir d'immenses choses, je réalise maintenant à quel point mon aide n'était qu'anecdotique comparé au travail que représentent les soins apportés aux animaux. En principe, ces tâches sont effectuées par Mason, d'après ce que j'ai cru comprendre. Mais je sens que le moment est mal venu pour poser des questions, je me contente donc de suivre grand-mère pendant qu'elle me donne ses instructions. Pour elle, le travail ne s'arrête pas là. En réalité, lorsque ce n'est pas Mason qui le fait, cette partie du travail lui prend quelques heures, après quoi elle poursuit ses occupations avec la fromagerie, le potager et la maison. A l'idée qu'une dame de son âge accomplisse ce travail quotidiennement, sans aide, je prends mon courage à deux mains et m'attèle à la tâche. Je passe donc la première partie de ma journée à nettoyer les différents enclos, ce qui consiste essentiellement à faire un tas de toutes les déjections animales qui s'y trouvent, puis transvaser ledit tas dans une brouette, pour finalement déverser le tout sur un monticule à l'arrière de l'étable. Au-delà des odeurs, auxquelles je vais devoir de toute évidence m'habituer, ce travail s'avère particulièrement physique et je suis rapidement épuisée. J'aperçois donc avec joie grand-mère me rejoindre alors que je termine de nettoyer la stalle de Roméo, le magnifique cheval de trait noir.

Je pousse la dernière brouette que je viens de vider jusqu'au mur et la pose lourdement. En me redressant, je m'essuie le front au moment où grand-mère arrive à ma hauteur. Elle m'observe quelques secondes, amusée, les mains sur les hanches.

- Et bien ma chérie, tu as très bien travaillé!

115

Je la remercie d'un signe de tête. Elle me tend la bouteille d'eau qu'elle avait placée dans la poche avant de son tablier. Je l'accepte avec reconnaissance et avale plusieurs longues gorgées.

- Je ne sais pas comment tu fais pour faire tout ça toute seule!

- L'habitude ma chérie, répond-elle modestement. Et puis les jeunes me donnent des coups de main tu sais, je ne fais pas ça toute seule tout le temps.

Je la regarde un peu surprise. En effet, personne n'est venu de la matinée.

- Aujourd'hui ils étaient tous occupés! Mais ils ne vont pas tarder et auront faim!

Elle a annoncé cela avec un tel plaisir que je devine à quel point elle aime être la maîtresse de maison et nourrir tout ce beau monde. Je la suis donc à la maison, où elle a profité de ne pas avoir à nettoyer les enclos pour cuisiner ce qui me semble pouvoir nourrir tout un village pendant une semaine. Mais elle ne me laisse pas m'étonner bien longtemps.

- Attrape ces assiettes veux-tu, tu seras gentille.

Elle me désigne une pile d'assiettes sur l'îlot central, dont je m'empare en attendant ses instructions.

- Installons-nous dehors, il fait bon!

Je la suis et nous dressons la longue table, ce qui me permet de constater que nous ne serons pas plus que d'habitude, malgré ce que laissent penser les tonnes de nourriture dans la cuisine. Je profite d'un petit moment de répit dans les préparatifs pour aller me rafraîchir. J'ai tellement l'impression de sentir le purin que je ne suis pas sûre que qui que ce soit accepterait de s'assoir à la même table que moi!

Une grande partie du repas est consacrée au passage en revue de mon activité du matin par John et Damian. Les deux semblent beaucoup s'amuser de mon dégoût ainsi que du temps que tout cela m'a pris. Joseph vient heureusement à ma rescousse, traitant ses deux collègues de goujats.

- Tu vas t'y faire rapidement et prendre le coup de main! Puis ça ne sera plus qu'une formalité que tu accompliras les yeux fermés.

Je pouffe à l'idée d'être un jour capable (même dans, mettons, plusieurs siècles) de ramasser des tonnes de déjections animales les yeux fermés sans éprouver de dégoût et sans y passer la journée.

- Je dois admettre que les animaux sont chouettes, reconnais-je tout de même.

- Quand tu les nourris, tu deviens leur meilleur ami! énonce John.

- Le plus sympa c'est d'emmener les chèvres au lac avec Roméo, explique Damian.

Alors que je l'interroge du regard, imaginant difficilement qu'il puisse m'être agréable de traîner une dizaine de chèvres jusqu'à un endroit déterminé, il ajoute:

- On les laisse paître vers le petit lac de Wright et tu peux t'allonger dans l'herbe, tranquille.

Je vois John et Joseph hocher la tête d'un air entendu.

- C'est comme un jour de congé, rigole John.

- Chacun de nous y va une fois par semaine.

Tout le monde avale rapidement son plat, avant que grand-père ne rappelle ses hommes à l'ordre et leur donne des instructions pour le reste de la journée. Je les observe s'en aller tout en aidant grand-mère et maman à débarrasser la table. Mon après-midi est consacrée à la suite de mes tâches animalières, soit nourrir tout le monde. Si cette activité s'avère nettement moins désagréable que le nettoyage des enclos, elle est tout aussi fatigante. Point positif, je constate immédiatement que ce que John a dit plus tôt est parfaitement vrai : dès mon arrivée chargée des seaux de graines, toutes les poules se précipitent vers moi. Les chèvres ne sont pas plus timides lorsque je m'approche avec de grandes feuilles de choux et les cochons se mettent à grogner de plaisir quand je déverse les reste du repas dans leurs mangeoires. Je profite de passer un peu de temps avec les bêtes après les avoir nourries, espérant qu'elles s'habituent à moi. Je termine en fin d'après-midi, éreintée. Il me semble toujours aussi difficile d'être capable d'accomplir toutes ces tâches en moins d'une journée. Mais je dois admettre que je ressens une certaine fierté d'avoir réussi à faire tout cela moi-même, malgré mes réticences et les difficultés. C'est donc avec le sourire que je rejoins grand-mère et maman, qui comme à leur habitude, sont occupées dans la cuisine. Je devine aux paniers remplis de légumes posés sur le plan de travail qu'elles sont allées au potager. J'ai de la peine à croire qu'elle aient pu rapporter tout ces fruits et légumes alors que grand-mère y est allée la veille.

- La météo est très propice en ce moment, nous avons de la chance! se réjouit d'ailleurs cette dernière quand je l'interroge à ce sujet.

Petit à petit, les hommes rentrent des champs et nous rejoignent à la maison, où nous dînons avant que chacun aille se reposer. Quant à moi, je ne sens plus mes jambes. J'ai tout juste la force de prendre une rapide douche et de me glisser sous mes couvertures. En regardant mon téléphone, je réalise que je n'ai ni appelé ni envoyé de message à Théo de la journée. Cette pensée m'attriste, tant j'avais à cœur de le contacter au moins une fois par jour. Mais je m'aperçois que cela ne m'a pas manqué aujourd'hui. J'étais si occupée! Alors je décide de lui raconter rapidement ma journée et rédige un message à son attention. Après l'avoir envoyé, j'attends plusieurs minutes qu'il me réponde, avant de m'endormir comme une masse, mon téléphone encore dans la main.

120

Les jours suivants, je perfectionne mes techniques en ramassage de purin et autres déchets ainsi qu'en nourrissage d'animaux. Je commencerais presque à y prendre goût. Les garçons avaient raison: j'améliore ma technique et suis de plus en plus rapide, même si je suis encore loin d'être en mesure de faire autre chose de mes journées une fois mes tâches terminées. Je constate également avec plaisir que mon aide soulage grand-mère, qui peut se consacrer à tout le reste plus sereinement. Je suis toutefois partagée entre cette satisfaction et un pincement au cœur lorsque je réalise que cette aide prendra fin quand je partirai.

- Ça me fait plaisir de te voir occupée, me dit maman un matin alors que je bois lentement mon café, me préparant mentalement à une nouvelle journée remplie de déjections animales.

- Je me sens utile, c'est toujours plus agréable que de ne rien faire.

J'ai répondu de façon un peu sèche, mais elle ne s'en formalise pas.

- Je dois aller en ville cet après-midi. Veux-tu m'accompagner? Je me dis que ça te changera un peu.

- Ça dépend si j'ai réussi à tout finir, lui réponds-je.

Je me surprends moi-même en m'entendant lui répondre ainsi. Faire passer le travail de la ferme avant le reste, ça ne me ressemble pas! Mais je dois admettre que j'ai très envie d'aller en ville. Cela fait déjà une semaine que je me bats avec les déjections des porcs et que j'essaye tant bien que mal d'accélérer la cadence lors du nourrissage. Voir autre chose me ferait le plus grand bien. De plus, je n'ai toujours pas trouvé de travail. Nous sommes arrivés il y a déjà trois semaines - une éternité j'ai l'impression. A ce rythme il me faudrait une décennie complète pour espérer retourner à New York. Cette pensée me porte toute la matinée et, prise dans mes réflexions, j'effectue mécaniquement mon travail et termine avant même que grand-mère ne vienne me chercher pour le repas de midi.

- C'est bien la première fois que je termine aussi vite! lui dis-je fièrement.

Elle m'enlace, malgré ma puanteur.

- Je suis fière de toi ma chérie!

Je suis si contente et satisfaite que j'ai envie de le partager avec quelqu'un. C'est à Théo que je pense en premier, évidemment.

122

Après m'être douchée, je sors dans la cour et m'installe à table pour l'appeler avant que tout le monde n'arrive.

- Salut ma puce, dit-il en décrochant son téléphone tandis que son visage apparaît sur l'écran du mien.

- Coucou!

- Alors quoi de neuf à la ferme?

Je lui conte mes exploits, qui l'impressionnent particulièrement.

- Jamais je n'aurais imaginé faire ce genre de choses à New York, dis-je au bout d'un moment.

Je me mords la lèvre en voyant sa réaction. Il semble touché par ma remarque.

- Théo, je...

- Non, c'est bien, me coupe-t-il. C'est mieux pour toi de trouver de l'intérêt là-bas.

Cette fois-ci c'est à mon tour d'être piquée par sa réflexion.

- Non, Théo. C'est juste pour m'occuper! Je vais chercher du travail.

Je le vois soupirer à travers l'écran et les battements de mon coeur s'accélèrent. J'entends même Miss Fierté pousser un cri outré.

- Ça semble difficile...

- Pas du tout!

J'ai répondu plus précipitamment que je ne l'aurais voulu.

- Je vais en ville cet après-midi. Je suis sûre que je vais trouver.

Il me regarde longuement avant de répondre.

- J'espère, ma puce.

- J'ai envie de te voir, dis-je.

Son attitude me touche et je sens une boule se former au fond de ma gorge.

- Moi aussi.

Je secoue la tête histoire de chasser mes idées noires et change de sujet.

- Quel est le programme du jour?

- Oh, rien de passionnant. Mon cours reprend dans quelques minutes et après je vais rester étudier à la bibliothèque. Entre ça et le purin, je ne sais pas ce que je préfère! ajoute-t-il en rigolant.

J'entends une sonnerie à l'arrière et Théo lève la tête.

- Je dois y aller, dit-il en s'excusant.

- Ok.

- Bye ma puce, je t'aime!

Il raccroche, me laissant seule à fixer mon écran de téléphone. J'essaye de retenir les larmes qui ne demandent qu'à couler. Ces appels ne sont décidément pas faciles à encaisser. Entre le fait de ne pas pouvoir le toucher et celui de devoir décrypter chacune de ses expressions à travers l'écran, j'ai l'impression que j'en sors plus frustrée et déprimée à chaque fois. Après plusieurs longues inspirations, je me lève pour aller aider grand-mère et maman à tout préparer pour le repas. Au moment où je lève les yeux, je me retrouve face à Benjamin. Il se tient immobile de l'autre côté de la table. Impossible de dire depuis quand il est là mais quelque chose dans son regard me laisse penser qu'il a entendu ma conversation.

Gênée et agacée que quelqu'un ait pu me surprendre dans un tel moment, j'entends Miss Fierté dans ma tête me pousser à le rembarrer alors qu'il me fixe sans rien dire. Et j'avoue que j'ai très envie de suivre son conseil tant je suis triste et frustrée de ma discussion avec Théo. J'inspire un grand coup.

- Je vais aider grand-mère, dis-je finalement en m'éloignant.

Dans la cuisine, je me saisis d'assiettes et de couverts et ressors pour les déposer sur la table, avant de retourner à l'intérieur pour apporter ce qui manque. Cette fois-ci,

125

Benjamin me suit. Dans la pièce, grand-mère me tend un grand bol de salade et désigne deux longues assiettes garnies de légumes à l'attention de Benjamin.

- Pourquoi tu restes ici si tu n'es pas contente? demande ce dernier alors que nous marchons l'un derrière l'autre en direction de la table.

Je me retourne précipitamment, manquant de peu de le bousculer avec mon immense bol à salade. Je le fixe un instant, surprise qu'il m'ait seulement adressé la parole. J'hallucine sur ce qu'il vient de demander! Je visualise très clairement Miss Fierté devenir rouge écarlate et se mettre à bondir.

- Je n'ai pas vraiment eu le choix, réponds-je simplement d'un ton sec.

- Ok.

Son visage est vide d'expression. C'est comme s'il n'avait aucun intérêt pour ma réponse. Mais alors pourquoi diable poser la question?

Je tourne cette scène dans ma tête tout au long du repas. Je n'arrive pas à cerner cet homme. Il n'a plus rien à voir avec le petit garçon de mes souvenirs, si joyeux et qui m'entraînait dans toutes sortes d'aventures.

Est-ce qu'il voulait me faire comprendre qu'il avait tout entendu de ma conversation avec Théo? Qu'il ne veut pas de nous ici? Et puis finalement, quel est son problème exactement? Est-ce que je le dérange? Toutes ces questions me plongent dans une humeur massacrante. A tel point que je reste désagréable tout le reste du repas et même au-delà, alors que je vais en ville avec maman. Celle-ci a beau chercher à détendre l'atmosphère en parlant de tout et de rien, je m'enfonce dans un mutisme dont je ne sors pas de tout le trajet. Arrivées au centre ville, nous nous dirigeons vers la rue marchande et maman se gare le long du trottoir.

- J'ai quelques courses à faire, est-ce que tu m'accompagnes?

- Non, je vais faire un tour.

- Ok, dit-elle en soupirant.

Elle jette un cour d'œil à sa montre.

- Alors on se retrouve d'ici une heure au *Moose.*

Je hoche la tête. Tout m'agace, aussi j'accueille sa proposition avec soulagement. Je l'observe pendant qu'elle part de son côté puis me mets à flâner le long des vitrines, que je regarde sans vraiment les voir. Au bout de la rue, je ne suis toujours pas

127

calmée, alors je décide de rejoindre le café. J'espère que discuter avec Ruth et Joe me ramènera un semblant de bonne humeur.

Je ne m'étais pas trompée sur ce point, car je me sens mieux dès que je vois le sourire lumineux de Ruth lorsqu'elle m'aperçoit dans l'encadrement de la porte.

- Ma Luna! s'exclame-t-elle en me serrant avec force dans ses bras. Un mois que tu es là et je ne t'ai pratiquement pas vue! Mais qu'est-ce que tu fais?

Son ton faussement agacé et son délicieux accent chantant me redonnent immédiatement le sourire. Elle me pousse gentiment mais fermement vers une table.

- Ça ne fait pas encore un mois, Ruth, la corrigé-je.

- Joe! Un jus de fruit! crie-t-elle à l'attention des cuisines sans prêter attention à ce que je viens de dire.

Nous percevons un grognement venu des cuisines. Mais dès que Joe en sort, le verre à la main, son visage s'illumine en me voyant. Il s'approche et m'embrasse à son tour.

- Bois ça, me dit-il en désignant le verre qu'il a posé devant moi. C'est tout frais, ça va te faire du bien, tu es toute pâle!

- Allez Joe, file, lui ordonne alors Ruth, avant de s'assoir en face de moi.

Elle prend ma main libre dans la sienne pendant que j'avale une longue gorgée du jus de fruit.

- Alors alors, ma petite, dis-moi ce qui t'amène.

- J'attends maman, expliqué-je. Elle est allée faire des courses.

- Et toi?

C'est amusant comme elle semble avoir compris que quelque chose n'allait pas. Son regard soucieux, son léger sourire, tout en elle me pousse à me confesser.

- Ce n'est pas la joie, admets-je.

- Bah alors, mais pourquoi ça? s'exclame-t-elle comme si elle chantait.

- Je cherche du travail.

- Oh!

- Ruth!

C'est Joe qui l'appelle depuis les cuisines. Ruth me regarde quelques secondes sans rien dire puis se lève.

- Je reviens, ma grande, dit-elle en tapotant ma main.

Je la regarde s'éloigner pour rejoindre son mari puis ressortir les bras chargés d'un large plateau rond croulant sous des assiettes

129

pleines. En jetant un coup d'œil autour de moi, je constate que la salle est pleine. Il ne doit plus rester beaucoup de place. C'est alors que me vient une idée. Je me lève et rejoins Ruth, qui dépose un à un les plats devant les clients.

- Tu n'aurais pas besoin de quelqu'un pour t'aider?

Elle lève la tête et m'observe, en pleine réflexion. Puis elle jette un regard circulaire autour de nous et hausse des épaules en penchant la tête sur le côté.

- Mmm, oui pourquoi pas! C'est vrai qu'on a toujours plus de travail. Tu pourrais nous aider avec le service et les commandes. Et la comète passe cette année alors...

N'y tenant plus, je me jette dans ses bras, manquant de lui faire lâcher son plateau.

- Merci, merci, merci!

Je lui colle un baiser sur la joue.

- Quand est-ce que je commence?

- Doucement, doucement ma petite, dit-elle en retournant vers le bar.

- Quoi?

- Le travail n'est pas passionnant et je ne peux pas te payer beaucoup.

- Aucun problème, Ruth. Tout ce que tu pourras me donner m'ira!

CHAPITRE 7

« They're written down in eternity
But you'll never see the price it costs
The scars collected all their lives
When everything's lost, they pick up their hearts and
avenge defeat
Before it all starts, they suffer through harm just to
touch a dream
Oh, pick yourself up, 'cause. »
Legends never die - League of legends

- Aahh!

Le plateau tombe et tous les verres volent en éclats. Immédiatement, Ruth et Joe se précipitent hors de la cuisine et observent le massacre.

- Je suis désolée, Ruth, dis-je en grimaçant. Je vais m'améliorer, je te le promets!

Joe pose une main chaleureuse sur mon épaule.

- Ne t'en fais pas, ma grande, ça va venir.

Je nettoie le désastre en prenant soin d'éviter de me couper à nouveau. Non seulement je casse tout, mais en plus je me

131

suis déjà entaillé plusieurs doigts en ramassant les bouts de verre au sol. Deux semaines. Cela fait deux semaines que je viens tous les après-midi pour m'entraîner et je ne suis toujours pas capable de servir plus de deux verres à la fois. Ruth et Joe sont adorables cependant. Ils m'encouragent malgré les catastrophes que je produis à chacune de mes tentatives, mais j'ai bien conscience qu'ils n'ont pas un budget verres extensible à l'infini et que je ne vais pas pouvoir continuer à détruire ainsi toute leur vaisselle. D'autant plus que la fête nationale approche à grands pas et qu'ils apprécieraient fortement que je puisse les aider pour l'occasion. Fort heureusement, je ne me débrouille pas trop mal s'agissant des autres tâches que Ruth m'a confiées. J'ai appris à passer commande auprès de leurs fournisseurs, à les réceptionner et à tout ranger dans le café, y compris dans la cuisine. Je fais également les comptes. Le service est vraiment ce qui pèche. Mais malgré les difficultés, je suis plus que ravie d'avoir trouvé ce travail. Désormais, je suis plus occupée que je ne l'étais à New York. Après m'être occupée des animaux à la ferme, tâche que j'ai tenu à poursuivre afin de soulager grand-mère, je passe le reste de mes journées au *Moose,* à l'exception du lundi, jour de fermeture hebdomadaire. Non seulement je touche un peu d'argent mais je rencontre aussi plein de gens. Et je n'ai plus l'impression d'avoir été la seule à ne rien faire lorsque, le soir, tout le monde s'attable sous le grand chêne et discute de sa journée.

Bien sûr, j'ai informé Théo de la bonne nouvelle dès que Ruth a accepté de me donner ce petit job. Une boule se forme dans mon estomac quand je repense à notre discussion de ce jour-là.

- Théo, ça y est!

Son visage s'anime de curiosité à travers l'écran du téléphone.

- Ça y est quoi, ma puce?

Je suis un peu surprise du ton, légèrement agacé, de sa voix.

- J'ai trouvé un travail!

De mon côté, je suis littéralement surexcitée.

- Super!

Pourquoi ai-je l'impression que sa réponse n'a rien de sincère? Il y a quelque chose d'étrange dans son attitude, presque comme s'il était déçu. Mais difficile de connaître le fond de sa pensée à travers l'écran du téléphone. Je décide de ne pas le confronter directement.

- Est-ce que tout va bien?
- Mm mm, répond-il sans rien ajouter.
- Tu as l'air... préoccupé.
- Oh, les cours, tu sais.

Intérieurement, je me demande encore pour quelle raison il a tenu à suivre ces cours d'été alors qu'il a obtenu d'excellents résultats à la fin de l'année. Mais j'évite de lui faire part de mon avis à ce sujet, tant il semble agacé.

- Rien d'autre?

Il fronce les sourcils et me regarde fixement.

- Non, pourquoi?
- On dirait que tu es... déçu, lâché-je, je ne sais pas.

Je secoue la tête. Il semble se composer un visage plus avenant et sourit.

- Pourquoi est-ce que je serais déçu? Que tu aies trouvé un travail? Non, c'est génial.

Plus d'un an que je suis avec lui et je pense le connaître suffisamment bien pour dire qu'il n'est pas sincère. Mais pourquoi? J'ai le cœur serré et plein de questions qui me trottent dans la tête. Et des hypothèses, toutes aussi horribles les unes que les autres.

134

« Il a rencontré quelqu'un d'autre » étant la pire de toutes. Je sais qu'il est pudique mais je l'ai tout de même connu plus démonstratif. Je me souviens parfaitement de la première fois où il m'a adressé la parole. De mon côté, cela faisait un moment que je l'avais remarqué. Un grand blond aux yeux bleus : il ne passait pas inaperçu. Quelque chose de spécial se dégageait de lui. Il me donnait l'impression d'être gentil, en plus d'incroyablement sexy. Je m'étais mise à fantasmer sur lui et j'avais fait en sorte de le croiser le plus souvent possible. Comme je suis plutôt maligne dans mon genre, ça n'avait pas loupé, j'avais fini par avoir les mêmes horaires de passages au café que lui. Ce jour-là, heureux hasard, le serveur avait confondu nos deux commandes. Je m'étais retrouvée avec le gobelet portant l'inscription « *Théo* » et lui « *Léna* » (les serveurs étant généralement incapables de comprendre mon vrai prénom). J'avais bien évidemment sauté sur l'occasion en le voyant chercher autour de lui la personne dont il tenait le café. C'est de là que tout était parti. Très rapidement, il m'avait invité à sortir un soir, puis un autre, et nous avions officialisé notre relation au bout des trois sorties réglementaires. Il était souriant, charmeur, et d'une galanterie à faire pâlir même la fille la plus insensible. Nous étions faits pour être ensemble : études universitaires, même rang social - bien que cela m'importe peu en réalité - goûts similaires en matières de films et de musique. Il remplissait toutes les cases. Nous pouvions passer des heures à discuter de tout et de rien. Entre nous, tout semblait couler de source. Difficile à expliquer, mais j'avais l'impression de ne pas avoir à faire le moindre effort pour le comprendre et que lui me comprenne. Au bout de quelques semaines, nous ressemblions à un vieux couple, dans le bon sens du terme, enfin pour moi. Mes copines me raillaient souvent, considérant que nous allions nous lasser, qu'il n'y avait pas de passion. Mais la sécurité que m'apportait Théo me rassurait. Je n'avais envie de rien d'autre.

Je repense à notre histoire en transvasant le dernier tas de morceaux de verre de la balayette à la poubelle.

- Désolée Ruth, répété-je. Je ne suis vraiment pas douée...

- Allez va, ne te fais pas de mouron pour ça...

Elle m'adresse un regard compatissant en passant sa main dans mon dos.

- Rome ne s'est pas faite en un jour! énonce-t-elle.

J'éclate de rire. J'ai toujours adoré sa façon de parler, son utilisation parfois maladroite de dictons dont elle n'a jamais totalement maîtrisé le sens.

- Rentre à la maison, tu as assez travaillé pour aujourd'hui!

Je lui souris, reconnaissante de son indulgence.

- Merci Ruth, dis-je en déposant un baiser sur sa joue ronde.

Je passe rapidement dans le bureau, qui sert également de vestiaire, pour récupérer mon sac et me changer. Lorsque je rejoins la salle, Ruth est en pleine conversation avec un jeune homme penché en avant. Ils discutent à voix basses au bout du bar. Ruth pose une main réconfortante sur l'épaule du garçon, qui se redresse alors. C'est Benjamin. Je les observe quelques secondes avant que celui-ci finisse par partir.

- Ne t'inquiète pas trop, lui conseille Ruth alors qu'il passe la porte.

Je la rejoins, l'interrogeant du regard.

- Un problème?

- C'était le petit Benjamin.

Je souris en l'entendant le décrire ainsi, vu la taille du « petit » en question.

- Il cherchait son père.

- Mason?

- Il a bu et a quitté la maison. Benjamin n'arrive pas à le retrouver.

A ces mots, je me sens mal à l'aise. Je revois Mason et son regard vitreux permanent.

- J'espère qu'il va le retrouver, murmuré-je presque plus pour moi-même que pour Ruth, tout en scrutant la porte.

- Il finit toujours par réapparaître. C'est une période difficile pour lui.

Elle s'essuie les mains sur son tablier sans lâcher la porte des yeux, l'air presque fâché, puis inspire et déclare rapidement :

- Allez, va, rentre te reposer!

Elle se force à me sourire, même si je sens qu'elle n'est pas très rassurée elle-même. J'attrape mon sac et quitte le café. Dehors, il fait une chaleur intense. L'idée de rentrer à la ferme à pied ne me séduisant guère, j'envoie un message à maman afin qu'elle vienne me chercher. En l'attendant, je me balade dans la rue marchande en profitant de l'ombre des arbres qui s'élèvent le long du trottoir. Je flâne devant les vitrines pour me changer les idées. Fort heureusement, maman n'était pas trop occupée et elle parvient à me récupérer une vingtaine de minutes plus tard. Nous faisons le trajet en discutant du travail. Je sens qu'elle s'intéresse sincèrement à ce que j'y fais, à mes progrès, même limités, en matière de service, et elle rigole lorsque je lui raconte avoir, à nouveau, détruit toute une flopée de verres. Elle se montre même encourageante, à tel point que je pourrais croire qu'elle souhaite vraiment que je retourne vivre à New York. Je suis en train de lui détailler les horaires pour les prochains jours lorsque nous pénétrons dans la cuisine, où nous trouvons les garçons attablés, ingurgitant les kilos de sandwichs préparés par grand-mère. Benjamin est lui aussi de retour.

- Ça risque d'être un peu compliqué ces prochains jours, m'indique maman, l'air embêté.

- Comment ça?

- Il y a pas mal de choses à faire ici, je ne suis pas sûre de pouvoir t'amener et te récupérer à chaque fois.

Je soupire avec force et me mets à douter de l'intérêt qu'elle porte à mes projets.

- Maman, je ne vais quand même pas y aller à pied tous les jours? J'en aurai pour deux heures à chaque fois!

Je sens la poudre me monter au nez.

- Je suis désolée, Luna.

Elle a maintenant pris un ton légèrement agacé.

- Mais tu crois que c'est un jeu, ce travail?

J'ai lancé ça avec force. Tout le monde nous regarde dans la pièce, l'air un peu gêné. Plus personne ne parle. John se frotte les mains sur son pantalon, Damian observe attentivement son pain et Joseph son téléphone. Benjamin s'est appuyé contre le mur au fond de la pièce et regarde ses chaussures. Je trouverais presque cette scène comique si je n'étais pas aussi remontée.

- Allons allons, calme-toi, intervient grand-mère, comme à son habitude. Viens plutôt manger quelque chose!

Elle me tend une assiette et désigne la dernière chaise libre autour de l'îlot central.

Sans tenir compte de son invitation, je continue à fixer maman, qui n'a pas l'air de s'être radoucie.

- Non merci, grand-mère.

Je ne la regarde même pas. J'essaye surtout de me contrôler. Je n'ai pas envie d'exploser devant tout le monde. Je finis par monter dans ma chambre sans rien ajouter. Une fois la porte fermée, je fais les cents pas d'un mur à l'autre. Je n'ai aucune idée de la façon dont je pourrais m'organiser si personne ne peut m'amener au travail. Tout le monde a besoin d'un véhicule ici. Les transports en commun sont inexistants. Je m'approche de la fenêtre et scrute la route en face, comme si j'allais y trouver la réponse à mon problème. Je sais que dans la cour, il y a une brouette et une remorque. Je ricane.

- Super, je sens que j'irai loin assise dans ma brouette...

Je prends encore un moment pour me calmer complètement. Bientôt, la colère fait place à un autre sentiment, tout aussi désagréable : le dépit. Je suis dépitée. N'entendant plus de bruit provenir d'en bas, je décide d'aller faire un tour. Dans la cour, Benjamin se tient devant les deux grandes portes de l'étable. Pensive, je l'observe jusqu'à ce qu'il disparaisse à l'intérieur. Il a l'air de savoir parfaitement où il va et ce qu'il a à faire, contrairement à moi, qui me sens inutile, inefficace et perdue dans cette ferme. Je rumine tout le reste de la journée, entre colère et sentiment d'inutilité profonde.

Le lendemain matin, je décide de faire comme si la dispute de la veille n'avait pas eu lieu.

- Ruth a besoin de moi cet après-midi, expliqué-je à maman en m'attablant devant l'îlot central.

Maman soupire. Grand-mère s'empresse de déposer devant moi une grande tasse de café fumant ainsi qu'une assiette remplie de nourriture, comme si celle-ci suffirait à empêcher toute dispute.

- Avale quelque chose, ma chérie.

Grand-père plie son journal, avale une gorgée de café puis, semblant se souvenir de quelque chose, lève un doigt et m'informe :

- Un des garçons a laissé un vélo devant la porte hier. Il a dit que ça pourrait te servir pour aller à Brenton.

Je le regarde, stupéfaite.

- Pour moi? C'est sûr?

- Ah oui! ajoute grand-mère. C'est juste! C'est bien pratique, n'est-ce pas?

Sans attendre, je me précipite à l'extérieur. Un vélo est effectivement appuyé contre la façade. Il a l'air vieux mais en état de marche. Je l'enfourche et entreprends de faire le tour de la cour. Tout semble fonctionner parfaitement. Je ne peux pas m'empêcher de sourire. Ça fait tellement longtemps que je n'ai pas fait de vélo. Au moment où je longe l'étable, Benjamin sort de chez lui, suivi par Mason. Le premier me regarde sans rien dire alors que le second m'adresse un signe de tête. Ils traversent la cour et s'approchent du banc au moment où arrivent Damian, Joseph et John. Ce dernier se précipite vers moi aussitôt le pied à terre.

- Sympa ton nouveau véhicule!

- Oui, c'est génial! Lequel d'entre vous me l'a laissé là?

Je les regarde mais aucun ne semble comprendre.

- Le vélo, il est à qui?

- Pas à moi, indique Damian en levant les bras.

- Moi non plus, dit John.

- Ça fait bien longtemps que je ne fais plus de vélo, me répond Joseph en sortant des outils du coffre de la voiture.

Mon regard passe de l'un à l'autre. Je ne comprends plus rien.

- Mais alors... qui...

Mes yeux tombent sur Benjamin. Au regard qu'il me lance, je comprends que c'était son vélo.

- Merci... pour le vélo, lui dis-je.

Il me regarde quelques secondes sans rien dire puis détourne les yeux.

- Je ne l'utilisais plus, finit-il par répondre.

J'appuie à fond sur les pédales, le visage levé vers le ciel, ne pouvant m'empêcher de sourire. Cette sensation du vent frais sur ma peau est enivrante. Depuis que j'ai le vélo, j'ai l'impression d'avoir recouvré une partie de ma liberté et ce sentiment me procure une joie indescriptible. J'ai envie d'aller travailler tous les jours simplement grâce à cette illusion d'être complètement libre, à nouveau maître de ma vie. Désormais, je me lève comme les autres aux aurores, me prépare, prends le petit-déjeuner avec ma famille, puis sors accueillir tout le monde avant de m'occuper des bêtes. Sans pour autant être en mesure d'effectuer tous ces gestes mécaniquement, j'ai encore accéléré le rythme et j'y prends désormais du plaisir. Surtout la partie consacrée à nourrir les animaux. Ceux-ci sont toujours tout excités lorsque j'arrive dans leur enclos. Ils me tournent autour, s'approchent sans crainte et attendent avec grande impatience leur repas. Certains réclament même des caresses. Je m'amuse à leur donner des petits noms, ce que n'avait pas pris le temps de faire grand-mère. Tous les jours, je consacre un moment à les observer afin de leur trouver des signes distinctifs me permettant de les reconnaître et de les nommer. J'ai bien sûr mes petits préférés, comme Bobine la chèvre, qui vient systématiquement se frotter à moi quand je pénètre dans la bergerie. J'ai tout de suite remarqué la tâche noire entourant son œil, comme si elle portait un œil au beurre noir après s'être battue, ce qui colle parfaitement à son caractère de meneuse. Il y a aussi Hugo, l'énorme porc qui grogne tout en me reniflant les pieds tandis que je lui gratte l'arrière des oreilles. L'une d'elles a le bout abîmé après un accident avec la barrière de l'enclos. A ma grande surprise, j'arrive

145

même à me faire adopter des poules. Parmi tous les animaux, mon préféré reste Roméo, le magnifique cheval de trait. J'aime admirer ses longues et épaisses jambes se terminant par une touffe de poils blancs. Lorsque je me tiens à côté de lui, son garrot arrive à la hauteur de mon visage. Je ne crois pas avoir, de toute ma vie, vu un cheval aussi grand. Je l'observe souvent lorsqu'il broute dans le champ, auquel il accède librement en sortant par l'arrière de l'étable. En général, quand j'arrive pour laver sa stalle, c'est là que je le trouve. Monsieur étant délicat, il n'apprécie pas trop mon activité de nettoyage. J'aime tout particulièrement lorsqu'il s'ébroue, tout joyeux, et se met à galoper et bondir comme un poulain géant, ses crins secoués dans tous les sens. Même ainsi, il garde toute sa prestance et me fascine.

Après mes tâches et ce moment passé avec les animaux, j'aide grand-mère puis file à Brenton, où je travaille au *Moose* le reste de la journée, selon les besoins de Ruth et Joe.

CHAPITRE 8

« I want to hide the truth
I want to shelter you
But with the beast inside
There's nowhere we can hide. »
Demons - Imagine dragons

Je dépose le grand plateau sur le bar. Ruth est en train d'essuyer des verres, l'air fatigué. Moi-même je ne sens plus mes jambes. La journée a été particulièrement longue et les clients se sont succédés quasiment sans interruption. Je jette un regard circulaire à la salle, maintenant vide.

- Quelle journée!

- Ah ah, oui en effet! rigole Ruth. Tu as très bien travaillé ma chérie. Tu peux rentrer, je ne vais pas tarder à fermer.

- Merci. Je range ça et je file.

Je vide le plateau et nettoie les verres avant de les placer les uns à côté des autres sur l'étagère en verre. Avec soulagement, je détache mon tablier et le passe au-dessus de ma tête pour m'en débarrasser.

- Je vais me changer, lancé-je à l'attention de Ruth.

Je suspends mon tablier au crochet dans le bureau et change de chaussures. Alors que j'attache les lacets de mes baskets, j'entends la sonnerie de la cloche au-dessus de la porte d'entrée. Je me redresse, essayant de déterminer s'il s'agit de Ruth qui est sortie ou si c'est un client. J'attrape mon casque de vélo et sors du bureau. C'est Benjamin. Il s'est avancé jusqu'au bar et discute avec Ruth.

- Non mon grand, entends-je cette dernière répondre.

Benjamin s'écarte et soupire, sans lâcher le bord du bar. Il a l'air préoccupé.

- Il ne peut pas être bien loin.

Ruth pose une main réconfortante sur son épaule. Il lève le visage et la regarde en hochant de la tête. Je me racle la gorge, gênée d'assister ainsi à cette scène sans qu'ils ne se soient rendus compte de ma présence. Je lève la main en signe de salut, que Benjamin me rend d'un mouvement imperceptible de la tête.

- J'y vais Ruth, dis-je.

Elle me lance un sourire, puis son regard passe de Benjamin à moi.

- Attends Luna!

Je me retourne.

- Benjamin va te ramener!

- Je suis à vélo, lui rappelé-je en levant mon casque.

Puis, sans attendre sa réponse, je sors et me dirige vers ma bicyclette. Alors que je vais l'enfourcher, Benjamin surgit derrière moi, me faisant sursauter.

- Je peux le mettre à l'arrière, dit-il.

Il ne me laisse pas le temps de protester et se saisit de la barre. Il soulève le vélo avec une facilité déconcertante et le fait passer par-dessus la barrière de son pick-up, devant mon regard sidéré. Miss Fierté est toujours là pour me rappeler qu'il convient que je me mette à râler immédiatement. Mais en jetant des coups d'œil alentours, je rends les armes : il fait nuit noire et je commence à frissonner, entre la fatigue et une brise qui s'est levée. Je finis par monter sur la banquette côté passager.

- Ruth est très persuasive, explique simplement Benjamin avant d'enclencher le moteur.

- Ça c'est sûr, confirmé-je à mi-voix.

Nous roulons en silence plusieurs minutes. Du coin de l'œil, je remarque que

149

Benjamin ne cesse de regarder les alentours. Je me rappelle alors de son arrivée au café et des réponses de Ruth.

- Tu cherchais Mason, énoncé-je.

Ce n'est même pas une question. Je le vois hocher lentement de la tête.

- Il a bu?

Nouveau hochement de tête. A ce stade, je ne vois pas quoi ajouter de plus. J'imagine que Benjamin doit déjà se sentir assez mal comme ça. De s'inquiéter pour son père, de devoir le chercher partout, que tout le monde connaisse la situation. Alors je me mets à regarder dehors, avec l'espoir un peu fou que nous allons finir par tomber sur Mason cuvant son vin dans un coin. Malheureusement, nous arrivons à la ferme sans l'avoir trouvé. Sans un mot, Benjamin parque la voiture, coupe le moteur et sort. Je n'ai même pas encore posé le pied au sol qu'il s'est déjà saisi de mon vélo à l'arrière et le dépose doucement devant moi. Il m'adresse un regard vide.

- Merci, dis-je en attrapant mon vélo.

Il se retourne et rentre sans un mot. Je reste quelques secondes immobile en le regardant partir. Quelque chose en lui m'intrigue et me fait de la peine à la fois. Il est si différent du petit garçon du passé. Mais impossible de mettre le doigt sur ce qui me touche tellement. Après un long soupir, je finis par rentrer à mon tour et me coucher.

La même scène se reproduit plusieurs fois au cours des semaines suivantes. A chaque fois, je vois Benjamin débarquer au café et demander à Ruth si elle n'a pas vu son père. A chaque fois, je ressens une colère de plus en plus forte. Comment un père peut-il se comporter ainsi avec son propre fils? Déjà qu'il n'a plus que lui depuis le départ de sa femme. Ne devrait-il pas s'en occuper un peu mieux? J'ai beau me dire que je ne devrais pas y accorder la moindre importance et garder mon objectif en priorité, je ne peux pas m'empêcher d'y penser. Toutefois, je n'ose poser aucune question. J'ai le sentiment que la situation reste taboue à la maison. Pour Benjamin comme pour tout le monde. Ruth fait preuve d'autant de sollicitude qu'elle le peut, mais elle n'aborde jamais la question, et je ne préfère pas trop l'interroger non plus. Malgré tout, toute cette histoire me met très mal à l'aise. J'ai bien conscience qu'elle ne me concerne en rien mais c'est plus fort que moi. Et je n'ai personne à qui en parler. Alors je décide d'en discuter avec Théo.

- Et bah... s'exclame-t-il alors que je viens de finir de lui décrire la situation. Ce n'est pas évident.

- C'est horrible. Et tout le monde semble au courant mais personne ne dit rien.

- Et son fils?

- Benjamin?

- Hum hum... qu'est-ce qu'il fait?

Je soupire.

- Il le cherche régulièrement à travers la ville.

Théo hoche de la tête.

- Qu'est-ce que tu veux y faire?

- Rien, je ne peux rien faire...

- Est-ce qu'il en parle avec toi?

- Qui? Benjamin?

L'idée que Benjamin se confie à moi alors que nos relations ressemblent plus à un combat de boxe qu'à autre chose me fait ricaner.

- Quoi?

- Excuse-moi, c'est juste que...

- Quoi? répète Théo.

- C'est juste que Benjamin et moi on... on ne se parle pas vraiment.

- Sérieux?

152

Je hoche de la tête.

- Il n'est pas sympa avec toi?

Je souris en entendant sa formulation.

- Non, ce n'est pas ça.

- Il n'a pas intérêt à te chercher des noises, ajoute-t-il sur un ton faussement menaçant.

Je souris.

- Il ne m'en cherche pas.

- Alors quel est le problème?

- C'est juste que...

J'éprouve de grandes difficultés à formuler ma pensée.

- C'est juste qu'il semble ne pas vouloir de moi ici.

Théo a un mouvement de recul et écarquille les yeux.

- Mais... pourquoi? Tu ne lui as rien fait!

- Je n'en sais rien Théo. Je... je n'en sais rien.

Je soupire à nouveau. L'avoir énoncé à voix haute rend la situation encore plus réelle et je réalise qu'elle me fait de la peine. Je me sens déjà tellement démunie face à ce changement radical de vie. Je ne m'attendais pas à recevoir autant d'hostilité de la part de quelqu'un. Alors pour essayer de ne pas rester sur cette note négative, j'ajoute :

- Mais les autres sont supers.

- Quels autres?

Théo a levé un sourcil, l'air soupçonneux.

- Les autres jeunes qui travaillent sur l'exploitation pour mes grands-parents.

- Ils sont beaucoup?

Je lui décris John, Joseph et Damian, leur accueil sympathique et leurs conseils avisés. Je me rends bien compte que j'essaye à la fois d'enjoliver les choses pour moi et de ne pas trop complimenter les garçons, pour ne pas inquiéter Théo. Devant son air un peu gêné, je finis par demander :

- Tu es jaloux?

Il secoue la tête.

- Non, je suis content que tu te sois fait des amis ici.

Au fil des jours, je perfectionne ma technique de serveuse, limitant ainsi la casse. Malgré mon manque évident d'expérience, je prends beaucoup de plaisir et m'applique pour m'améliorer et rendre réellement service à Ruth et Joe, plutôt que de leur détruire toute leur vaisselle. En plus de me tenir occupée, ce poste me permet de faire la rencontre de pratiquement tous les habitants de la ville. Le *Moose* étant le seul bar de Brenton qui serve aussi quelques petits plats simples, à peu près tout le monde vient ici de temps à autre. Alors je finis par connaître les habitudes de chacun. Par exemple, Tony Melun, le boulanger, vient en général en fin de matinée lorsqu'il a terminé toutes ses fournées pour la journée. Gary et Tina Roseberg, un couple d'une soixantaine d'années, viennent tous les jours sans faute pour boire un café et un jus de fruit. Tina apporte toujours son tricot pendant que son mari lit le journal et commente l'actualité. Esther McLeod est une autre des clientes régulières, malheureusement. Je repère très vite l'attitude désagréable de cette femme d'âge mûr, toujours tirée à quatre épingles, les lèvres pincées. Elle a toujours des exigences particulières lorsqu'elle passe commande, comme avoir le thé à une température précise ou son croissant présenté dans une certaine position sur son assiette. A croire qu'elle passe le plus clair de son temps à chercher comment me casser les pieds et rendre mon travail encore plus compliqué. Et bien que je m'efforce de répondre à toutes ses demandes plus excentriques les unes que les autres, elle ne

155

semble jamais satisfaite. Malgré tout, une telle cliente représente un véritable défi pour la débutante que je suis. Et puis il y a les garçons. John, Damian et Benjamin viennent pratiquement tous les vendredis et samedis soirs. D'après le premier, il n'y a rien à faire d'autre alors ils préfèrent venir me regarder dans mes tentatives pathétiques de devenir une vraie serveuse. Mais ils ont beau se moquer gentiment de moi, j'apprécie leur soutien, en quelque sorte. Et de temps en temps, ils sont accompagnés d'autres jeunes.

CHAPITRE 9

« Tell me what's been happening, what's been on your mind
Lately you've been searching for a darker place
To hide, that's alright. »
Leave a light on - Tom Walker

Un mois. Un mois déjà que je travaille au *Moose,* et je me sens de plus en plus à l'aise. Même le 4 juillet s'est particulièrement bien déroulé, sans dommages excessifs en matière de vaisselle. La soirée a été un franc succès et cette première expérience d'une soirée particulièrement intense a été concluante. Rassurés à propos de mes capacités, Ruth et Joe en ont profité pour prendre plus de temps pour eux et me confient de plus en plus de responsabilités. Mes talents de serveuse commencent enfin à pointer le bout de leur nez, ce que je n'espérais plus - tout comme mes employeurs - même s'ils voulaient me faire croire le contraire. Ainsi soulagés que j'aie mis un terme au processus de destruction totale de l'ensemble de leur vaisselle, ils envisagent même de me confier les reines du café un jour entier.

- Tu es sérieuse?

Je regarde Ruth, très dubitative, alors qu'elle vient de me proposer de faire la fermeture le soir-même.

- Évidemment ma grande!

Elle sourit de toutes ses dents d'une blancheur contrastant avec le beau noir de sa peau.

- Ruth, je...

- Tu en es capable!

Elle me tapote dans le dos.

Et puis la cuisine est finie, il n'y aura que quelques verres à servir puis nettoyer et fermer.

J'inspire un grand coup.

- Ok!

- Fantastique! Merci, Luna.

- Merci à toi pour ta confiance.

Je dépose un baiser sur sa joue rebondie et la suis des yeux alors qu'elle va se changer au bureau. Puis je lance un regard circulaire à la salle. Il ne reste effectivement plus grand monde. Quelques personnes discutant doucement autour de trois tables. Une dizaine tout au plus. Je peux le faire. Je commence à nettoyer la vaisselle tout en restant attentive à d'éventuelles commandes. Mais tout le monde semble souhaiter juste terminer sa boisson et partir. Alors au bout d'un petit moment, chacun finit par se présenter au bar afin de régler ses consommations et partir, les uns après les autres. Je souffle de soulagement. Il n'est pas très tard, je vais pouvoir nettoyer la salle tranquillement et filer. Je sens une pointe de fierté en constatant que je suis restée seule plus d'une heure sans qu'il ne se passe aucune catastrophe. Je me mets à débarrasser les tables et laver les derniers verres. Puis je passe un coup de balais et, finalement, entreprends de nettoyer le sol. Alors que j'entame dans un coin de la salle, la cloche à l'entrée retentit.

- Je vais fermer, dis-je avant de lever la tête.

Benjamin se tient dans l'embrasure de la porte. Il regarde autour de lui. Je soupire en pestant contre Mason, qui doit encore être en train de cuver son vin quelque part, mais quelque chose est différent dans son attitude. Je n'arrive pas tout de suite à mettre le doigt dessus, jusqu'à ce que je m'approche pour lui demander s'il a besoin d'aide. Au moment où nos regards se croisent, je

159

constate qu'il a les yeux vitreux. Je reconnais immédiatement ce regard incertain et vide, pour l'avoir régulièrement vu chez son père. Je ne pense pas les avoir trouvés aussi similaires jusqu'à présent.

- Est-ce que ça va?

Il se penche légèrement en avant, comme s'il manquait d'équilibre.

- Tu as bu?

- Un peu, dit-il, la voix incertaine.

- Tu cherches ton père?

Il grogne sans répondre. J'inspire longuement en le regardant, réfléchissant à un moyen de l'aider. Mais il hausse les épaules et lève le doigt.

- Il faut que... je rentre.

Il enfonce une main dans la poche de son jean et se met à farfouiller dedans, tout en passant d'un pied à l'autre, manquant de tomber à plusieurs reprises. Il finit par sortir ses clés de voiture et se retourne.

- Attends, qu'est-ce que tu fais?

Je sens une boule se former dans mon estomac. Il n'est pas sérieux quand même là, si? Il a vraiment l'intention de conduire dans cet état? Il se retourne et secoue les clés devant mes yeux.

- Je rentre...

- Pas dans cet état.

J'ai prononcé ces mots d'une voix ferme, sans aucune hésitation. Benjamin a beau être un abruti fini, il est hors de question que je le laisse conduire dans cet état. Il mettrait la vie des autres en danger, et sa propre vie par la même occasion. Il pose sur moi ses yeux vides, comme s'il était complètement ailleurs.

- Je ne vais pas... dormir... là, prononce-t-il avec toutes les peines du monde.

Je soupire d'agacement.

- Évidemment pas, rétorqué-je. Donne-moi ça, je te ramène.

Je tends la main pour attraper les clés mais il esquive mon geste.

- Oh! s'amuse-t-il comme un gamin. Raté!

J'hallucine. J'entends Miss Fierté hurler de rage. Si je l'écoutais, je laisserais Benjamin rentrer chez lui tout seul, peu importe son état. Mais je sais parfaitement que je ne serais pas tranquille avec ma conscience s'il arrivait quelque chose alors j'insiste et parviens à me saisir des clés. Puis je pousse Benjamin sur une chaise.

- Ne bouge pas de là.

161

J'ai l'impression de parler à un petit garçon. Je termine rapidement de laver le sol et le rejoins.

- Allez, viens.

Il se relève avec peine et manque de tomber alors je le retiens et l'aide à sortir. Une fois dehors, je ferme la porte du *Moose*. J'arrive tant bien que mal à soulever mon vélo pour le poser à l'arrière du pick-up de Benjamin, pendant que ce dernier me regarde faire, l'air amusé devant mes difficultés. Puis je le pousse sur le siège passager et monte côté conducteur. J'ai fait la fière, suis restée ferme sur le fait que je ne le laisserais pas conduire alcoolisé mais je réalise, une fois derrière le large volant, que je n'ai jamais conduit un tel véhicule. J'ai l'impression d'être dans un car. Je jette un coup d'œil à Benjamin qui essaye vainement d'attacher sa ceinture tout en grommelant, offrant un spectacle à la fois ridicule et hilarant. Après l'avoir observé un moment, je finis par lui donner un coup de main en marmonnant.

- À ce rythme on sera encore là demain...

Puis je pousse un long soupir et démarre le moteur, qui émet un énorme grondement. Je mets plusieurs minutes à me familiariser avec la conduite de ce monstre. Puis, une fois sortis de Brenton, je commence même à y prendre du plaisir. Le bruit du moteur, la sensation de pouvoir rouler n'importe où avec ses immenses roues, tout porte à s'imaginer en pleine aventure dans la brousse. Benjamin laisse complètement son corps aller à côté de moi et bouge à chaque secousse, à tel point que j'ai l'impression à plusieurs reprises qu'il va finir par vomir. Arrivés à la ferme, nous descendons les deux de la voiture et il se dirige directement et sans un mot vers sa maison. Je le regarde partir et réalise que mon vélo est encore dans le coffre. Après une seconde d'hésitation, je finis par considérer que je suis trop fatiguée, et pas assez forte, pour le descendre de là et décide de rentrer moi aussi.

Le soleil est à peine levé le lendemain lorsque je sors boire mon café dans la cour. J'ai besoin d'un peu de tranquillité et d'air frais avant le début de la journée. Je suis perdue dans mes pensées, le regard plongé dans ma tasse au contenu noir, lorsque Benjamin sort de chez lui. Je lève la tête au même moment et nous nous fixons quelques secondes. On dirait que le fait de m'avoir

163

vue lui rappelle quelque chose et il rebrousse chemin pour aller vers son pick-up, à l'arrière duquel il attrape mon vélo et le dépose au sol en l'appuyant contre le mur de l'étable. Puis il m'adresse un léger signe de tête, que je prends pour un remerciement, et va accueillir Damian et ses deux collègues qui arrivent en voiture. Je les rejoins après avoir vidé ma tasse et nous commençons à discuter de la journée, qui s'annonce particulièrement chaude si j'en crois John, très renseigné sur la météo.

- Ils annoncent de grosses chaleurs ces prochaines semaines, m'explique-t-il l'air ravi.

Je le regarde, perplexe.

- On dirait que la perspective de brûler au soleil te réjouit!

Il hoche la tête, tout sourire.

- Oui! Enfin... non, mais c'est le meilleur moment pour aller au lac!

Là, je suis perdue. Je me souviens bien de la rivière, en bas de la colline à la balançoire, où Benjamin et moi jouions petits, mais je n'ai aucun souvenir d'un lac.

- Le lac de Dayton, précise alors John. Il est petit, mais il y a une plage de sable. On y va avec les autres quand il fait vraiment trop chaud.

- Chouette!

Pour une fois, j'ai l'impression qu'une activité proposée dans le coin pourrait me plaire. Et la perspective de quitter un peu la ferme et me changer les idées me donne très envie.

- Ok, alors c'est décidé, tu viendras avec nous!

Damian se retourne et m'adresse un large sourire.

- Tu verras, c'est très sympa.

Je les laisse sur ces plans alléchants et vais rejoindre les animaux. A la demande de grand-mère, je commence tout d'abord par aller arracher des choux pour les poules. Je reviens au bout d'un long moment, les bras chargés des larges feuilles odorantes que je jette ensuite aux gallinacés surexcités devant un tel festin. Épuisée par l'exercice, je m'accorde une petite pause de quelques minutes et m'installe sur un banc installé contre l'un des murs de la ferme, à côté du poulailler, qui fait face à la colline à la balançoire. J'observe avec amusement les poules picorer allègrement tout ce qui traîne. Je m'adosse contre le dossier du banc, quand j'entends des voix. Je tends l'oreille. Elles proviennent de la cour. Je reconnais la voix de papa. Il semble énervé, mais je n'arrive pas à entendre ce qu'il dit exactement. Tout en pestant contre ma curiosité mal placée, je glisse lentement le long du banc puis me lève en silence et m'approche du coin du mur. Je jette un coup d'œil dans la cour. Papa est effectivement là, devant Mason. Je le vois secouer la main, le doigt tendu en direction du père de Benjamin. On dirait qu'il gronde un enfant qui vient de commettre une bêtise.

- Ça a assez duré, l'entends-je dire sur un ton ferme.

Mason pose sa main sur son épaule en signe d'apaisement.

- Tout va bien James.

- Non, tout ne va pas bien!

Papa a haussé le ton. Il repousse le bras de Mason d'un geste brusque. Puis il tranche l'air de sa main.

- C'est terminé, tu entends?

Mason le fixe sans rien répondre. Il a le regard noir. Je n'arrive pas à voir le visage de papa, qui me tourne pratiquement le dos. Les deux hommes se fixent un instant. Je n'ose plus respirer, de peur qu'ils me voient.

166

Je crains qu'ils n'explosent et se battent, sous mes yeux. Je n'ai aucune idée de ce que je pourrais faire pour les en empêcher. Je n'ai pas souvent vu papa énervé et je l'imagine encore moins se lancer dans un combat à mains nues. Et puis, pour être tout à fait honnête, Mason semble beaucoup plus habitué à de telles activités, avec ses larges mains et ses bras épais. Papa, en bon new-yorkais qui se respecte, a l'air tout droit sorti d'une publicité pour des habits de style fermier chics. Je frémis en les observant se regarder en chien de faïence pendant ce qui me paraît un temps interminable, puis Mason baisse sa main et la tend vers papa.

- C'est bon James, c'est bon.

Je vois papa regarder la main tendue vers lui sans un mouvement. Puis, lentement, il finit par la serrer, avant de tirer dessus et de déclarer:

- Je te garde à l'œil Mason.

Finalement, les deux hommes se séparent, papa retourne à la maison et Mason monte dans le tracteur parqué au milieu de la cour. Je pousse un long soupir de soulagement. Même s'il me reste plus de questions que de réponses, je suis rassurée

167

de ne pas avoir dû tenter une séparation in extremis avant qu'ils ne s'entretuent.

Je me repasse la scène tout le reste de la journée. Au repas de midi, j'observe papa et Mason alors qu'ils ne s'adressent la parole à aucun moment. Je passe en revue toutes les raisons qui pourraient les pousser à se disputer ainsi. La plus probable me semble être la passion dévorante qui anime Mason pour l'alcool. Et son attitude lorsqu'il a trop bu. Mais pourquoi cela dérangerait papa au point qu'il le menacerait comme il le faisait tout à l'heure? Je n'en ai pas la moindre idée. Je suis si concentrée sur la question que j'entends à peine les garçons m'interpeller. Je finis par être tirée de mes pensées par John qui me tapote l'épaule.

- Luna?
- Hein?

Je lève la tête.

- Pardon, je réfléchissais.
- Est-ce tu veux venir alors?
- Où ça?
- Au lac, ce dimanche. On pense y aller dès le matin, avec les autres.
- Il vaut mieux partir tôt pour avoir de la place! ajoute Damian avec enthousiasme.

- Oh! Oui, oui, avec plaisir.

- N'oublie pas ton maillot de bain!

Sur ce conseil, les garçons se lèvent en un seul mouvement, remercient grand-mère pour le repas et montent dans les deux tracteurs qu'ils ont laissés au milieu de la cour. Après avoir débarrassé la table avec maman, j'enfourche mon vélo et file pour le *Moose*.

Heureusement, il y a foule dans le café cet après-midi, ce qui m'empêche de ruminer mes pensées et mes questions. Je cours dans tous les sens, évitant de casser quoi que ce soit, tout en servant correctement les clients. Ruth et Joe sont tout aussi débordés, mais ravis.

- Les affaires marchent de mieux en mieux, me glisse Ruth en encaissant un client, tout sourire. Heureusement que tu es là!

Je lui renvoie son sourire.

- Je suis tout aussi contente de travailler ici.

Au milieu de l'après-midi, Ruth m'ordonne de prendre une petite pause, alors que je suis sur le point de défaillir, tant j'ai couru partout. Je m'installe alors sur un banc, un peu à l'écart du café, sous un arbre, en bordure de route. Sirotant un jus bien frais, j'observe les allées-venues des passants et des voitures. Malheureusement, ce moment de répit donne l'occasion à mon esprit de repartir sur la scène de ce matin, entre Mason et papa. Bien qu'ils aient semblé se séparer en de bons termes, je ne peux m'empêcher de les revoir se lancer des regards noirs au milieu de la cour et comme ils m'ont semblé être sur le point d'en venir aux mains. Je sais que papa est très tendu à cause de sa situation actuelle. Je les ai entendus discuter avec maman, un soir dans la cuisine alors que j'étais au salon. Il n'y a aucune raison que ces soucis soient la cause de leur mésentente, mais je me dis que papa doit sûrement être à fleur de peau et s'énerver pour pas grand chose. Déjà qu'il n'a jamais été du type patient... Tout en achevant mon jus de fruit, redoutant de devoir retourner servir la nuée de clients qui a décidé de venir se rafraîchir au café aujourd'hui, j'essaye de me rappeler des relations entre Mason et papa lorsque j'étais petite. A cette époque-là, je ne me préoccupais que peu de tout ce qui dépassait mon espace vital. Je n'arrive pas à me souvenir d'un seul événement auquel j'aie

170

pu assister entre les deux et qui pourrait expliquer l'origine de leur antipathie. Même il y a sept ans. Je me souviens de l'atmosphère tendue en permanence, des yeux rougis de maman, de notre départ précipité au petit matin. Mais pas que tout cela ait eu un rapport avec Mason. Je tourne et retourne tous mes souvenirs sans parvenir à quoi que ce soit, à tel point que je finis par m'énerver contre moi-même. Intérieurement, je décide alors de laisser les querelles d'adultes aux adultes et de ne plus m'intéresser à cette histoire jusqu'à nouvel avis. Sur cette bonne résolution, je rejoins le café et le marathon reprend.

Peu avant la fermeture, John et Damian font irruption au *Moose*. Leurs visages sont rougis par le soleil et leurs habits trempés.

- Et bien, on voit que vous avez travaillé! m'écrié-je en les rejoignant et en posant mon plateau sur le comptoir du bar.

John m'adresse un sourire fier.

- Il a fait particulièrement chaud aujourd'hui!

Il s'essuie le front à l'aide de son t-shirt, dévoilant un bout de ses abdominaux bien dessinés, auxquels je ne peux m'empêcher

171

de jeter un coup d'œil. Je souris de ma bêtise, espérant qu'il ne s'est aperçu de rien.

- Qu'est-ce que je peux faire pour vous?

- On a commandé une caisse de bières, m'explique Damian.

- Oh! Je me souviens avoir vu quelque chose comme ça quelque part en arrivant.

Je me dirige vers la cuisine.

- Je l'ai mise dans le frigo vu la chaleur.

- Excellent, tu es la meilleure Luna! s'écrie John.

- Et pourquoi est-ce que vous avez besoin d'autant de bières? leur demandé-je en poussant du pied la lourde caisse jusqu'à eux.

- On fait des réserves, répond John en m'adressant un clin d'œil.

- On se voit ce soir au repas? demande alors Damian en se saisissant de la caisse de bouteilles.

Je hoche la tête. Après un coup d'œil à l'horloge accrochée au-dessus de la porte, je soupire en constatant qu'il ne me reste plus qu'une heure avant de pouvoir rentrer, puis me remets à ma course.

Je suis repue.

- Le repas était délicieux, grand-mère, la complimenté-je.

Elle sourit, passe un bras autour de mes épaules et me serre fort.

- Merci ma puce!

Je l'aide à débarrasser avant de me rassoir. Les hommes discutent tranquillement. Leurs voix me bercent alors que j'essaye de déterminer quel est leur sujet de conversation. Lasse, je finis par m'allonger sur le banc, un bras sous la tête, et admire les étoiles qui s'étalent tout au-dessus de nous, à travers les branches du grand chêne. Si je tends l'oreille au-delà des voix autour de la table, je suis même capable d'entendre les cigales. De temps à autre, un oiseau gazouille joyeusement. L'air est doux, légèrement frais, ce qui me fait un bien fou après la chaude journée que nous venons de passer. Papa, grand-père et Mason poursuivent leur discussion. Joseph est rentré rejoindre sa femme et les garçons se sont éclipsés il y a déjà un moment. Je les ai vus partir vers le bois, je ne sais pas trop où à vrai dire. Je laisse mon esprit flotter ici et là, consciente que je pourrais tout à fait m'endormir à cet endroit précis. Mais alors que mes yeux sont sur le point de se fermer, j'entends quelqu'un se racler la gorge tout près de moi. Toujours allongée, je tourne la tête.

- Excuse-moi Luna.

C'est Mason. Il a l'air gêné. Je me redresse et l'invite à poursuivre d'un sourire.

- Est-ce que tu peux aller chercher Benjamin?

Quelque chose dans son attitude me dérange et j'en cherche la raison tout en l'observant sans répondre. Il se balance d'avant en arrière, comme s'il manquait d'équilibre.

- Ce crétin est encore allé se soûler avec les autres dans les bois.

En l'entendant marmonner ainsi, je comprends qu'il a déjà bien trop bu lui aussi. Je me sens aussitôt mal à l'aise mais me lève. Quelque chose me dit qu'il vaut nettement mieux que ce soit moi qui aille chercher Benjamin plutôt que lui.

- J'y vais.

Je prends la même direction que les garçons tout à l'heure, ne sachant pas trop exactement où ils ont pu s'installer. J'entends Mason vociférer quelque chose à propos de la bergerie alors que je pénètre dans le petit bois. Il fait déjà bien sombre

174

alors j'allume la lampe de poche de mon téléphone portable et suis le chemin menant à la cabane où est stocké le bois, près de la bergerie et l'enclos des chèvres. Après quelques mètres, j'entends déjà leurs voix. Ils sont installés sur des rondins de bois, autour d'un feu : John, Damian, un garçon que je n'ai encore jamais vu et une fille que je ne connais pas non plus. Benjamin est adossé à l'arrière de son pick-up. Il tient une bouteille de bière dans sa main. Au moment où j'arrive, la fille me lance un regard plein de curiosité, auquel je m'efforce de ne pas prêter attention alors que je me dirige directement vers Benjamin.

- Ton père te cherche, dis-je en désignant la ferme d'un signe de la tête.

Les autres se sont tus, comme s'ils s'attendaient à ce qu'il se passe quelque chose de spécial. Benjamin me regarde quant à lui sans rien dire pendant un moment, puis se retourne, farfouille dans son pick-up et me tend une bière. J'ai soif après avoir marché jusqu'ici et l'air est plus lourd sous les arbres, alors j'accepte et me saisis de la bouteille en le remerciant d'un signe de tête. John se lève rapidement, tout sourire, et me la décapsule puis m'invite à m'installer autour du feu avec eux.

- Là c'est Adam, m'indique-t-il en désignant le garçon inconnu, qui me salue d'un hochement de tête, et là Aurora.

Cette derrière me scrute un instant, comme si elle détaillait chaque parcelle de mon corps et analysait le moindre de mes mouvements. Je me sens aussitôt mal à l'aise mais tente de ne rien montrer. Ce d'autant plus que je perçois, à ma droite, le regard de Benjamin, fixé sur moi. Je déteste être le centre de l'attention. John me désigne une place sur un rondin et je m'y assois, espérant que cela mettra un terme à l'observation désagréable dont je fais l'objet. Heureusement, Damian recommence à parler avec Adam et John, qui détourne immédiatement son attention de moi. Je soupire de soulagement.

- Alors c'est toi la fille de New York?

Aurora s'est approchée de moi. Je suis tout d'abord surprise du ton avec lequel elle m'a posé la question, beaucoup plus agréable que ce que laissait présager son examen attentif de ma personne il y a quelques minutes. Je hoche la tête.

- Je suppose.

- Et alors, c'est comment?

Dans la mesure où j'ai vécu à New York toute ma vie, cette question m'a toujours surprise. En général, j'ai plutôt envie d'envoyer bouler les gens. « C'est comme partout ailleurs ». Mais je regarde Aurora, cette très jolie fille, qui doit avoir mon âge, avec ses longs cheveux bruns noués en une tresse qui lui arrive jusqu'en bas du dos et ses deux immenses yeux bruns, je n'ai pas le cœur de la rabrouer.

- C'est génial, dis-je alors en souriant.

- C'est mon rêve d'y aller! s'exclame-t-elle comme une petite fille.

Je suis touchée par sa réaction et son enthousiasme. Tout à coup, je me mets à envisager que je pourrais trouver une amie ici. Et c'est une sensation très étrange après avoir repoussé toute idée d'intégration dans la région.

- Tu devrais, c'est génial.

Je la vois faire la moue et elle secoue la main devant elle.

- Impossible, c'est beaucoup trop cher. Je ne suis jamais sortie de l'Iowa.

- Sérieux?

- C'est compliqué, entre l'école et la ferme.

177

Je suis sur le point de lui demander plus de précision sur l'école dont elle parle quand une sonnerie se fait entendre. Tout le monde tourne la tête vers Benjamin, toujours accoudé à sa voiture. Il sort son téléphone de sa poche et scrute l'écran sur lequel s'est visiblement affiché un message, avant de le remettre à sa place sans un mot et d'avaler une longue gorgée de sa bière. Il croise alors mon regard et me fixe d'un air de défi, comme si j'allais lui reprocher de ne pas être allé retrouver son père comme demandé. Je choisis de ne pas lui prêter attention et me retourne vers Aurora. J'apprends qu'elle a 19 ans et que ses parents sont fermiers et travaillent régulièrement avec Luc et Pauline. De son côté, elle suit des cours dans une école de Des Moines, à un peu plus d'une heure de route. Je l'apprécie tout de suite. Il y a quelque chose de si vivant chez cette fille! Ses yeux bruns sont toujours grands ouverts et elle sourit à chaque fois qu'elle parle. Son attitude enthousiaste un peu enfantine contraste avec son physique de jeune femme. Elle porte un short salopette en jean d'où dépassent des jambes fines interminables, et une chemise à manche courtes à carreaux rouges et blancs.

178

Je l'interroge sur son école, curieuse de savoir quelles sont les formations que l'on peut suivre dans la région.

- C'est dans l'agro-alimentaire! me répond-elle toujours avec autant d'enthousiasme. Mes parents aimeraient que je reprenne l'exploitation quand ils seront à la retraite.

- Et toi, c'est ce que tu aimerais?

Son regard étonné m'arrache un gloussement. On dirait qu'elle ne s'est jamais posée cette question.

- Ce n'est pas comme si j'avais tellement le choix, explique-t-elle. Enfin je me suis faite à l'idée, c'est comme ça depuis que je suis toute petite.

Elle soupire longuement en haussant les épaules.

- Mais travailler à la ferme me plaît. C'est ce que je connais.

Une nouvelle sonnerie de téléphone nous interrompt. Benjamin ressort son portable de sa poche et regarde un moment l'écran. Cette fois il s'agit d'un appel. Au bout de quelques secondes, il finit par décrocher sans rien dire et porter simplement l'appareil à son oreille. Dans le silence qui est tombé autour du feu, nous pouvons entendre une voix qui hurle à l'autre bout du combiné. Benjamin baisse la tête et s'éloigne de quelques pas dans le bois. Je l'observe du coin de l'œil écouter son interlocuteur, le visage fermé, puis raccrocher rageusement et enfoncer son téléphone dans sa poche. Il reste ensuite un long moment sans bouger, nous tournant le dos. Je suis à quelques mètres mais je peux deviner que son corps est complètement tendu. Il finit par revenir vers son pick-up, farfouiller à l'arrière, puis partir en direction de la ferme après nous avoir lancé un « À plus les gars ». Nous le suivons tous du regard alors qu'il s'éloigne. J'entends l'un des garçons lancer un « taré » dans sa barbe mais je ne sais pas s'il parle de Benjamin ou de son interlocuteur au téléphone. Autour de moi, les discussions reprennent timidement. Je sens immédiatement que la scène a provoqué un malaise difficilement surmontable. Je ne peux pas m'empêcher de me sentir coupable parce que c'est moi qui suis venue porter le message de Mason. Et au vu de l'odeur de son haleine tout à l'heure, je suppose que c'était lui au bout du fil qui hurlait. Je scrute l'endroit où Benjamin a disparu sans parvenir à me remettre dans la conversation avec les autres. Le rire cristallin d'Aurora me sort quelque peu de mes pensées et je me retourne vers elle, me forçant à lui sourire.

- Tu seras là? me demande-t-elle.

Je la questionne du regard. J'ai dû manquer quelque chose.

- Pour la comète?
- La quoi?

Elle éclate de rire.

- La comète! Izzie!
- Je dois admettre que je suis perdue.
- IZ 712, explique Adam. Ici on l'appelle Izzie. C'est une comète qui passe au-dessus de la terre tous les 5 ans environ. Comme on la voit le mieux depuis le Mont Rose, la ville organise une grande fête pour l'occasion.

- L'occasion de s'éclater surtout! s'exclame John avec enthousiasme.

- Il ne se passe jamais rien dans les environs il faut dire, ajoute Aurora en rigolant.

Je souris.

- Et à quoi ressemble cette fête?

- Quelques attractions, de la musique, de la nourriture et à boire, décrit Damian. C'est sympa, l'ambiance est chouette.

- Tu devrais venir! s'exclame Aurora.

- Ça a l'air sympa, dis-je.

- Cette année elle passe... commence Aurora avant de se tourner vers les garçons, l'air interrogateur.

- En septembre, complète Damian.

A ces mots, je réalise qu'ils partent de l'idée que je serai encore là en septembre et je sens une boule douloureuse se former dans mon estomac. Aurora a dû remarquer mon changement d'attitude, car elle m'interroge d'un air inquiet :

- Est-ce que ça va Luna?

Je hoche de la tête. Je ne veux pas lui dire que je serai là. Pourquoi? J'ai l'impression qu'aussi longtemps que je garde en tête mon objectif de retourner à New York pour la rentrée je pourrai l'atteindre. Mais si je commence à faire des plans ici c'en est fini. Et l'idée de rester coincée là toute ma vie me donne presque la nausée.

- Désolée, dis-je, mal à l'aise, je dois y aller.

Sans rien ajouter, je me lève et quitte les lieux pour retourner à la ferme. Une fois arrivée, je m'enferme dans ma chambre. Sans prendre le temps de me changer, je me couche et me couvre de la tête aux pieds. Je reste de longues minutes prostrée dans cette position, essayant de calmer la douleur dans mon ventre et de reprendre un rythme de respiration normal, avant de sombrer dans un sommeil agité.

CHAPITRE 10

« Where do you go when you're lonely
Where do you go when you're blue
Where do you go when you're lonely
I'll follow you
When the stars go blue »
When the stars go blue - Ryan Adams

La petite fille se balance avec force, lançant ses jambes en avant avant de les replier avec vigueur pour prendre toujours plus de vitesse. A chaque fois qu'elle se retrouve tout en haut, elle aperçoit la route qui mène à la ferme, qui disparaît ensuite quand elle redescend. Elle pousse un cri de joie en remontant.

- Tu vas trop haut! s'exclame le petit garçon.

- Mais non c'est tellement bien!

- Attention, tu vas tomber!

Il se tient à côté de l'arbre et la regarde faire des aller-retour avec anxiété. Elle se tourne vers lui en repliant les genoux sous la balançoire avant de les relancer avec toute la force qu'elle a dans les jambes. Mais en se penchant en avant elle perd l'équilibre, glisse et tombe lourdement sur le dos.

Aussitôt le petit garçon se précipite vers elle alors qu'elle pleure à chaudes larmes en se tenant le bras gauche. Son coude est râpé et elle saigne. Le petit garçon arrête la balançoire qui menace de lui arriver en pleine tête et s'accroupit auprès d'elle.

- Je vais souffler, affirme-t-il en soufflant délicatement sur la blessure.

Puis il attrape un bout de son t-shirt et tamponne doucement la plaie. La petite fille ne sent pratiquement plus la douleur alors qu'elle l'observe s'activer avec une concentration accrue.

- Merci, je n'ai plus mal, dit-elle.

Elle se penche alors vers le petit garçon et dépose un baiser sur sa joue avant de se lever et de partir en courant et en gloussant sur le chemin, laissant le petit garçon derrière elle, immobile.

J'ouvre les yeux. La petite fille court encore devant mes yeux en se retournant de temps en temps pour regarder le petit garçon, toujours assis, une main sur sa joue. Je secoue la tête. Quelque chose dans les images de mon rêve est si familier mais

185

impossible de mettre le doigt dessus. Tout est si clair et pourtant si flou en même temps.

Je reste assise sur le bord de mon lit, l'esprit encore embrumé par le sommeil, lorsque j'entends des éclats de voix provenant de la cour. Les garçons sont apparemment déjà là. Je jette un coup d'œil à mon téléphone pour connaître l'heure. 6h30. Ils sont en avance, ce qui me donne un indice de leur taux de motivation pour cette excursion au lac. Il faut dire que malgré l'heure très matinale, il fait déjà bien chaud. Et les journées sont de plus en plus difficiles à supporter. Je me frotte les yeux avant de commencer à m'activer. Heureusement, mon sac est déjà prêt. Je n'ai qu'à enfiler un maillot de bain, un short et un débardeur, puis je descends rejoindre tout le monde. A la cuisine, grand-mère me propose une tasse de café que j'avale rapidement avant de sortir en lui lançant un rapide « au revoir ». Je suis contente de quitter la ferme, de faire autre chose que de m'occuper des animaux ou de servir des clients. Je me réjouis de pouvoir me rafraîchir et me changer les idées.

Dans la cour, John et Damian sont plongés dans une discussion animée tout en se lançant une balle. Aurora et Adam sont appuyés contre le pick-up de Benjamin. Je les salue avec un sourire, contente de voir que je ne serai pas la seule fille présente. Je la rejoins d'ailleurs aussitôt et elle me donne un petit coup de coude.

- Ça va être génial! lance-t-elle avec enthousiasme.

- Hey Luna! s'exclame John en se rapprochant, tout en attrapant au vol la balle que vient de lui lancer Damian.

- Prête pour la baignade? m'interroge ce dernier.

- Oh que oui! C'est loin?

- Une petite heure de route, m'informe Adam.

- On y sera pour huit heures au plus tard, ajoute John. C'est parfait, on aura toute la place!

Je regarde autour de nous.

- Est-ce qu'on est au complet? Qu'est-ce qu'on attend?

- Ben, m'informe Damian.

A ces mots, je sens comme une boule se former dans mon estomac.

- Ah... ok.

- Tu as l'air déçue, intervient Aurora, observatrice.

- Non. Non pas du tout, c'est juste que...

J'essaye de me rattraper comme je peux. Après tout, je ne vois aucune raison qui pourrait justifier que je sois déçue qu'il vienne. Aurora me fixe de ses grands yeux, l'air curieux et innocent.

- C'est juste qu'il ne me semblait pas du genre à participer à ce type d'activité.

Aurora et les garçons échangent des regards entendus.

- Quoi?

John pouffe.

- S'il vient c'est surtout à cause de Julia...

- Julia?

- Sa copine, précise John, en imitant des guillemets avec ses doigts.

Je renonce à en savoir plus. Le sujet de notre conversation se décide finalement à sortir de chez lui. Il porte un short noir et un t-shirt blanc. Je ne l'ai jamais vu dans une tenue aussi décontractée. Pour la première fois, je remarque ses jambes fines et dessinées. Il n'a décidément plus rien du petit garçon de mon souvenir. Après un signe de tête à notre attention, il se penche derrière

188

le pick-up et je ne le vois plus. Je l'entends s'affairer autour de la roue arrière. Comme personne ne semble étonné, je ne pose pas de question. Au bout d'un moment, les garçons se répartissent les affaires et nous nous distribuons dans les deux voitures. Je monte à l'arrière de celle de Damian, avec Aurora.

J'observe avidement le paysage tout le long de la route. John, Damian et Aurora discutent avec animation, rigolant de temps à autre et essayant de me faire participer mais je ne me sens pas encore assez à l'aise pour me mêler à leur conversation. De temps à autre, une musique qui leur plaît passe à la radio et ils montent le volume en chantant à tue-tête. Nous roulons toutes les fenêtres ouvertes afin d'avoir un peu d'air.

A l'extérieur, les champs à perte de vue ont laissé la place à un paysage plus valloné. Il y a toujours des champs bien sûr, mais maintenant, de petites collines rocheuses s'élèvent ici et là, et donnent aux environs un aspect plus sauvage. Je suis perdue dans mes pensées en regardant défiler la route, perdant la notion du temps. Du coup, je suis presque surprise lorsque Damian tourne subitement sur un petit chemin de cailloux. Un coup d'œil derrière nous m'indique que Benjamin nous suit toujours dans son pick-up, accompagné d'Adam. Nous sommes secoués dans tous les sens sur le chemin qui nous mène vers une étendue boisée. Je distingue une colline à l'arrière.

- Le lac est juste derrière les arbres, m'informe Aurora.

Je lui adresse un sourire en réponse. Elle semble plus que ravie d'être là. Et je dois admettre que l'enthousiasme général commence à me contaminer également. Il fait si chaud que l'idée de me baigner me semble être la meilleure chose qui puisse m'arriver.

Damian manœuvre son 4x4 pour se parquer sous un arbre et Benjamin place son pick-up à côté de nous.

- C'est parti! s'exclame John en se retournant vers Aurora et moi, tout sourire.

Au moment où nous mettons un pied à l'extérieur, j'entends des cris. Je me retourne et découvre plusieurs personnes s'approcher, dont une jeune fille qui semble surexcitée. Elle est blonde, a de magnifiques cheveux longs qu'elle porte libres et qui ruissellent sur ses épaules alors qu'elle court vers nous en nous faisant de grands gestes. Le petit short qu'elle a dû enfiler presque par obligation ce matin ne laisse pratiquement plus rien à l'imagination, mais je peux comprendre qu'elle l'ait choisi tant son corps est parfait. A peine est-elle arrivée à notre hauteur qu'elle se jette aux bras de Benjamin et colle sa bouche sur la sienne.

- C'est Julia, m'informe Damian, énonçant une évidence.

Je hoche de la tête. Le reste des arrivants nous rejoignent.

- Salut les gars! Tout le monde, voici Luna, Luna, voilà tout le monde, présente John.

Je leur fait un signe de la main, puis chacun s'approche et se présente plus formellement. Il y a Pedro, qui doit avoir les yeux les plus noirs que j'ai vus et qui porte un piercing à l'arcade sourcilière. Je devine un léger accent hispanique lorsqu'il me salue.

Adelina le suit. C'est une très belle jeune fille aux cheveux tout bouclés, qui forment comme une pelote de laine autour de son visage rond et avenant. Tomas, brun ténébreux qui arbore une barbe de trois jours et Joshua, grand, blond et très musclé qui me rappelle tant Théo que j'ai de la peine à le regarder en face en lui serrant la main, se présentent ensuite. Puis finalement Julia, qui me surprend en me prenant brièvement dans ses bras tout en me souhaitant la bienvenue.

Je les salue les uns après les autres, essayant de mémoriser ces différents signes distinctifs afin d'être en mesure de me souvenir de qui est qui. Ces présentations faites, nous attrapons tous un sac puis nous traversons la zone boisée parsemée de petits chemins. Julia et Benjamin ferment la marche. Je ne sais pas trop à quoi je m'attendais, mais je suis surprise de le voir lui tenir la main. Une telle démonstration d'attention ne me paraissait pas pouvoir émaner de lui.

Sortant du bois, nous nous retrouvons devant une vaste étendue d'eau. Sur la rive opposée s'élève la colline que j'apercevais depuis la route. D'immenses rochers forment une cascade jusque dans l'eau. De part et d'autre de la colline et tout autour du lac s'étend une plage de sable fin et clair. Tout le monde retire ses chaussures en un seul mouvement alors je les imite. Le contact avec le sable encore frais est si agréable que je reste quelques secondes sans bouger, tandis que les autres poursuivent leur route en quête du meilleur emplacement pour y poser nos affaires. Benjamin et Julia passent à côté de moi. Ils se tiennent toujours la main et Julia agrippe encore le bras du jeune homme de sa main libre. Elle pose sa tête sur son épaule en gloussant, puis dépose un baiser sur sa joue. Je ne peux m'empêcher de sourire en les voyant comme ça, puis d'éprouver un pincement au coeur en m'imaginant avec Théo sur cette plage. Je décide alors de l'appeler plus tard dans la journée, histoire de partager avec lui mon programme du jour. Je regarde encore le couple un moment. Quelque chose dans l'attitude de Benjamin me semble tout de même un peu étrange. Il paraît plutôt passif, alors que Julia déborde de marques d'attention envers lui. Il n'est peut-être pas si différent de l'image que je me suis faite de lui. Je hausse les épaules et finis par les suivre.

Nous rejoignons les autres, qui discutent avec animation à propos de l'endroit le plus adéquat pour étendre les linges. Les filles sont d'avis qu'il nous faut nous installer le plus près possible de l'eau alors que les

193

garçons préfèrent s'assoir en bordure du bois afin d'avoir un peu d'ombre. John, Monsieur météo, expose que la température va augmenter progressivement et que nous allons cuire, ce qui n'a pas l'air d'inquiéter Aurora et Adelina, qui ont visiblement pour projet de rentrer ce soir avec un corps cramoisi. Je jette un coup d'œil à Benjamin et Julia pour connaître leur position sur ce sujet épineux, mais ils se bécotent, Julia gloussant à intervalles réguliers, comme pour nous informer qu'elle est toujours en vie après une séance interminable de baisers. Inconsciemment, je note les endroits où Benjamin pose ses mains sur le corps de la jeune fille : les hanches, sans les serrer. Il garde les yeux ouverts quand il l'embrasse. Il me donne l'impression d'être absent. Je secoue la tête, m'invectivant mentalement d'être aussi curieuse. Du coup, perdue dans mes observations, je manque le débat capital et comprends finalement que les hommes ont gagné : Damian et John entreprennent d'étaler un à un les linges sous les branches longues et basses d'un arbre au bord du sable.

- On sera bien là, annonce John, toujours son sourire aux lèvres. Madame, si vous

194

voulez bien vous donner la peine, ajoute-t-il en m'invitant à m'assoir en désignant la serviette.

Je m'installe en rigolant. A peine les sacs et les linges sont posés que tout le monde se met à enlever ses habits. Des t-shirt et des pantalons me passent sous le nez, puis je les entends crier et les vois se précipiter vers l'eau. Je reconnais Julia à sa chevelure dansante. Si je pensais que sa tenue du jour ne laissait pas grand chose à l'imagination, c'était sans compter le maillot de bain qu'elle a choisi aujourd'hui, si l'on peut appeler ainsi quelques bouts de ficelle noire... Un peu gênée mais amusée par le spectacle, je reste assise un moment, sans oser retirer mes habits. Je constate que Benjamin n'a pas participé à la course à l'eau. Il est installé à quelques mètres de moi. En temps normal, j'aurais engagé la conversation pour briser la glace, mais le regard qu'il me lance m'arrête dans mon élan. Je soupire, très mal à l'aise. Je me retrouve devant un choix difficile : essayer de supporter cette tension désagréable ou rejoindre les autres. Après une longue inspiration, je finis par considérer que je n'ai aucune raison de m'infliger ce moment et arrête mon choix sur la seconde option. J'enlève mes habits et rejoins les autres au bord de l'eau. Les filles sont déjà mouillées jusqu'à la taille. Plus prudente, j'opte pour une entrée progressive. Il n'est pas encore neuf heures. Le soleil n'a pas eu le temps de réchauffer l'eau et je frissonne à peine le bout de mes orteils mouillés.

- Frileuse? me demande John, sans se départir de son sourire.

Il se tient à côté de moi, les mains dans le dos, l'air un peu timide. Il porte un short rouge qui lui donne l'allure d'un maître nageur tout droit sorti d'une fameuse série télévisée. Je ne peux pas m'empêcher de sourire à cette idée.

- Qu'est-ce qui te fait rire?

J'hésite à lui avouer, mais il doit bien se douter. Avec un tel physique, il ne peut ignorer l'effet qu'il doit faire aux filles.

- Tu ressembles à l'un des types d'*Alerte à Malibu.*

John éclate de rire.

- On ne me l'avait encore jamais faite, admet-il, à mon grand étonnement.

C'est alors qu'il reçoit la balle en plein visage.

- Les gars, je vais vous tuer! hurle-t-il en se précipitant sur ses amis.

Damian et Adam se jettent à l'eau et se mettent à nager à toute vitesse. Ils sont vite rattrapés par les autres garçons. Je me retourne rapidement et constate que Benjamin n'a pas bougé et nous observe. Les filles se sont enfoncées un peu plus dans l'eau et discutent avec enthousiasme. Je décide de m'approcher et elles m'accueillent avec de grands sourires.

Tout en avançant prudemment dans l'eau, nous commençons à discuter de tout et de rien, mais essentiellement du sujet qui semble les intéresser le plus : les garçons. Julia paraît très éprise de mon voisin taciturne. Elle n'arrête pas de parler de lui et ses yeux s'illuminent à chaque fois qu'elle prononce son prénom.

- Depuis quand est-ce que vous êtes ensemble? lui demandé-je histoire de faire la conversation.

- On se connaît depuis un moment déjà. Mais on s'est vraiment mis ensemble il y a deux semaines.

- Oh! Oh, c'est tout frais!

197

- Oui, mais je suis déjà folle de lui, admet-elle en gloussant. Il est craquant n'est-ce pas?

Je me retourne pour observer le principal intéressé, plutôt dubitative devant sa description. Mais je hoche tout de même la tête. Si je suis parfaitement honnête, je dois admettre qu'il ne manque pas de charme. Oui, il est plutôt bel homme, grand, des yeux clairs et des cheveux très foncés coupés courts. Il a quelque chose, dans le genre un peu torturé.

La discussion tourne ensuite autour du programme des prochaines semaines. Je crois comprendre que, comme Aurora, Julia et Adelina suivent des cours à Des Moines et qu'elles sont actuellement en vacances et, visiblement, pleines de projets.

- J'aimerais emmener Benjamin en week-end, nous avoue Julia, qui semble ne pas pouvoir tenir une conversation qui ne tourne pas autour de son couple plus de deux minutes.

- Génial! s'exclament en coeur Adelina et Aurora.

- Et vous iriez où? demandé-je, curieuse de connaître les lieux intéressants pour ce genre d'escapade en amoureux.

- Je ne sais pas encore. Il faut déjà le convaincre.

- Ça lui ferait sûrement le plus grand bien.

J'ai lâché cette remarque sans trop réfléchir aux conséquences et je réalise mon erreur en constatant que les filles m'observent étonnées.

- Comment ça?

Je ravale ma salive et réfléchis à toute vitesse. Comment rattraper ça maintenant...

- Avec le travail et tout...

Julia hoche lentement la tête. Pas sûre qu'elle voie de quoi je veux parler.

- Oui, bien sûr...

Fort heureusement, je suis sauvée par les garçons, qui nous interpellent. Au moment où nous nous tournons dans leur direction, ils nous désignent le ballon.

- Une partie? propose Adam.

Les filles se jettent des coups d'œil entendus.

- Pas peur de vous faire éclater encore une fois? lance Adelina sur un ton de défi.

- Oh oh oh! s'exclame Joshua, on veut une revanche!

- Très bien!

Nous les rejoignons sur le sable et formons deux équipes. Attirer Benjamin n'est pas une mince affaire et, malgré le fait que cela monterait notre nombre à un chiffre impair, les garçons entreprennent de parlementer avec lui, ce qu'il font longuement alors qu'il s'est installé sur un linge. Julia finit par prendre les choses en mains et va s'assoir à côté de lui. Je les observe, aussi discrètement que possible, pendant qu'ils semblent plongés dans un débat mené unilatéralement par la jeune fille. Benjamin garde son air désabusé. Finalement, Julia se penche vers lui et lui glisse quelque chose à l'oreille. Puis elle se lève, le tire par le bras et parvient à le ramener jusqu'à nous.

Nous formons deux équipes et je me trouve dans celle composée de six personnes. Même si personne ne le dit, je me doute bien que ce choix est dû à mon niveau de jeu. Une partie de football endiablée s'engage. Je n'ai jamais été très fan de sport en général, mais je me prends rapidement au jeu et malgré mon manque évident de talent pour l'exercice, je passe un excellent moment.

Je comprends assez rapidement comment les filles, accompagnées de Pedro, ont pu battre les garçons. Elles sont vraiment douées. Lors d'une pause au cours de laquelle j'en profite pour boire abondamment, j'apprends d'ailleurs que les trois jouent dans l'équipe de leur école. Je me fais la réflexion que j'aurais plutôt imaginé Julia dans le rôle de la cheffe des pompon girls mais apparemment j'avais tort.

Après avoir battu les garçons à plate couture à plusieurs reprises, nous nous installons pour manger. Certains étendent une large couverture à même le sable pendant que d'autres sortent une quantité impressionnante de nourriture des sacs que nous avons emmenés.

- Alors Luna, comment tu te sens en Iowa? me demande Joshua en me tendant une assiette en plastique.

- J'essaye de m'y faire, réponds-je en toute honnêteté.

- Ça doit te changer de New York, intervient Tomas.

- Effectivement.

- Et qu'est-ce que tu faisais à New York? me demande Julia, se détournant de

Benjamin, dont elle tient toujours le bras comme s'il risquait de s'envoler.

- Je suis des cours d'architecture, dis-je en insistant sur le présent.

J'hésite à ajouter que je vais les poursuivre à la rentrée mais quelque chose m'arrête. Je ne voudrais pas me porter malheur.

La conversation se poursuit et tourne autour de la vie à New York. Aucun des jeunes présents n'y a jamais mis les pieds et je constate qu'ils sont fascinés par la Grosse pomme. Alors j'essaye de la leur décrire avec le plus de détails possibles.

Nous avalons avec appétit les plats préparés en grande partie par grand-mère, qui a accepté avec plaisir de les confectionner lorsque je lui ai demandé.

Le repas terminé, je m'allonge sur un linge. Le soleil tape fort et il fait maintenant une chaleur écrasante. L'idée du lac était vraiment fabuleuse, il aurait été impossible de faire quoi que ce soit dans cette chaleur. John, Damian, Adam et Joshua sont retournés dans l'eau, où ils font des longueurs tout en s'éclaboussant de temps à autre. Les filles ont opté pour la bronzette et, après avoir légèrement avancé leurs linges pour être au soleil, se sont couchées et ne bougent maintenant plus. J'hésite presque à aller vérifier si elles sont toujours en vie mais je suis trop bien installée, à l'ombre. Tomas et Benjamin sont plongés dans une conversation dont je ne perçois que des bribes. Il semble que le sujet soit le travail à la ferme, car j'entends les mots « tracteur », « pâturages » et « exploitation » à plusieurs reprises, mais je n'y prête que peu d'importance. Reste Pedro qui a sorti un livre dans la lecture duquel il est plongé depuis un moment. Je profite de ce moment de calme pour écrire un message à Théo et lui envoyer une photo de la vue depuis ma serviette. Au moment où je prends le cliché, j'aperçois les garçons nager à toute vitesse en direction de la rive opposée du lac. Ils se dirigent apparemment vers les rochers. John y parvient le premier et il grimpe sur l'un d'eux, que des aspérités permettent d'escalader. Il se retrouve au sommet, à plusieurs mètres de la surface de l'eau, et pousse un cri victorieux pendant que les trois autres le rejoignent. Puis, l'un après l'autre, ils se jettent dans l'eau en formant des bombes.

- Venez, c'est génial! hurle Joshua avant de remonter sur le rocher.

J'hésite quelques secondes, mais finis par me lever. J'entre prudemment dans l'eau, puis, après m'être mouillée différentes parties du corps, je finis par plonger et les rejoindre. La fraîcheur de l'eau sur mon corps m'absorbe bientôt toute entière. En bas du rocher, j'essaye d'évaluer ma capacité à l'escalader quand Joshua me tend la main et m'aide à monter. Puis, dans un même mouvement, John, Damian et lui se précipitent en courant jusqu'au bout et se jettent à nouveau dans l'eau en poussant des cris. J'ai terriblement envie de les imiter mais il suffit que je m'approche du bord pour me sentir mal. Le temps que je réfléchisse à toutes les conséquences possibles d'un saut, de la simple jambe cassée à la tétraplégie à vie, les filles, Pedro et Tomas nous ont rejoints. Ils montent tous avec une aisance que je doute pouvoir jamais acquérir.

- Combien de fois vous avez fait ça? leur demandé-je histoire de gagner du temps avant de devoir sauter.

- Des centaines de fois! s'exclame Julia. La première fois est toujours la plus difficile.

John est remonté et me tend la main. Je la regarde, un peu gênée et très anxieuse, puis finis par l'attraper.

- A trois, me lance-t-il avec un clin d'œil.

Il commence à compter. Je n'ai pas le temps de protester qu'il s'est déjà avancé vers le bord et, à trois, je décide de ne plus réfléchir. Je m'élance. Nous levons les bras en l'air et je lâche sa main. J'ai l'impression de flotter pendant une fraction de seconde. Je ne suis pas sûre de respirer encore, ni d'en être toujours capable. Je sens mon coeur battre jusque dans mes oreilles. Puis, comme au ralenti, je sens mon corps tomber. Je ferme les yeux et me laisse envahir par cette sensation de liberté, jusqu'à ce que le bout de mes pieds touche l'eau et que j'y plonge en entier.

Le lac est assez profond à cet endroit et je coule à pique. Puis je sens le sol meuble sous mes pieds, le repousse énergiquement et émerge à la surface, juste à côté de John, qui pousse un cri de joie. Boostée par cette bouffée d'adrénaline, je crie à mon tour, avant que nous ne remontions sur le rocher.

Le soleil commence à décliner dans le ciel quand Tomas et John, autodéclarés experts en la matière, entreprennent d'allumer un feu. De mon côté, je me sens totalement inutile, faute d'avoir une quelconque expérience s'agissant de survie en-dehors d'une ville, alors je me contente de les observer nous installer un véritable festin à même le sable.

Le soleil s'approche et disparaît finalement derrière les arbres, et la température baisse progressivement jusqu'à être si fraîche que je me mets à frissonner. Nous nous serrons tous autour du feu et je les observe uns à uns, admirant leurs yeux brillants à la lumière des flammes. Nous avons tous pris de sacrées couleurs et certains ont les yeux rouges après avoir longtemps nagé sous l'eau. Julia est installée entre les jambes de Benjamin, appuyé sur ses coudes dans le sable. Damian me tend un chamallow piqué au bout d'un bâton. Tout autour de nous le long des berges du lac s'allument un à un de petits feux. Au-dessus de nos têtes s'étalent des nuées d'étoiles. Et je suis fascinée par ce spectacle.

- C'est comme ça qu'on passe notre temps libre par ici, m'informe John.

- J'aime beaucoup.

Aurora vient s'assoir à côté de moi et pose sa tête sur mon épaule en soupirant.

- Je suis épuisée, déclare-t-elle en rigolant.

Je suis surprise par son geste mais finis par me détendre, attendrie.

Je tends le dernier sac à John, qui le dépose dans le coffre du 4x4.

- C'était top, dis-je, merci pour l'invitation.

- C'était génial, merci à toi d'être venue!

Il m'adresse un immense sourire.

- On remet ça bientôt. Il faut que je regarde la météo.

Je ris.

- Ok Monsieur Météo, tu me diras.

Damian et Aurora s'approchent et chargent leurs affaires à l'arrière.

- Alors Miss New York, me lance le premier, ça t'a plu?

- Beaucoup! Ça m'a fait un bien fou!

Adam nous rejoint et s'adresse à John :

- Est-ce que ça te va si je monte avec vous? J'habite en ville, ajoute-t-il à mon attention.

John approuve d'un signe de tête.

- Tu rentres avec Benjamin, Luna?

Je me retourne pour regarder le principal intéressé. Cette option ne m'enchante guère, mais je ne veux pas faire d'histoires.

- Aucun soucis, c'est plus simple comme ça.

- Alors c'est réglé, annonce Damian.

Il m'étreint.

- A demain!

Suivent John, qui me fait une bise, Adam, puis Aurora.

- On se voit bientôt?

- Avec plaisir.

Joshua, Tomas, Pedro et Adelina viennent nous saluer, alors que Julia a entrepris visiblement de siffler tout l'air qu'il reste dans les poumons de Benjamin en guise d'au revoir. Lorsqu'elle finit par le lâcher, son visage est toujours aussi inexpressif. Ça me fait presque de la peine pour Julia, qui semble être une fille adorable. Je la regarde monter dans la voiture avec les quatre autres et partir avant de rejoindre le pick-up de Benjamin. Sans un mot, je m'installe côté passager. Il démarre le moteur et quitte le parking de cailloux. Je ne quitte pas l'extérieur des yeux, fixant droit devant moi ou sur le côté, en évitant soigneusement de regarder dans la direction de Benjamin. Il fait nuit noire et je ne distingue pratiquement plus rien, mais le silence me semble si lourd dans l'habitacle que je préfère avoir l'air très intéressée par le paysage nocturne, ou alors plongée dans mes pensées, plutôt que de devoir réfléchir à quelque chose à dire pour le briser.

Je ne sais pas trop comment étant donné que j'ai essayé de lutter pour l'éviter, mais je finis par m'assoupir. Ce n'est qu'au moment où Benjamin coupe le moteur que je me réveille, réalisant que nous ne roulons plus. Je me redresse un peu trop précipitamment, la tête comme dans du coton, et me tourne vers Benjamin. Quelque chose dans son regard s'est adouci, mais je ne sais pas si c'est le fait de me réveiller en sursaut qui l'amuse simplement. J'essaye de remettre mes cheveux en place et me frotte les yeux.

- Je me suis endormie...

Si vous avez besoin d'enfoncer des portes ouvertes, venez me voir... Je lève les yeux au ciel, agacée par ma propre bêtise, mais Benjamin ne relève pas. Il soupire. On dirait qu'il a envie de dire quelque chose mais comme il se tait, je finis par prendre mon sac à l'arrière et quitter l'habitacle, en lançant un vague « merci » et en secouant mollement la main. Je clopine péniblement jusqu'à la maison puis m'affale dans le lit sans même me changer et sombre dans un sommeil profond.

CHAPITRE 11

« This is where the chapter ends
A new one now begins
Time has come for letting go
The hardest part is when you know
All of these years, when we were here
Are ending, but I'll always remember. »
Time of our lives - Tyrone Wells

Il n'y a qu'une poule dans le poulailler. Elle est installée sur l'une des étagère, recouverte de paille. La petite fille aime l'odeur qui se dégage dans ce petit lieu exigu. Elle y est entrée pour aller chercher les œufs, mais elle sait qu'elle n'aurait pas dû. Elle a un peu mal au ventre, cette petite angoisse qui vous prend quand vous savez parfaitement que vous faites une bêtise. Mais c'est en même temps très excitant.

Elle se dit qu'elle va juste ramasser les œufs et ressortir. Personne ne saura qu'elle y est allée. Mais une voix s'élève à l'extérieur. C'est son grand-père qui rassemble les poules pour qu'elles passent la nuit dans le poulailler. Instinctivement, elle recule contre le mur du fond, d'où elle est dissimulée par un bac de graines. Le coeur battant, elle observe l'extérieur par la petite fenêtre sale. Les poules se précipitent à l'intérieur en caquetant.

Puis la petite fille entend le bruit du loquet qui se referme.

Sa petite aventure se complique. Elle est maintenant enfermée dans le poulailler. Mais pas question de dire quoi que ce soit, elle se ferait disputer.

En proie à une grande panique, elle reste collée au mur, cherchant des yeux autour d'elle une autre issue. Mais elle sait bien qu'il n'y en a pas.

Un long moment plus tard, elle entend plusieurs voix qui l'appellent : ses parents et ses grands-parents. Et il y a une autre voix, plus jeune.

Quand elle ose lever à nouveau les yeux vers la fenêtre, des yeux la fixent. Elle reconnaît tout de suite le visage, mangé par les grands yeux clairs du petit garçon. D'un doigt sur la bouche, il lui intime le silence, avant de délicatement libérer le loquet et ouvrir la porte. Elle se précipite dehors, où il l'accueille les bras ouverts. Il ne reste que cette sensation si forte de soulagement.

212

Malgré notre retour tardif et la fatigue de la veille, j'ouvre les yeux avant même que mon réveil ne sonne. Mais j'ai l'impression d'avoir rechargé mes batteries pour un bon moment. Et je me sens envahie par le même soulagement que la petite fille de mon rêve. Le sentiment flotte encore quelques instants dans l'air pendant que j'émerge. Puis je me lève, un sourire aux lèvres, que je garde en descendant prendre mon petit-déjeuner.

- Alors cette sortie ma chérie? m'interroge maman.

Grand-mère me tend une tasse de café chaud.

- C'était super, réponds-je.

- Pas trop fatiguée? me questionne maman. Je t'ai entendue rentrer. Il était déjà tard.

Je vais répondre quand j'entends grand-mère discuter avec grand-père.

- C'est mieux que je le garde avec moi aujourd'hui, murmure-t-elle.

Je vois grand-père hocher de la tête.

- Luna? me relance maman.

- Hum? Oh, oui! Il était passé minuit. Mais j'ai très bien dormi.

213

J'avale ma tasse encore fumante et sors dans la cour pour accueillir les garçons. Ils sont d'ailleurs déjà arrivés les trois et semblent discuter du programme de la journée car je les entends parler de champs et de verger.

John m'adresse l'un de ses larges sourires dont il ne se départit jamais alors que j'arrive à leur hauteur.

- Alors, bien dormi après notre escapade?

- On ne peut mieux! Et ça m'a redonné la pêche.

- Tant mieux, c'était le but.

J'aperçois Benjamin qui sort de chez lui en se dirige vers nous. Quelques secondes après, Mason le suit. Il a l'air mal réveillé et sa démarche est mal assurée. Je me demande un instant s'il n'a pas déjà commencé à boire.

- Quel est le programme du jour? demandé-je aux garçons histoire de reporter mon attention sur autre chose.

- Aujourd'hui on a une grosse journée, me répond Joseph. On doit commencer les cueillettes pour la foire.

- La foire?

- Oui, ajoute John, début août Brenton organise ce grand marché. Monsieur et

214

Madame Ducrost y vendent leurs récoltes. Du coup on doit s'activer pour que tout soit prêt.

- C'est dans deux semaines, termine Damian.

- Oh, ok. Dites-moi si je peux faire quelque chose alors. Grand-mère ne m'a rien demandé.

A ces mots, cette dernière sort et nous rejoint avec grand-père. Ils semblent plongés dans une conversation très sérieuse, même si elle m'adresse un large sourire en arrivant à ma hauteur.

- Bonjour les garçons! lance-t-elle.

- Madame Ducrost, lui répondent-ils en coeur.

- Damian, Joseph, aujourd'hui vous irez au verger. On va commencer par les pommes, indique grand-père.

Les deux intéressés hoche de la tête.

- Mason, tu t'occupes du maïs avec John.

- Benjamin? commence grand-mère.

Celui-ci lève la tête.

- Tu veux bien m'aider au potager aujourd'hui?

Je repère les regards entendus que s'échangent les personnes autour de moi. Les paroles de grand-mère dans la cuisine me reviennent. Mais comme la situation semble relever d'un accord tacite pour tout le monde, je ne pose aucune question.

- Est-ce que tu as besoin de quelque chose? lui demandé-je. Je peux m'occuper des animaux et venir t'aider. Je ne vais pas au café aujourd'hui.

- Oh avec plaisir ma puce! Retrouvenous quand tu auras terminé.

Après avoir terminé le nettoyage des enclos et bien rempli les différentes mangeoires, je repasse à la maison et attrape un chapeau à larges bords et des lunettes de soleil. Le soleil est déjà bien haut et chauffe considérablement. J'emprunte ensuite le chemin aux vieux magnolias pour rejoindre grand-mère au potager. Je la trouve avec Benjamin. Elle creuse de petits trous dans la terre et y dépose des plans de salade pendant que Benjamin retourne la terre sur une large portion au fond du potager. Grand-mère lève les yeux à mon arrivée.

- Ah ma chérie! Merci d'être venue.

Je souris en m'essuyant les mains sur mon pantalon. Benjamin ne m'a pas lancé un seul regard et continue à soulever la bêche avant de la rabattre avec force au sol.

- Qu'est-ce que je peux faire?

- Tu peux passer le râteau derrière Benjamin, ça ira plus vite.

Au moment où je m'approche de ce dernier, il se redresse et me regarde d'un air neutre. Il m'examine quelques secondes et je repère ses yeux descendre et monter de mes pieds à ma tête. Il affiche une moue dédaigneuse, puis, d'un signe de tête, me désigne le râteau.

Je profite de ce moment avec grand-mère pour m'enquérir de l'organisation de l'exploitation pendant la foire dont m'ont parlé les garçons. Elle m'apprend donc qu'elle se tient sur une semaine et que toute la ville y participe. Plusieurs dizaines d'agriculteurs et d'artisans y présentent leur travail et leurs produits et l'événement attire de nombreux visiteurs pendant toute la semaine. Grand-père et elle y installeront un stand où ils vendront notamment des animaux, poules et chèvres, ainsi que des fruits et légumes.

- Les garçons sont à pied d'œuvre pour tout récolter à temps! m'explique-t-elle avec enthousiasme.

- Oui, c'est ce qu'ils m'ont dit! Est-ce que vous aurez besoin d'aide?

217

- Oh nous ne sommes jamais trop nombreux pour la foire!

Elle sourit et adresse un regard à Benjamin.

- Les garçons tiendront le stand avec ton grand-père. Mais tu es la bienvenue!

Elle achève de planter la dernière salade et se lève puis consulte sa montre.

- Je vais aller faire à manger. Continuez les enfants!

Puis elle se dirige vers la maison. Je jette un regard gêné en direction de Benjamin et soupire. Il poursuit son bêchage avec énergie, comme si je n'étais pas là, alors je décide de l'imiter et ratisse derrière lui au fur et à mesure.

Il semblerait que le fait de ne pas se parler aide à l'efficacité. Il ne nous faut pas longtemps pour terminer de retourner et ratisser toute la parcelle. Benjamin pose sa bêche et attrape une bouteille d'eau, au goulot de laquelle il boit longuement. Puis, sans même me regarder, il me la tend. C'est presque comme si cela l'embêtait profondément. Il fixe un point en face de lui. Je lui lance un regard insistant, ne serait-ce que pour qu'il ait au moins l'obligeance de se tourner vers moi mais c'est comme si

218

j'étais transparente. Je m'étonne qu'il m'ait même proposé à boire. Je marmonne un « merci » qui me coûte plus qu'autre chose, ramasse mon râteau et décide de retourner à la maison. A mon grand désarroi, je constate qu'il m'imite et nous marchons donc en silence pendant d'interminables minutes, l'un derrière l'autre. A plusieurs reprises, j'ai envie de lui demander quel est son problème mais n'ose pas franchir le pas. Alors je rumine jusqu'à la ferme. Dans la cour, je constate que Mason est de retour. Ou n'est-il peut-être même pas parti travailler? Je l'ignore, mais note qu'il se tient avachi sur le banc, les yeux dans le vide. Plus par réflexe que volontairement je me tourne vers Benjamin qui s'est arrêté à l'entrée de la cour. Il semble hésiter à aller voir son père. Puis il secoue la tête avec un air de dégoût et va rejoindre grand-mère à la cuisine. Alors que je pénètre à l'intérieur, je les entends murmurer.

- Il a été travailler au moins?

La voix de Benjamin ne dissimule rien de son aversion pour l'attitude de son géniteur et je ne peux que le comprendre.

- Ne te préoccupe pas de ça, lui répond grand-mère avec bienveillance. Prends ça tiens!

J'entre dans la cuisine au moment où Benjamin porte un morceau de pain à sa bouche et je m'approche pour poser mon chapeau sur l'îlot. Grand-mère en profite pour se placer entre Benjamin et moi et poser ses bras sur nos épaules.

- Merci pour votre aide les enfants! s'exclame-t-elle, tout sourire. Vous m'avez bien aidée. Apportez tout ça dehors, vous voulez bien?

Elle désigne les assiettes et les couverts posés sur le plan de travail et le bol de salade qu'elle a préparée. Je jette un coup d'œil à Benjamin, qui se contente de lui adresser un sourire avant de se dégager et de s'emparer des assiettes. Je le regarde sortir puis demande à grand-mère :

- Mason est là dehors. Il a l'air d'avoir déjà picolé... Est-ce qu'il a été aux champs avec les autres ce matin?

Grand-mère élude ma question d'un geste de la main et me pose le bol dans les mains. Mais je n'ai pas l'intention de repartir sans comprendre.

- Est-ce que c'est souvent comme ça?

Elle soupire.

- Luna...

- Est-ce que c'est à cause de lui que vous avez décidé que Benjamin devait rester avec toi ce matin?

Tant qu'à mettre les pieds dans le plat, autant poser les vraies questions. Grand-mère me scrute un instant sans répondre. J'ai l'impression qu'elle hésite à dire la vérité et cherche un mensonge à me sortir qui soit suffisamment plausible pour que je cesse de l'interroger.

- Grand-mère, insisté-je.

- Cette période est toujours un peu difficile pour Mason, me répond-elle.

- Mais pourquoi?

Grand-mère jette un coup d'œil par la fenêtre et je l'imite. Benjamin a posé les assiettes sur la table et se tient maintenant devant son père, qui semble n'avoir pas bougé du banc. Puis grand-mère se retourne vers moi et, après une longue respiration, elle m'explique :

- C'est à cette période qu'Alicia est partie. Alors nous le laissons un peu tranquille et après ça va mieux!

Elle me sourit mais ce sourire ne monte pas jusqu'à ses yeux. Puis elle caresse mon bras.

- Veux-tu bien apporter la salade sur la table? Les garçons ne vont pas tarder!

Je hoche la tête.

Le lendemain, après avoir terminé mes tâches avec les animaux, j'enfile mon chapeau de paille et mes lunettes de soleil et retourne aider grand-mère au potager. Elle a à nouveau demandé à Benjamin de rester avec elle. Celui-ci est en train de creuser le long du chemin lorsque j'arrive. Il lève la tête et se redresse à mon passage et je l'entends pousser un ricanement étouffé en me regardant de haut en bas. J'aurais envie de lui demander ce qui le dérange cette fois-ci mais je me retiens. Miss Prudence m'enjoint à faire comme s'il n'était pas là, tout en tenant sa main devant la bouche de Miss Fierté, qui voudrait tenir un discours bien différent, impliquant très probablement un peu de violence, comme par exemple lui enfoncer mon chapeau bien profond dans la gorge. Je lui lance tout de même un regard agacé, ne serait-ce que pour qu'il ne s'en sorte pas comme si de rien n'était.

- Le canal avait besoin d'être entretenu, explique grand-mère alors que je l'interroge sur l'activité de Benjamin.

J'ai envie de lui demander si elle va le réquisitionner tous les jours et pour quelle raison elle ne demande pas aux autres garçons de l'aider. Mais je me rappelle de ses réponses évasives à chaque fois que j'aborde le sujet alors j'abandonne.

Je suis ses instructions et enfonce des plans de tomates dans la terre que nous avons travaillée la veille. Pour passer le temps, et sûrement éviter que je ne pose des questions gênantes, grand-mère m'interroge sur ma vie à New York. Je sais qu'elle le fait avec un intérêt sincère et sans mauvaise intention, mais je ressens un pincement au coeur en lui racontant ma vie. Ma vie d'avant, me dis-je.

Je lui décris l'université, mes nombreuses activités extra-scolaires, les sorties avec mes amies, et Théo. En parlant, je suis envahie par la tristesse. Depuis mon arrivée à Brenton, j'ai à peine échangé quelques messages avec mes « amies ». A croire que notre amitié était conditionnée à ma présence à New York.

- J'aimerais beaucoup rencontrer Théo, dit-elle en souriant. Il a l'air d'être un garçon charmant!

- Il l'est, réponds-je.

- Tu devrais lui demander de venir passer quelques jours ici.

A ces mots, le pincement au coeur se resserre encore un peu. J'ai beau ne rêver que de partir et retourner à New York, grand-mère et grand-père me manqueront énormément. Les retrouver après tant d'années a ravivé de nombreux souvenirs que je chérissais précieusement et je n'ai pas envie de tout perdre à nouveau. Alors je me contente de hocher la tête sans répondre. Que pourrais-je dire? Que Théo ne viendra pas étant donné que je repars bientôt? A la place, je lui fais part de souvenirs des derniers étés passés à Brenton. Comme la fois où je me suis fait enfermée dans le poulailler dans lequel grand-père venait de faire entrer les poules pour la nuit.

- Maman m'avait interdit d'aller y chercher les œufs alors je n'ai rien osé dire quand il a fermé la porte!

Grand-mère éclate de rire.

- Oh oui, je m'en souviens parfaitement! Nous t'avons cherchée partout!

- J'étais terrifiée. Je m'étais assise tout au fond, entourée des poules. Je me revois chercher le meilleur endroit où passer la nuit, en me disant pour me rassurer que je n'aurais qu'à ressortir le lendemain. Et puis j'ai entendu que vous m'appeliez.

- Nous étions tous si inquiets! Et Benjamin t'a trouvée...

A ces mots, je perds mon sourire. Ça me revient maintenant. Je revois la vitre sale du poulailler, de laquelle j'apercevais l'étable. Et j'entends à nouveau papa et maman m'appeler, sans que je n'ose leur répondre, effrayée à l'idée de me faire punir pour être entrée dans le poulailler sans permission. Et puis je vois le visage de Benjamin apparaître. Et son sourire lorsqu'il met son doigt devant sa bouche pour m'intimer le silence. Puis la porte qui s'entrouvre. Benjamin pénètre dans le poulailler et me regarde, le sourire aux lèvres. Il a l'air de trouver ça génial que je sois cachée là mais je suis trop terrifiée pour dire quoi que ce soit. Il me semble qu'il a fini par s'en rendre compte car je le revois s'approcher de moi et passer son bras autour de mes épaules, puis m'inviter à sortir.

- Comment avez-vous su que je m'étais faite enfermée dans le poulailler? finis-je par demander. Il me semble qu'après m'avoir ouvert la porte, Benjamin m'a aidée à faire semblant que je venais de la rivière.

- Et bien...

Elle fronce les sourcils, semblant fouiller dans sa mémoire.

- C'est lui qui nous l'a dit.

J'écarquille les yeux.

- Oui, c'est ça! Il nous a expliqué ce qu'il s'était passé et que tu avais trop peur de te faire disputer par tes parents. Alors ils n'ont rien dit.

Elle sourit, le regard dans le vide.

- Oh, je me souviens bien comme il a plaidé ta cause!

Elle secoue la tête.

- Quel adorable garçon.

Je remarque que son regard porte en direction du chemin. Je me retourne. Benjamin est toujours en train de creuser et d'arracher les mauvaises herbes qui obstruent le petit canal. Il est trop loin pour nous avoir entendues.

- Je ne savais pas, murmuré-je.

CHAPITRE 12

« Where did I go wrong?
I lost a friend
Somewhere along in the bitterness
And I would have stayed up with you all night
Had I known how to save a life. »
How to save a life - The Fray

Le rythme s'accélère les jours suivants et j'ignore comment j'ai pu y survivre tant mon emploi du temps est rempli. Les préparatifs de la foire vont bon train. Je me lève donc tous les matins aux aurores et m'occupe des animaux en vitesse. Puis je passe le reste de la journée au *Moose*, où j'aide Ruth et Joe à tout organiser. Pour l'occasion, nous passons des commandes spéciales et mettons en place de nouveaux menus. Pendant que Joe retape la vieille terrasse à l'arrière du bâtiment, qu'ils n'utilisent plus depuis des années, Ruth entreprend de m'apprendre les rudiments de la cuisine. Malgré mes doutes et mes protestations, elle semble certaine que je peux faire preuve d'un talent en la matière. Nous nous attelons donc à la tâche tous les jours dès mon arrivée tout en assurant le service. Fort heureusement, il semble que tout le monde soit très occupé avec les préparatifs et le café n'est pas aussi fréquenté qu'à l'accoutumée. Je m'exerce donc à la confection de salade, de burgers et de frites, avec autant d'application que si je procédais à des expérimentations médicales. Au bout d'une dizaine de jours, Joe et Ruth décrètent que je suis en mesure d'aider en cuisine également. Bien que je n'en sois pas si persuadée, la dernière sauce pour hamburger que j'ai préparée ayant plus le goût d'une vieille vinaigrette un peu rassis, je ressens une fierté particulière d'avoir été capable d'apprendre à faire la cuisine en si peu de temps. J'essaye de mettre de côté le souvenir de la réaction de Théo quand je lui ai expliqué le projet de mes employeurs. Je le revois encore ricaner en m'imaginant derrière les fourneaux. J'ai beau avoir eu plus ou moins la même réaction au début de mon apprentissage, j'aurais apprécié qu'il n'insiste pas autant sur les doutes qu'il avait. J'y repense un soir en fin de journée, en soulevant les chaises pour les placer sur les tables et laver le sol. Alors que j'arrive à la dernière table au fond de la salle, je soupire.

Benjamin est avachi sur un banc, les jambes tendues, les yeux à moitié fermés. Il me semble qu'il est arrivé au café en fin d'après-midi mais je ne lui avais pas prêté attention jusqu'à présent.

- C'est déjà la troisième fois cette semaine, lui fais-je remarquer.

Il ne réagit pas alors je lui donne un léger coup de pied dans la jambe. Il sursaute et me regarde, écarquillant les yeux comme s'il venait de se réveiller. Il jette un regard autour de lui et semble réaliser où il se trouve. Je me tiens les mains sur les hanches devant lui. Je pourrais presque en rire s'il ne m'inspirait pas si peu de sympathie. J'inspire longuement.

- Ok, laisse-moi finir et je te ramène.

Puis j'ajoute à moi-même en me retournant :

- C'est pas comme si c'était la première fois...

Étonnement, il obéit, se redresse et m'observe pendant que je termine le nettoyage. Après avoir vidé le seau d'eau sale et rangé le balai dans le bureau, je retourne auprès de lui. Il n'a pratiquement pas bougé et regarde autour de lui d'un air hagard.

- Allez, viens, ordonné-je en soupirant.

Il me suit docilement, avançant prudemment derrière moi en essayant de ne pas tomber. Je le pousse doucement à l'extérieur et referme derrière nous. Puis, comme d'habitude, j'attrape mon vélo et parviens tant bien que mal à le hisser et le poser à l'arrière du pick-up. Benjamin, de son côté, attend bêtement, appuyé contre le mur du café. Je tends une main vers lui. Il baisse les yeux et la scrute, l'air étonné.

- Tu veux que je te tienne la main? demande-t-il en gloussant.

Pour une raison que j'ignore, ces mots provoquent en moi un pincement au coeur. Je grimace.

- Les clés... idiot, ajouté-je en me reprenant.

Il plonge alors sa main dans la poche de son pantalon et parvient, après plusieurs tentatives, à en extraire les clés de la voiture, qu'il me tend.

- Attention, fait-il en levant un doigt en signe de mise en garde, la deuxième est dure à enclencher.

- J'avais remarqué, Benjamin. Allez, monte.

Dans l'habitacle, je l'observe quelques secondes tenter d'attacher sa ceinture en poussant de petits grognements puis, lasse, je finis par l'aider. Alors que j'entends le clic m'indiquant que la ceinture est bien bouclée, je me redresse et jette un coup d'œil au jeune homme alcoolisé. Il me suit du regard, l'air tout à coup très sérieux. Je me racle la gorge.

- Est-ce que ça va?

- Je voulais te dire, commence-t-il d'une voix pâteuse, l'autre jour avec...

Je hausse un sourcil, l'invitant à continuer.

- Oui?

- Avec ton...

Il dessine un cercle au-dessus de sa tête.

- Mon chapeau? deviné-je.

Il hoche lentement la tête, les yeux fermés et l'air satisfait.

- C'est ça.

- Quoi avec mon chapeau?

J'enclenche le moteur. Son air benêt me fait sourire. Je pourrais presque oublier toute l'animosité qui nous lie. Je le regarde du coin de l'œil alors que je manœuvre pour quitter la place de parking avec l'immense pick-up.

- Ça te donnait un air de touriste... ajoute finalement Benjamin.

Sur le moment, je suis plutôt vexée.

- Quoi?

- Bah oui, avec les lunettes et tout...

Tout en parlant, il pose sa tête sur le fauteuil et ferme les yeux.

- Exactement... comme... à... New...

Il laisse la fin de sa phrase en suspend alors je me tourne rapidement vers lui et constate qu'il s'est endormi. Je souris pour moi-même. Il a quelque chose de plutôt attendrissant quand il est soûl, la bouche entrouverte. Et puis son comportement habituel me revient en tête et je perds le sourire.

Une fois la voiture parquée dans la cour de la ferme, je lui donne un léger coup de coude. Il se redresse précipitamment.

- On est arrivés, murmuré-je.

- Hum...

Il se frotte les yeux puis sort de la voiture. Avant de rentrer chez lui, il descend mon vélo de la plateforme et le pose délicatement au sol.

- Merci, lui dis-je en lui tendant les clés.

Sans rien répondre, il se retourne et je le vois rentrer en titubant. Je reste dans la cour

232

bien après qu'il ait refermé la porte de l'annexe, trop réveillée pour être capable de me coucher. Je suis partagée entre plusieurs sentiments, comme si toutes les minis Miss dans ma tête se disputaient, encore, la première place du podium s'agissant de ce que je suis sensée penser de Benjamin. J'ai toujours l'impression que nous avons progressé quand je le ramène complètement bourré chez lui, parce qu'il semble s'ouvrir un peu, dévoiler des pensées qui lui traversent l'esprit, alors qu'il est si fermé d'ordinaire. Mais, systématiquement, il adopte la même attitude détestable dès le lendemain. J'ai même le sentiment qu'il regrette de s'être laissé aller devant moi et opte alors pour un comportement encore plus désagréable, comme pour me rappeler qu'il me déteste. Je soupire puis finis par monter me coucher.

La veille de l'ouverture de la foire, la ferme entre en ébullition. Grand-père et papa ont passé les derniers jours à organiser le stand et distribué des instructions aux garçons. Chacun a l'air de savoir parfaitement ce qu'il doit faire, contrairement à moi. Grand-mère et maman confectionnent des paniers garnis et préparent les pièces tricotées et crochetées par grand-mère tout au long de l'année pour l'occasion et qui seront vendues ces prochains jours. Damian, Joseph et Mason sont allés s'occuper des animaux qui seront vendus. De mon côté, je profite du congé offert par Ruth et Joe pour leur apporter mon aide où je peux. C'est ainsi que je me retrouve à devoir remplir des caisses de pommes et de poires avec John et Benjamin. Nous sommes installés derrière l'étable, où les fruits se trouvent pour le moment dans d'immenses bacs dans la remorque d'un tracteur. John m'explique comment vérifier la qualité et calibrer chaque fruit pour le placer dans la bonne caisse. Benjamin, de son côté, transporte les caisses jusqu'à l'arrière de son pick-up.

Assez rapidement, je me prends à ma tâche presque hypnotisante et me plonge dedans. Je n'entends même plus les garçons discuter de leur côté, trop concentrée. Je suis juste sortie de mon travail par John, qui soulève un pan de mon chapeau. Quand je redresse la tête, il me propose un verre de limonade.

- Toute fraîche de Madame Ducrost, explique-t-il en souriant.

J'accepte avec un immense plaisir la boisson, tant il fait chaud. J'avale plusieurs longues gorgées en jetant un coup d'œil à John, qui se gratte le ventre en buvant. Je réalise que j'apprécie vraiment sa présence. Et pas uniquement parce qu'il est franchement agréable à regarder. John est toujours en train de sourire et de proposer son aide. J'ai rarement rencontré une personne aussi altruiste et je souris en pensant à la chance que j'ai de le connaître. Je dois avoir affiché un sourire un peu bête parce qu'il finit par me demander :

- Qu'est-ce qu'il y a?

Comme je ne réponds pas, un peu gênée d'avoir été prise sur le fait, il ajoute :

- Tu repenses au maître nageur d'*Alerte à Malibu* n'est-ce pas?

Et il éclate de rire. Au même moment, Benjamin s'approche et nous lance un regard mauvais alors qu'il se penche pour prendre une nouvelle caisse.

- Ne te fatigue pas trop, lance-t-il à John en m'ignorant royalement.

- C'est bon, Ben, je m'y remets.

J'admire sincèrement John et sa façon de ne jamais rien prendre mal. J'ignore si cela est dû à de la naïveté ou à sa manière de voir les choses toujours sous un angle positif mais j'aimerais beaucoup avoir la même attitude. Malgré tout, il pose son verre au sol et reprend son travail. Je suis Benjamin des yeux alors qu'il retourne ranger une nouvelle caisse dans le pick-up et soupire. John m'observe, surpris, puis suit mon regard et hausse les épaules.

- Ne t'en fais pas pour ça.

Après avoir préparé un nombre incalculable de caisses de fruits, nous rejoignons les autres pour prendre un repas bien mérité. A table, le seul sujet de conversation est la foire. De mon côté, je serai très chargée avec les animaux en début de matinée puis le travail au *Moose* tout le reste de la journée mais j'en suis enchantée. Deux mois que je suis à Brenton et j'ai enfin l'impression qu'il va se passer quelque chose d'intéressant, même si ce n'est que l'arrivée de dizaines de commerçants et de centaines de touristes. John et Damian m'ont expliqué qu'il y avait une scène sur la place du marché et que le soir des groupes donnaient de petits concerts. Je me réjouis de ce changement d'ambiance.

La suite de la journée est consacrée au reste des préparatifs puis, en fin d'après-midi, papa et les garçons partent pour Brenton pour installer le stand de l'exploitation. Leur départ plonge la ferme dans un calme étonnant. Grand-mère et maman sont toujours affairées à la maison. Les jambes en coton, je m'installe sur le banc dans la cour et m'appuie contre le dossier en poussant un long soupir. Je ferme les yeux quelques minutes. Tout est si silencieux que j'ai l'impression que je pourrais m'endormir sur place. Mais je déchante rapidement en entendant un bruit de verre brisé. J'ouvre les yeux et cherche l'origine du bruit. Lorsque j'aperçois Mason sortir en titubant de chez lui, je devine qu'il en est le responsable. Tout d'abord, il semble marcher sans aucune destination précise, mettant maladroitement un pied devant l'autre et manquant de tomber à chaque pas. J'hésite à aller voir s'il a besoin d'aide mais je me ravise en me rappelant qu'il doit simplement être complètement soûl. J'ai de la peine à savoir quand est-ce qu'il a trouvé l'occasion d'avaler assez d'alcool aujourd'hui pour être dans cet état mais je n'ai pas le temps d'élaborer de théories. Mason s'approche de moi et je distingue alors mieux qu'il se tient la main droite de la main gauche. Et il saigne. Sans réfléchir, je me lève précipitamment et vais à sa rencontre.

- Mason, est-ce tout va bien?

Alors que je suis arrivée à sa hauteur il semble tout juste remarquer ma présence et lève la tête. Il a tout d'abord un mouvement de recul avant d'approcher son visage du mien et cligner des yeux. Je résiste à l'envie de faire un pas en arrière tant il sent l'alcool.

- C'est moi, Mason. Luna.

Il écarquille les yeux.

- Luunaa, répète-t-il lentement. Je...

Il a toutes les peines du monde à parler. Alors il lève sa main blessée à la hauteur de mes yeux. Je hoche la tête et examine la blessure. Il semble s'être coupé la peau entre le pouce et l'index et la plaie saigne abondamment.

- Venez, je vais vous soigner, dis-je.

Je me retourne et commence à marcher en direction de la maison. Jetant un coup d'œil par-dessus mon épaule, je constate qu'il ne me suit pas.

- Mason?

Il lève les yeux vers moi, hagard.

- Suivez-moi, je vais m'occuper de votre blessure.

Je parle d'une voix aussi douce que possible mais cela me demande un effort considérable tant son comportement me dégoûte. Il finit par me suivre en titubant. Je soupire et l'attends dans l'encadrement de la porte. Dans la cuisine, maman et grand-mère sont occupées autour de l'îlot central et discutent tranquillement. Elles lèvent la tête en me voyant entrer puis affichent des mines incrédules lorsque Mason arrive après moi.

- Il s'est blessé, expliqué-je. Je vais juste l'aider.

J'attrape avec autorité le coude de Mason et le fait entrer dans la cuisine. Puis je place sa main sous le robinet et laisse couler l'eau longuement. Maintenant que le sang a été nettoyé, j'ai une meilleure vision de la blessure. Je grimace. La plaie est trop profonde à mon avis pour qu'un pansement suffise.

- Il faut recoudre, dis-je presque plus pour moi-même que pour Mason, grand-mère et maman.

Cette dernière s'approche et examine également la plaie, puis hoche la tête d'un air entendu.

- Effectivement. Mason?

Celui-ci lève les yeux, semblant toujours ailleurs.

- Il te faut aller faire recoudre cette blessure, Mason.

Elle lui parle comme à un jeune enfant.

- Je vais l'accompagner, dis-je.

J'attrape un linge propre dans la salle de bain attenante à la cuisine et l'enroule autour de la main de Mason.

- Très bien, déclare maman. Prends ma voiture.

Elle me tend les clés.

- Va à la clinique du Dr Bate, m'indique grand-mère, qui a gardé une distance raisonnable avec son voisin jusqu'à présent.

Elle m'explique rapidement où se trouve la clinique et nous quittons la pièce. J'ai franchement l'impression de me retrouver dans un film de science-fiction alors que j'aide Mason à attacher sa ceinture et que nous roulons en silence jusqu'à Brenton. Il y

240

a une certaine symétrie avec les virées nocturnes et alcoolisées de son fils, que ne peut s'empêcher de relever Miss Honnêteté dans ma tête.

Arrivée devant l'église, je suis les instructions de grand-mère et emprunte une petite rue sur la droite, parallèle à la place du marché, en pleine ébullition avec les préparatifs de la foire. Je la longe jusqu'au bout et tourne à gauche. J'aperçois alors la petite plaque du Dr Bate sur un bâtiment de briques rouges à un étage. Je nous annonce à la jeune femme derrière le comptoir et nous patientons une bonne demi-heure. Lorsque le docteur nous appelle, je ne suis même pas étonnée de constater qu'il semble avoir l'habitude de voir Mason et de le soigner. Après un rapide examen de sa main, il prépare son matériel et recoud la plaie. Je retrouve Mason avec une main bandée et quelques antidouleurs, que le Dr Bate me confie en me conseillant de ne pas les lui donner s'il a bu. Intérieurement, je me demande alors quand est-ce qu'il pourra bien les prendre. Mais je prends note de ses conseils et nous regagnons la ferme. Entre le travail de la journée et notre escapade à la clinique, je n'ai qu'une envie : aller m'allonger dans mon lit. Et c'est ce que je planifie de faire dès notre retour à la maison. Je parque la voiture de maman dans un coin de la cour et entreprends d'aider Mason à descendre. Au moment où celui-ci pose un pied hors de l'habitacle alors que je le tiens par le bras pour l'aider, j'aperçois Benjamin se précipiter vers nous.

- Qu'est-ce qu'il s'est passé? demande-t-il sur un ton agressif.

Je lui lance un regard sombre.

- Ton père s'est coupé. Je l'ai accompagné à la clinique. Il fallait recoudre la blessure.

- Comment?

- Comment quoi?

Je suis fatiguée et son ton m'agace alors je l'imite, faisant taire Miss Empathie qui me crie que Benjamin doit tout simplement être inquiet pour son père.

- Comment est-ce qu'il s'est coupé?

Puis, sans attendre ma réponse, il s'approche de son père et lui attrape le coude.

- Qu'est-ce que tu as encore fait? l'interroge-t-il sur le même ton qu'un père utiliserait pour réprimander un petit enfant, avec même cette pointe d'inquiétude dans la voix. Viens, on rentre.

Et ils me passent devant pour rentrer. Je secoue la tête, stupéfaite qu'il n'ait même pas pris la peine de me remercier.

- De rien, grommelé-je à voix basse.

CHAPITRE 13

Les garçons n'avaient pas exagéré en me narrant à quel point la foire de Brenton était un événement dans la région. La petite ville d'ordinaire si calme se transforme, l'espace d'une semaine, en centre de l'Iowa. Du moins c'est l'impression que donnent les hordes de visiteurs qui déboulent tous les jours et se concentrent dans l'axe principal de la ville et sur la place du marché. Les stands et étalages des exposants s'étendent à perte de vue. Les vendeurs hèlent les passants en leur proposant leurs produits, qui vont de toutes sortes de denrées alimentaires à des objets décoratifs d'artisanat, en passant par toute la panoplie pour le travail de la terre. D'autres proposent de la restauration préparée sur place. Les *foodtrucks* se suivent, offrant des plats plus variés les uns que les autres. Sur la place du marché sont même parqués plusieurs tracteurs si propres qu'ils luisent au soleil et autour desquels s'agglutinent des paysans fascinés qui discutent avec passion de toutes les qualités des engins.

Le *Moose* n'est pas en reste. La terrasse rénovée par Joe ne désemplit pas et je peux mettre à profit les cours de cuisine prodigués par Ruth. A ma grande satisfaction, tous les clients semblent contents et apprécier les plats que je leur sers. Et je comprends l'insistance de Ruth à m'apprendre à cuisiner alors que nous ne sommes que trois pour servir des dizaines de clients qui se pressent au café sans interruption tout au long de la journée.

Je croise régulièrement Pedro, Adelina, Aurora et Julia qui viennent me saluer au café, prennent un verre ou s'installent pour manger un morceau.

Fort heureusement, Ruth et Joe me laissent quelques moments de répit et j'en profite pour rejoindre rapidement le stand de grand-père et grand-mère, où les garçons se

relaient, en général à deux, pour s'occuper
de la vente des produits. Quand j'ai un peu
plus de temps, je reste avec eux plus
longtemps et leur donne un coup de main.
Pendant que deux des garçons travaillent sur
le stand, un troisième s'occupe de Roméo,
qui tire une charrette dans laquelle
s'installent des enfants par dizaine, pour les
balader à travers la ville. Et un quatrième
reste à la ferme pour s'occuper des bêtes.
Papa et grand-père mettent à profit cette
semaine de foire pour rencontrer d'autres
fermiers et nouer des relations d'affaires.
Grand-mère et maman s'affairent entre la
maison et la foire pour nourrir les garçons ou
apporter d'autres marchandises. De temps en
temps, les garçons viennent se désaltérer au
café. Je m'empresse alors de leur servir les
différents plats que je sais désormais
cuisiner. Et leurs réactions sont assez
diverses.

- Ce n'est pas bon? demandé-je un jour à
Damian qui semble sur le point de s'étouffer
avec un morceau de viande que je viens de
lui apporter.

J'observe son visage avec une pointe
d'anxiété, me triturant les mains. Il lève les

yeux vers moi et essaye d'adopter une mine réjouie.

- Si si, c'est très... il déglutit avec peine, très bon!

Il lève le pouce.

- Oh mince! J'étais sûre de mon coup avec cette marinade...

Je grimace et me laisse tomber sur une chaise.

- Ruth et Joe ne vont pas être contents!

- Oh ne t'en fais pas, me rassure John en passant une main sur mes épaules. C'est mangeable!

Je me tourne vers lui et lui donne un coup de coude alors qu'il pouffe.

- Merci pour vos encouragements les gars...

Après un soupir, je me lève et poursuis mon service. Heureusement que le dernier test auquel ils ont eu droit cette semaine, un émincé de porc avec une sauce au vin rouge, était nettement mieux réussi.

Avant de prendre le service de midi au *Moose,* je fais également le tour de tous les stands. A cette occasion, je croise Tomas et Joshua, qui tiennent le stand de l'exploitation sur laquelle ils travaillent. En revanche, pas de trace de Mason. Et lorsque j'interroge papa et maman à ce propos un matin, je les vois échanger le même regard gêné qu'à chaque fois que j'aborde le sujet. Puis, comme d'habitude, maman me sourit et passe à autre chose sans me répondre. Au bout d'un moment, je crois comprendre qu'il a été mis en congé par grand-père et grand-mère suite à sa blessure à la main. Et je l'imagine aisément profiter de ce temps libre pour goûter tous les alcools qui se vendent à la foire.

En fin de journée, quand je termine mon service au café, je retrouve en général les garçons et les filles sur la place du marché, où une petite scène est installée et des groupes jouent chaque soir jusque tard dans la nuit. Ce sont toujours des groupes de la région et je suis agréablement surprise par la variété des musiques et leur qualité. La plupart des spectateurs dansent et chantent en accompagnant le groupe. C'est le cas notamment d'Adelina et d'Aurora, qui se trémoussent avec toujours autant d'enthousiasme, essayant d'entraîner l'un ou l'autre des garçons avec plus ou moins de succès. Julia est en général collée à Benjamin, qui semble ignorer totalement qu'il est possible de faire autre chose que

248

rester assis, une bière à la main, quand un groupe de musique se produit sur scène.

L'un des soirs est une soirée « *open mic* ». Toutes les personnes intéressées peuvent s'inscrire et se produire devant le public. La liste de candidats est longue comme un bras et les spectateurs nombreux. C'est là que j'entends Megan pour la première fois, alors qu'elle se tient sur scène, guitare à la main. Sa voix cristalline accroche immédiatement mon intérêt et je m'approche de la scène. Elle interprète plusieurs chansons de son répertoire, dans un style folk très mélodieux.

- J'ai rarement entendu quelqu'un chanter aussi bien, fais-je remarquer à John.

- C'est Megan, m'informe-t-il. Elle est vraiment douée! Tu veux que je te la présente?

Alors qu'elle quitte la scène sous un tonnerre d'applaudissements, John me saisit la main et m'entraîne à travers la foule jusqu'à la scène.

- Hey Meg! appelle-t-il en levant le bras.

La chanteuse lève les yeux et l'aperçoit. Elle lui renvoie alors son salut et nous rejoint après avoir remercié les personnes autour qui la félicitent.

- Salut John, dit-elle en le prenant dans ses bras brièvement.

- Je voulais te présenter Luna. Luna, voici Megan, la meilleure chanteuse de toute la région!

- Salut Luna.

Megan me serre la main en affichant un sourire chaleureux.

- Bonsoir. Et bravo pour ce concert. C'était vraiment superbe. John n'exagère pas!

Elle fait un signe de la main d'un air modeste.

- Merci, c'est très gentil.

Regardant autour d'elle, elle nous désigne un banc en bordure de la place et nous invite à nous y installer. Puis elle attrape des bières et nous les propose.

- Alors, Luna, est-ce que tu es du coin?

- De New York, en fait. Je suis ici avec mes parents.

- Génial! New York, c'est le rêve.

Je hoche la tête.

- Tu y es déjà allée?

- Une fois. J'ai dû faire tous les bars où on pouvait chanter pendant une bonne semaine! C'était incroyable.

Le courant passe immédiatement entre nous et nous restons discuter jusque tard dans la nuit. J'apprends que Megan a tout juste 22 ans et qu'elle travaille chez le fleuriste de Brenton. Elle a de magnifiques cheveux bouclés qui tombent en cascade sur ses épaule, d'immenses yeux verts et des lèvres pleines qu'elle peint de rouge. Elle m'explique qu'à côté de son travail dans la boutique, elle se produit dans des bars aussi souvent que possible et a acquis grâce à ça une petite notoriété dans les environs. Elle me confie que son rêve a toujours été de vivre de sa musique à New York. J'ai envie de lui dire qu'elle pourrait venir avec moi avant qu'une petite voix me rappelle que je n'ai encore aucune idée de quand je serai en mesure d'y aller.

- J'y retourne pour la rentrée, dis-je alors, sans trop réfléchir, balayant mentalement l'idée selon laquelle le dire à voix haute va me porter malheur.

- Ah oui?

- Oui, je ne suis là que pour l'été. Je suis des cours d'architecture à l'université.

- Extra.

Sans trop savoir pourquoi, je suis un peu gênée. J'ai le sentiment de ne pas avoir été complètement honnête alors que ce n'est pourtant pas le cas. Mais les jours suivants, je ne peux m'empêcher de repenser à cette conversation. J'ai l'impression que Miss Honnêteté a décidé de ne pas me lâcher et ne cesse de me réprimander intérieurement pour le mensonge que j'ai dit à Megan. De son côté, Miss Fierté, toujours elle, prétend que ce n'était que la pure vérité. Et finalement, comme si ce n'était pas assez, Miss Pragmatisme répète dans son coin que ça ne pouvait pas être un mensonge puisque retourner à New York pour la rentrée est l'objectif que je me suis fixée. Sauf qu'elle ne fait que marmonner dans son coin et que je culpabilise alors que je n'ai jamais eu l'intention de mentir.

Quoi qu'il en soit, je revois avec plaisir Megan les jours suivants. Elle tient le stand de fleurs et joue de la guitare en attendant les clients. Alors je passe un moment chaque jour avec elle et nous poursuivons nos discussions. Je découvre une jeune femme passionnée par plein de choses et pas uniquement la musique. Elle a un humour très semblable au mien, un peu sarcastique et s'intéresse sincèrement à moi, pas seulement parce que je viens de New York. Comme c'est souvent le cas dans les petites villes, elle a grandi avec les jeunes que je connais déjà, John, Damian, Joseph, Tomas, Benjamin, Aurora, Adelina, Joshua, Pedro et Julia, soit parce qu'ils étaient dans la même classe ou juste dans la même école, soit à travers les différents événements qui prennent place en ville. Je suis assez surprise que des jeunes puissent ne pas s'ennuyer dans une ville comme Brenton et je dois admettre que je m'étais complètement trompée sur ce à quoi ressemble cette vie. J'ai beau lutter contre cette idée, mais j'ai le sentiment de me sentir plus à ma place au fil du temps et des rencontres. Et même si je ne perds pas de vue mon objectif, se sentir acceptée est agréable. Je repense à toutes ces rencontres et ces conversations pendant que je rentre à vélo, souvent bien après minuit, profitant de la fraîcheur après les journées chaudes de l'été.

Avec un programme aussi chargé, je vois la fin de la semaine arriver avec reconnaissance. Je n'ai pas vu le temps passer à tel point que j'en viens presque à regretter les moments d'ennui à mon arrivée à Brenton tant je suis épuisée. Malgré tout, cette semaine intensive m'a permise de me changer les idées et de faire de belles rencontres. Par ailleurs, le bilan de la semaine est très positif pour l'exploitation Ducrost. Grand-mère et grand-père nous informent que le résultat des ventes de nos produits est bien meilleur que l'année passée. Le nombre de visiteurs a également augmenté. De leur côté, Ruth et Joe sont ravis. Le chiffre d'affaires à explosé et ils ne cessent de vanter mes qualités de jeune cuisinière. Pour la peine, ils me laissent même quitter le bar bien avant la fermeture le dimanche, afin de me permettre de me reposer. J'en profite pour rejoindre les garçons et les aider à démonter le stand. Puis, épuisée, je rentre à la ferme à vélo, pédalant doucement en laissant la légère brise me rafraîchir. En fin de journée, en me brossant les dents, je suis frappée par le reflet que me renvoie le miroir. J'ai pris des couleurs. Mais il y a autre chose. Le travail à la ferme et les allers-retours en ville à vélo ont redessiné mon corps, qui est maintenant plus ferme. Je découvre des muscles dont j'ignorais l'existence jusqu'à présent. J'observe ces changements un long moment, partagée entre une certaine satisfaction de voir à quel point je me suis adaptée en si peu de temps, et un pincement au coeur de constater que, désormais, c'est comme si j'avais toujours vécu ici. J'ai de la peine à trouver le sommeil ce soir-là et le pincement au coeur finit par l'emporter et se transformer en véritable tristesse. Ne parvenant pas à m'endormir, je décide de me lever et, poussée par un sentiment d'urgence, je commence à compter l'argent que je suis parvenue à économiser depuis que je travaille au *Moose*. Je renverse tout le contenu de la boîte dans laquelle j'ai placé mes salaires sur mon bureau. Je n'ai pas dépensé grand chose, mettant scrupuleusement tout l'argent de côté. Malgré tout, j'ai à peine un peu plus de 2000 dollars. Je soupire en replaçant les billets dans la boîte, me sentant finalement encore moins bien qu'avant d'avoir compté mes sous. Je retourne au lit et scrute un long moment l'écran de mon téléphone en hésitant à appeler Théo, puis je m'invective mentalement de ma faiblesse. Il me reste encore plusieurs semaines avant la rentrée, j'ai encore le temps de gagner assez d'argent pour retourner à New York, m'y installer et y trouver un petit travail. Je peste contre moi-même d'être aussi impressionnable alors que la semaine a été si enrichissante. C'est sur ces pensées positives que je finis par m'endormir.

- Bonjour, dis-je en baillant.

- Bonjour ma chérie, me salue grand-mère en me tendant ma tasse de café.

Elle m'embrasse sur la joue.

- Il m'en faudra plus qu'une tasse, indiqué-je sans réussir à retenir un nouveau bâillement.

- Cette semaine était très intensive, remarque maman.

- Hum, approuvé-je en avalant une gorgée de café.

- C'était fantastique, renchérit grand-mère.

- Oh, ma puce, ajoute maman comme si elle venait de se souvenir de quelque chose, tu as du courrier.

Elle désigne la table à manger dans le salon. Je fronce les sourcils. C'est bien la première fois que je reçois du courrier ici.

- C'est arrivé samedi, mais j'ai complètement oublié avec la foire.

Avec une soudaine appréhension, je me saisis de l'enveloppe et la retourne. Elle vient de l'université. Mon coeur manque immédiatement un battement et mon cerveau passe en revue toutes les options de contenu possible. Une bourse pour me permettre de vivre à New York sans soucis? Un logement sur le campus? Je secoue la tête mais hésite toujours à ouvrir le pli.

- Qu'est-ce que c'est? m'interroge maman depuis la cuisine.

- Je… ça vient de l'université, réponds-je en les rejoignant et en leur montrant l'enveloppe.

Puis, sans rien ajouter, je sors dans la cour. Sans quitter le courrier des yeux, le coeur battant, je vais m'assoir sur le banc sous le vieux chêne. Les mains tremblantes, je pose doucement la tasse de café à côté de moi et tiens l'enveloppe des deux mains. J'essaye de contrôler mon cerveau mais j'ai de la peine à calmer les milliers de pensées qui m'assaillent. Miss Fierté me répète d'une voix hautaine qu'il suffit que j'ouvre le courrier pour en connaître le contenu. Et, pour une fois, Miss Pragmatisme ne la contredit pas, même si elle se contente de signaler qu'une fois ouvert, je pourrai lire la lettre et savoir de quoi il en retourne. Oui, *merci*. L'énonciation de faits évidents est sa

257

spécialité. Et puis il y a Miss Prudence, la peureuse du lot, qui hésite sur la marche à suivre, prétendant que plus je mettrai du temps à ouvrir la lettre, plus longtemps je pourrai prétendre que son contenu n'existe pas s'il n'est pas positif. Je les laisse les trois se battre un long moment dans ma tête, comme paralysée. J'avoue que j'ai terriblement envie de suivre la théorie de Miss Prudence et faire comme si de rien n'était, ne jamais ouvrir ce courrier et rester dans l'illusion que tout va bien. Mais le noeud qui s'est formé dans mon estomac à la seconde où j'ai aperçu le nom de l'expéditeur sur le coin gauche de l'enveloppe m'indique que je sais très bien de quoi il retourne, au fond. Alors lentement, je commence à soulever le bout du rabat. Puis de plus en plus vite. Et je finis par sortir la lettre. Je la parcours rapidement avant de la lâcher au sol. Je plonge mon visage dans mes mains et me balance d'avant en arrière en essayant de contrôler ma respiration. Mais je sens que je suis sur le point de perdre le combat contre les larmes alors je me lève précipitamment et prends la direction de la colline et la balançoire. Il faut que je parte d'ici et c'est le seul endroit auquel je pense.

Benjamin sort de chez lui au moment où je passe à quelques mètres de l'annexe. Je m'arrête, surprise et gênée de croiser quelqu'un à ce moment. Il me lance un regard dans lequel je pourrais presque voir de l'inquiétude, si je ne savais pas qu'il ne me supporte pas. Alors je reprends ma marche et quitte l'enceinte de la cour aussi vite que je peux. Je passe à côté des tournesols, qui fixent le sol comme s'ils me regardaient passer de haut, et accélère la marche jusqu'au sommet de la colline. La balançoire se balance légèrement d'avant en arrière avec la brise. J'attrape l'une des cordes et la serre de toutes mes forces. Je viens de prendre conscience que je ne retournerai pas à New York pour la rentrée. Tout à coup, cet endroit que j'avais l'impression d'avoir intégré m'oppresse et ressemble plus à une prison qu'une petite ville d'Iowa où j'ai passé tellement de bons moments en été. Toute la satisfaction ressentie ces dernières semaines, d'avoir trouvé un travail, de m'être fait des amis, d'avoir appris tellement de choses grâce à Ruth et Joe mais aussi à la ferme, toutes ces

259

petites victoires qui m'ont fait tenir jusqu'à présent ne me paraissent plus qu'anecdotiques à ce moment précis. Je regarde autour de moi et tout ce que je vois est un coin paumé où je vais finir ma vie. Alors je laisse couler les larmes le long de mes joues, tournant le dos à la ferme. J'ai de la peine à respirer tant j'ai mal au coeur. J'ai l'impression qu'un étau l'enserre de plus en plus fort et que je vais suffoquer. Je finis par m'accroupir et serrer mes genoux contre moi. Cette position m'aide à reprendre petit à petit le contrôle. Puis, quand je sens que j'ai regagné un semblant de maîtrise, je sors mon téléphone de ma poche et appelle Théo.

Je sens immédiatement les larmes revenir en voyant son visage s'afficher sur l'écran. Il vient à peine de se réveiller apparemment.

- Ma puce? Quelle heure il est? Est-ce que ça va?

Je devine qu'il se redresse sur son lit, l'air inquiet.

- Je...

La boule dans ma gorge m'empêche de parler.

- Luna?

- J'ai reçu un courrier de l'université.

- Ok... dit-il prudemment, en attente de la suite.

- Ils demandent que je paye les frais d'écolage avant le 15 août.

J'inspire avant de poursuivre :

- Sinon ils considèreront que je ne suis plus inscrite.

- Merde...

- C'est plus de 10'000 dollars Théo. Je ne les ai pas!

- C'est pas vrai...

Il a l'air sincèrement catastrophé, ce qui m'apporte malgré tout un certain réconfort. J'ai au moins l'impression que nous sommes ensemble dans cette galère.

- Écoute Luna, on va trouver un moyen, ce n'est pas possible.

- Je ne vois pas lequel, dis-je rageusement. J'ai à peine gagné 2'000 dollars en deux mois. Et là il faudrait que j'en trouve 8'000!

Théo se tait, ne sachant évidemment pas quoi répondre. De ma main libre, je me pince l'arrête du nez en baissant la tête.

- C'est fichu Théo, je ne pourrai pas revenir cette année.

Il secoue la tête tristement.

- J'étais sûr que ça allait marcher.

- Moi aussi.

On reste un long moment sans rien dire, juste en se regardant. J'imagine que nous pensons tous les deux à beaucoup de choses différentes, à l'avenir de notre relation dans ces nouvelles circonstances, à des solutions pour résoudre ce problème.

- Tu me manques, finis-je par dire dans un souffle.

Il se force à sourire.

- Toi aussi.

Puis je vois dans ses yeux qu'il vient d'avoir une idée.

- Écoute, j'ai terminé les cours d'été la semaine passée. Je pourrai venir te voir à Brenton? On pourrait passer quelques jours ensemble. Ce n'est pas ce qu'on avait prévu si tu rentrais en septembre, mais ça sera déjà ça.

Je sens une vague de bonheur m'envahir, le poids sur mon coeur s'allège quelque peu.

- J'adorerais ça, réponds-je.

CHAPITRE 14

« I need the sun to break, you've woken up my heart
I'm shaking, all my luck could change
Been in the dark for weeks and I've realized you're all
I need
And I hope that I'm not too late,
I hope I'm not too late. »
Need the sun to break - James Bay

Je suis excitée comme une puce et je compte les heures. J'étais si impatiente ce matin que j'ai déjà terminé de m'occuper des animaux. Plus que deux heures avant de partir pour Des Moines, où je vais enfin revoir Théo. J'ai déjà pris une douche et me suis changée. Pour l'occasion, j'ai ressorti une jupe. Autant profiter de la présence de Théo pour remettre de jolis habits. Ça me changera de d'habitude. Dans le miroir, je vérifie mon maquillage et ma coiffure, stressée.

- A quelle heure atterrit-il? m'interroge papa quand je redescends à la cuisine.

- A quatorze heures, réponds-je. Je pars dans deux heures, ça devrait suffire.

263

Il hoche la tête.

- Je suis contente qu'il vienne, déclare maman en repoussant une mèche de cheveux derrière mon oreille. Ça te fera du bien de le voir.

Elle ne s'imagine pas à quel point. Nous n'avons pas vraiment parlé du courrier de l'université. Maman m'a interrogée après que je sois retournée à la ferme, mais j'étais trop énervée à ce moment-là pour pouvoir tenir une conversation normale, trop en colère contre elle et papa de m'avoir placée dans cette position. J'imagine qu'ils ont dû trouver le courrier, par terre dans la cour, car ils ne m'ont plus posé de questions après ça. De mon côté, j'ai réussi à accepter la situation. La venue de Théo m'a permise de penser à autre chose, même si la raison de celle-ci est que je devrai encore rester une année à Brenton. Finalement, Miss Fierté a pris le dessus et m'a ordonné de prendre mes dispositions, au lieu de me morfondre sur moi-même. Alors j'ai contacté le service des étudiants de *Columbia* et les ai informés que je *souhaitais* mettre entre parenthèse mes études pour des motifs familiaux et que je comptais reprendre la troisième année dès la rentrée suivante. Le fait d'avoir organisé les choses aura au moins eu le mérite de calmer ma rage et de me donner l'impression de maîtriser la situation. Je me sens plus sereine, maintenant que j'ai une échéance en vue. En fin de compte, je me retrouve dans la même situation que quelques semaines auparavant, sauf qu'au lieu d'un mois de plus, c'est un an de plus que je vais passer à Brenton.

Je ne travaille pas aujourd'hui, mais j'ai demandé à Ruth et Joe si je pouvais alléger quelque peu mon emploi du temps pendant le séjour de Théo, ce qu'ils ont accepté avec gentillesse. Nous avons donc convenu que je travaillerai du mardi au vendredi uniquement quelques heures l'après-midi. Pas de fermeture. Je leur suis reconnaissante de m'accorder cette faveur alors que le café ne désemplit pas en cette période. Cependant, une petite voix dans mon esprit, certainement celle de Miss Empathie, ne peut s'empêcher d'être inquiète, sans trop savoir pourquoi. C'était comme si quelque chose n'allait pas mais que j'avais tout simplement oublié de quoi il s'agissait. Au bout d'un moment, souhaitant mettre une bonne foi pour toute ce sentiment étrange de

265

côté et profiter de la présence de Théo l'esprit aussi libre que possible, je finis par laisser mon cerveau passer en revue toutes les possibilités. Je finis par réaliser, à contrecœur, que je suis inquiète pour Benjamin. Et d'entendre Miss Empathie se demander en soupirant qui va le ramener chez lui lorsqu'il viendra au café après avoir trop bu. Cette constatation m'énerve et j'essaye tant bien que mal de réfréner cet élan de sollicitude envers mon détestable voisin. Ce d'autant plus qu'il affiche toujours la même antipathie à mon égard et que rien ne semble pouvoir changer cela. Peu importe. Les prochains jours seront consacrés à Théo et à rattraper le temps perdu depuis mon départ de New York.

Il est là, ça y est. De loin, alors qu'il attrape le manche de sa valise, je l'observe à travers la vitre qui sépare la zone de récupération des bagages et celles des arrivées à l'aéroport. Si je ne me retenais pas, je sauterais probablement sur place en tapant des mains. Mais, heureusement, Miss Fierté est là pour m'enjoindre de ne pas me ridiculiser.

Quand il passe les portes automatiques, je m'avance en fendant la foule et me précipite vers lui. Il lâche aussitôt sa valise et me prends dans ses bras en collant ses lèvres contre les miennes. C'est à la fois comme si nous ne nous étions pas embrassés depuis la nuit des temps et comme si nous n'avions jamais arrêté. Aussitôt, je retrouve cette douce sensation que je connais par coeur, ses mains sur mes hanches, ses joues lisses, rien n'a changé.

- Salut, finis-je par dire en me détachant légèrement de lui.

- Salut toi.

Il sourit à pleines dents.

- Tu m'as manqué, murmure-t-il en récupérant sa valise.

Il passe un bras autour de mes épaules et nous rejoignons la voiture. Sur la route, j'entreprends de lui expliquer tout ce que nous voyons. Le Mont Rose, Sunny Lake, les champs, le lac de Dayton là-bas dans cette direction, et Brenton tout droit. Lorsque nous pénétrons dans la petite ville, j'ai l'impression qu'il connaît déjà les licux tant je les lui ai décrits de fond en comble lors de nos discussions. Et je le vois même sourire quand nous passons à côté du *Moose.*

267

- Est-ce que tu vas travailler ces prochains jours?

- J'ai demandé à faire des horaires réduits, expliqué-je. Pas de fermeture.

Il pose sa main sur ma cuisse et je me délecte de cette sensation, tout en faisant taire la petite voix dans ma tête qui me répète que voir Théo en Iowa est définitivement trop bizarre, comme s'il n'était pas à sa place ici.

- C'est ce chemin que je fais tous les jours, indiqué-je alors que j'ai tourné sur la route menant à la ferme.

Théo regarde de tous les côtés, clairement étonné.

- Tu m'avais décrit tout ça, mais je ne m'imaginais pas un endroit aussi...

Il réfléchit quelques secondes.

- Paumé, finit-il en rigolant. C'est très beau, mais c'est perdu au milieu de nulle part!

- Je sais.

- La différence avec New York est...

Il secoue la tête, peinant à trouver ses mots.

- Je sais, répété-je. J'ai eu du mal à m'y faire alors que je venais ici tous les étés avant.

Je bifurque sur le petit chemin de cailloux.

- Et voilà le domaine des Ducrost! dis-je fièrement.

Théo se penche en avant et observe la ferme à travers le pare-brise sans rien dire. Je parque la voiture de maman devant la porte du garage et nous quittons l'habitacle. Je regarde l'heure.

- Les garçons ne devraient pas tarder à rentrer. Tu pourras les rencontrer!

Il hoche la tête, puis attrape sa valise dans le coffre et vient se placer à côté de moi.

- J'ai surtout envie de profiter de toi, dit-il d'un air malicieux.

Il m'attire à lui et m'embrasse quand je passe mes bras autour de son cou. Malheureusement, nous sommes interrompus par un raclement de gorge. Je m'écarte et découvre maman sur le palier de la maison.

- Bonjour Théo, dit-elle en souriant.

Elle s'approche et l'enlace brièvement.

- Bienvenu à la ferme.

- Merci Juliette, je suis ravi d'être là.

- Allez, entrez, grand-mère a préparé le goûter.

- Tu verras, prévins-je devant le regard étonné de Théo.

Bien évidemment, la cuisine embaume la tarte aux pommes et grand-mère s'affaire devant le plan de travail alors que l'îlot central croule déjà sous les plats.

- Vous recevez du monde ce soir? m'interroge Théo en voyant la quantité de nourriture.

Je secoue la tête.

- Bienvenu! s'exclame grand-mère lorsque nous pénétrons dans la cuisine. Bienvenu Théo!

Elle se précipite vers lui et l'enlace. Je ne peux retenir un sourire devant son air ébahi.

- Allez vous installer et venez manger quelque chose, tu dois être affamé Théo, est-ce que tu te nourris correctement dans la grande ville? Il est très mince, tu es très mince!

J'ai rarement vu grand-mère aussi enthousiaste et j'en suis toute retournée.

- Viens...

J'attrape la valise de Théo et le guide dans les escaliers puis dans ma chambre. Puis je pose son bagage au sol et fais un geste du bras.

- Voilà mon antre.

Théo fait le tour doucement puis se tourne vers moi. Je ne peux me départir de mon sourire, de le voir ici dans ma chambre, enfin, après toutes ces semaines où je n'ai pu le regarder qu'à travers un écran. Ses yeux tombent sur la photo de nous que j'ai posée sur mon bureau et ils s'illuminent. Lentement, il s'approche de moi et me prend dans ses bras. J'inspire profondément son parfum en fermant les yeux. Il m'embrasse délicatement. Mais je connais bien ce baiser, celui où sa langue entrouvre légèrement ma bouche pour s'y glisser, celui qui se fait plus insistant. Ses mains caressent mon dos de haut en bas, puis passent sous mon t-shirt. Sans me lâcher, il recule de quelques pas et s'assied au bord de mon lit. Sa bouche ne s'est pas détachée de la mienne. En revanche, ses mains sont descendues jusqu'à mes fesses. Je me félicite intérieurement d'avoir choisi une jupe évasée.

Notre étreinte est aussi rapide que passionnée, dictée par un sentiment à la fois de manque et d'urgence. Je ne suis pas sûre que nous ayons jamais vécu quelque chose d'aussi fort et je dois faire taire mes minis Miss dans ma tête, qui ont décidément la fâcheuse manie de se manifester dans les

271

moments les plus inopportuns, alors qu'elles constatent qu'il aura fallu que nous nous retrouvions à des milliers de kilomètres l'un de l'autre pour faire naître la passion.

A la fin, nous restons encore quelques secondes dans les bras l'un de l'autre, tout deux un peu abasourdis par ce soudain déchaînement de passion. Puis je pouffe dans son cou. Et il m'imite.

- Tu m'as manqué, terriblement manqué, dis-je en l'embrassant.

Puis je me relève. Après avoir vérifié que nous étions toujours présentables, nous redescendons à la cuisine, comme si de rien n'était. Théo passe son bras autour de mes épaules et j'attrape sa main. J'ai encore de la peine à réaliser qu'il est bien là, juste à côté de moi et éprouve le besoin irrépressible de le toucher pour m'assurer que je ne suis pas en train de rêver et que ce n'est pas encore un tour de mon cerveau à l'imagination débordante.

- Bien installés? nous demande maman.

Je hoche la tête, gênée à l'idée qu'elle puisse deviner ce que nous venons de faire. Mais rien dans son expression ne le laisse entendre.

- Vous avez une très belle maison, complimente Théo en s'adressant à grand-mère, qui se délecte.

- Oh, merci mon petit. Allez dans la cour, tout le monde est de retour!

Un coup d'œil vers l'îlot central me le confirme, dans la mesure où certaines assiettes ont disparu alors que d'autres sont tout simplement vides. Je tire Théo par la main, à la fois impatiente de lui présenter les garçons et, tout au fond mais pour une raison que je ne m'explique pas, appréhendant un peu ce moment aussi.

Les garçons sont installés autour de la table sous le grand chêne. Damian et Joseph son assis sur le banc alors que Benjamin et John se tiennent debout. Ils avalent des bouchées de sandwich et de tarte tout en discutant avec enthousiasme.

- Hey salut Luna! s'exclame John en m'apercevant.

Puis ses yeux vont vers Théo et il sourit.

- Tu dois être Théo?

Il s'avance rapidement et lui serre la main, tout de suite imité par Joseph et Damian.

- Bienvenu à Brenton, lance ce dernier.

- Merci.

273

Benjamin les a observés se saluer sans bouger. Puis il avale une gorgée d'eau, s'essuie les mains sur son pantalon de travail et nous rejoint. Théo tend la main dans sa direction mais Benjamin met quelques secondes avant de la serrer. Quelques secondes de trop à mon goût. Dans ma tête, toutes mes minis Miss l'invectivent.

- Benjamin, se présente-t-il d'une voix sombre.

Probablement par politesse, Théo ne relève pas le ton plutôt désagréable de son interlocuteur. Quant à moi, je n'ai pas pu m'empêcher de le remarquer et une boule s'est formée dans mon estomac. Il n'est décidément pas fichu de se montrer poli avec les nouveaux arrivants visiblement. Mais je ne m'attendais pas à mieux de sa part en fin de compte. Heureusement, les autres se sont déjà lancés dans une conversation qui semble passionnante. Je remercie intérieurement John, qui a apparemment immédiatement intégré mon petit-ami à leur discussion. Et je n'en suis pas surprise, comme je ne suis pas étonnée qu'il décrive la météo des prochains jours. Je ne peux m'empêcher de pouffer. John se tourne vers moi, tout sourire.

274

- Merci, Monsieur Météo, plaisanté-je.

- C'est super important, Luna, explique-t-il, d'un air faussement sérieux. Ça nous permet de prévoir le programme de ces prochains jours!

- Je sais bien.

- Et quel est le programme? intervient Théo.

- Le lac de Dayton! s'exclame Damian.

Théo se tourne vers moi, l'air interrogateur.

- C'est le lac dont je t'ai parlé, où nous sommes allés il y a quelques semaines. Il est à environ une heure d'ici.

Puis je me retourne vers John et Damian.

- En tous cas on est partants!

Les premiers jours sont consacrés à une visite minutieuse des lieux. J'ai envie d'impliquer Théo dans toutes mes activités alors je le tire du lit aux aurores et je l'invite à m'admirer me débattre avec le fumier et la nourriture pour animaux. Puis nous faisons le tour du propriétaire, commençant par le potager. Comme je m'y attendais le connaissant, Théo propose son aide à grand-mère ou à maman à chaque occasion. Le soir, il interroge longuement grand-père sur les différentes activités à la ferme et sur l'état du marché. Son côté scientifique le pousse à poser des questions plus farfelues les unes que les autres à mes yeux, mais mes grands-parents se prêtent au jeu avec bienveillance. Avec papa, il discute à plusieurs reprises de la faillite du cabinet et des perspectives de travail dans la région. Et j'ai l'impression que papa est soulagé de pouvoir échanger avec quelqu'un de la ville. Finalement, la présence de Théo apporte une nouvelle dynamique à la vie quotidienne un peu monotone de la ferme.

Quand je suis au *Moose*, Théo se balade dans Brenton, explorant les lieux selon les conseils que je lui donne. Mais il en a vite fait le tour alors il me rejoint en général assez rapidement, ce qui me fait sourire.

- Ce n'est pas New York, lui fais-je remarquer quand je constate qu'il n'a plus grand chose à explorer.

- Non, c'est sûr!

Je lui sers un verre de jus de fruit tout en essuyant le comptoir.

- Qu'est-ce que tu fais quand tu ne travailles pas?

Je hausse les épaules.

- Pas grand chose, réponds-je en souriant. Il y a quelques semaines on est allés au lac.

Il hoche la tête d'un air entendu.

- Sinon je me repose à la maison. Comme on se lève toujours très tôt, je me couche tôt.

Théo me regarde sans rien dire, les yeux pleins de tendresse.

- Quoi?

- Je ne sais pas. Tu as changé.

- En bien j'espère.

J'ai essayé de ne rien laisser paraître, mais mon rythme cardiaque a légèrement accéléré.

- Évidemment.

Il se redresse sur ses bras et m'embrasse par-dessus le bar.

En fin de semaine, notre journée au lac est confirmée, grâce au suivi minutieux de la météo offert par John. Nous empaquetons donc toutes nos affaires le dimanche matin, au lever du soleil.

- Est-ce que le réveil aux aurores était obligatoire? soupire Théo en baillant.

- On veut avoir les meilleures places au bord de l'eau. Et puis comme ça on profite plus longtemps.

Comme la dernière fois, Aurora et Adam nous rejoignent à la ferme, dans la voiture de Damian et John. Théo et moi faisons la route avec ces derniers. Pendant le trajet, je regarde mon petit-ami observer attentivement le paysage. J'ai l'impression de me revoir il y a quelques semaines, quand tout me paraissait si étrange, si nouveau. On dirait qu'il essaye de graver précisément dans sa mémoire tout ce qu'il voit et cela me touche. Comme si ça signifiait qu'il a envie de voir ce que je vois, de vivre ce que je vis ici en Iowa. Le connaissant, cela lui donne sûrement l'impression d'être en mesure de discuter plus concrètement avec moi par la suite, lorsqu'il sera de retour à New York.

Arrivés au lac, nous retrouvons Adelina, Pedro, Julia, Joshua et Tomas. Julia se précipite sur Benjamin dès que celui-ci pose un pied hors de son pick-up. Sa fougue amuse visiblement Théo, qui me lance un regard hilare en me demandant doucement depuis quand ils ne se sont pas vus. Puis naît un débat, à nouveau, sur le meilleur emplacement pour profiter du soleil sans

278

cuire. Et comme la dernière fois, nous décidons de nous installer en bordure des arbres. Il est encore tôt mais la chaleur monte rapidement alors à peine installés, nous allons nous baigner.

Je montre à Théo comment grimper sur les rochers au bout du lac et nous sautons dans l'eau, main dans la main, suivis des autres, qui poussent des cris de joie et de peur. A la mi-journée, nous grillons des saucisses et des légumes au-dessus d'un feu de bois allumé par les deux experts en la matière, j'ai nommé Tomas et John. Je les vois d'ailleurs parlementer un long moment à propos du positionnement le plus adéquat pour le petit bois. Nous sommes tous installés autour du foyer pour manger, et j'observe Julia et Benjamin du coin de l'œil. J'ai l'impression que ce dernier essaye de faire un effort car il semble se montrer plus démonstratif vis-à-vis de la jeune femme, qui est aux anges. Elle s'accroche à son bras comme s'il allait s'envoler, rigole à chaque fois qu'il lui parle et ne manque aucune occasion de l'embrasser. J'essaye de me remémorer les débuts de ma relation avec Théo et de déterminer si j'étais aussi... possessive envers lui. Mais je suis pratiquement sûre de ne jamais avoir été aussi collante.

Après le repas, alors que tout le monde est reparti se baigner, je reste un moment avec Théo et lui fais part de mes réflexions. Il est toujours bon de discuter avec un scientifique. Il a toujours un avis sur tout.

- Elle doit avoir remarqué qu'il n'est pas aussi attaché à elle qu'elle l'est.

Sa remarque me fait de la peine pour Julia, elle qui a des étoiles plein les yeux à chaque fois qu'elle entend le prénom de Benjamin.

- Il n'y a pas vraiment besoin d'être expert en psychologie pour le voir, me fait remarquer Théo. Regarde-les.

Je lève les yeux en direction du lac. Julia s'est accrochée à Benjamin, ses mains derrière sa nuque.

- Tu vois ses mains? Il ne la prend pas dans ses bras. Il les a juste posées sur ses hanches. Ce serait nous je te serrerais fort dans mes bras.

Il passe son bras sur mon épaules et m'embrasse sur la tempe.

- Je me demande pourquoi il est comme ça, murmuré-je presque plus pour moi qu'à l'attention de Théo.

280

- Quand tu ne reçois pas l'attention dont tu as besoin petit, c'est souvent comme ça que tu réagis vis-à-vis des autres par la suite.

Je me tourne vers Théo, surprise.

- Et depuis quand es-tu expert en relations amoureuses?

Il sourit.

- Je n'émets que des hypothèses.

- Hey les amoureux!

John nous fait de grands signes depuis l'eau.

- Oh non... dis-je en prévoyant ce qui va suivre.

- Quoi?

- Le foot...

J'ai eu beau m'amuser la dernière fois, je suis bien trop nulle pour faire encore une partie de foot avec eux. Malheureusement, il est bien vain de tenter de refuser quoi que ce soit à John, qui vient nous chercher et nous tire de force sur la plage pour nous entraîner dans une folle partie. Malgré mon manque évident de talent, qui n'a absolument pas progressé en quelques semaines, je me prends à nouveau au jeu. Et j'ai l'occasion d'admirer Théo jouer, ce qui n'était pas arrivé depuis bien longtemps. Au bout de je ne sais combien de parties, je n'ai toujours pas été capable de faire une passe correcte et mes pieds me brûlent. Fort heureusement, nous sommes tous logés à la même enseigne de ce côté. Du coup, une nouvelle baignade s'impose. Dans l'eau, nous entamons une partie de passes à dix et une véritable bataille est lancée, les filles contre les garçons. Si nous jouons plutôt sagement les premières minutes, rapidement tout se brouille et tout le monde essaye de noyer et gicler tout le monde dans un joyeux chaos.

A la fin de la journée, je suis littéralement épuisée et accueille avec bonheur le moment de griller des chamalows autour du feu. Cette fois-ci, Pedro a apporté sa guitare, qu'il gratte doucement avant de nous interpréter plusieurs chansons folk, que nous reprenons tous en coeur. Je me suis installée entre les jambes de Théo et je sens ses bras me serrer. Là tout de suite, je ne suis pas sûre qu'il y ait un endroit sur terre où je me sentirais mieux. En face de nous, Julia est assise à côté de Benjamin, appuyé en arrière sur ses mains. Elle lui tient le bras et a posé sa tête sur son épaule. Par-dessus les flammes qui dansent dans la pénombre, je vois un sourire éclairer son joli visage pendant qu'elle murmure les paroles des

282

chansons. Tout à coup, mon regard croise celui de Benjamin. Je suis incapable de détourner les yeux. Puis, lentement, il embrasse les cheveux de Julia, sans cesser de me regarder. Il y a comme une lueur de défi dans ses yeux clairs. Je secoue la tête pour chasser cette pensée étrange.

- Je suis tellement bien, juste là, me souffle Théo à l'oreille.

Je ferme les yeux. J'aimerais que cette soirée dure toujours. Je rejette la tête en arrière.

- Moi aussi.

Je me concentre pour enregistrer chaque sensation, la chaleur des mains de Théo sur mes bras, celle de son torse contre mon dos, son souffle dans mon cou, le son de sa voix. Et si j'élance mon esprit au loin, le doux clapotis de l'eau, le frémissement des feuilles dans les arbres autour de nous, les craquements des branches dans les bois. Il y a des moments dont on sait au fond de nous que l'on va les garder en mémoire toute notre vie. Et à ce moment précis, je suis persuadée que cette soirée en fait partie. En rouvrant les yeux, je regarde chaque personne présente, en essayant de graver sur ma rétine leurs visages fatigués mais

283

heureux. Je veux me rappeler de ce soir, de ce que c'est le véritable bonheur, la plénitude d'un instant dans une vie, qui peut vous porter dans les moments difficiles.

A notre retour à la ferme, je suis encore émerveillée de cette journée. Je n'aurais pas pu rêver mieux. Ma première escapade au lac avait déjà été un succès, mais cette fois-ci, le fait d'avoir Théo avec moi a apporté la pièce manquante au puzzle. Pendant tout le trajet du retour et jusqu'à ce que nous nous couchions dans mon lit, nous ne nous sommes pas lâchés. A plusieurs reprises cette nuit-là, nous faisons l'amour, lentement, avec délectation, savourant chaque seconde passée ensemble.

CHAPITRE 15

« Few thousand miles and an ocean away
But I see the sunrise, oh, just like the other day
Picture your eyes as I fall asleep
Tell myself it's alright, oh oh, as the tears roll by
Ooh, I wish I could feel your face
Ooh, I'm helpless when I'm oceans away. »
Oceans away - Arizona

En ouvrant des yeux encore piquants de fatigue le lendemain matin, je suis aussitôt replongée dans la soirée de la veille et un sourire s'affiche sur mon visage. Quand je me retourne pour faire face à Théo, il dort encore paisiblement. Alors je m'extirpe du lit en essayant de faire le moins de bruit possible. A la cuisine, je me verse une bonne dose de café encore fumant que grand-mère a préparé et laissé sur l'îlot central et je sors dans la cour accueillir les garçons. César est couché dans l'encadrement de la haute porte de l'étable. Je devine que Benjamin doit s'y trouver, comme d'habitude, en train de bricoler. Je me demande s'il dort jamais. Hier, nous sommes rentrés aux alentours de

285

deux heures du matin, et il n'est pas encore sept heures. John, Joseph et Damian ne tardent pas et pénètrent dans la cour. Si Joseph a l'air bien reposé, lui qui est sagement resté avec Betty à la maison hier, ses deux collègues arborent de tout petits yeux fatigués et je ne peux m'empêcher d'éclater de rire et voyant leurs têtes. Ma moquerie est toutefois de courte durée quand ils me font remarquer que je n'ai pas l'air bien plus réveillée.

- Tu as sûrement dû dormir encore moins que nous, me glisse John avec un clin d'œil.

Je sens le rouge me monter aux joues et détourne les yeux pour éviter qu'il ne devine qu'il a mis dans le mile. Pour une fois, Benjamin arrive à point nommé. Chez lui, la fatigue se remarque nettement moins tant il est taciturne et renfrogné en permanence. Difficile avec un visage aussi fermé de dire s'il est fatigué ou juste de mauvaise humeur. Nous discutons tous un moment de la veille avant que chacun se mette au travail. Cependant, j'ai toutes les peines du monde à accomplir toutes mes tâches, alors que mes muscles sont fatigués et douloureux, à tel point que je peste intérieurement de m'être autant agitée au bord du lac, au lieu de rester tranquillement allongée sur un linge.

Je suis en train de terminer le nettoyage de la bergerie, poussée dans le dos par Bobine qui préfèrerait que je m'occupe d'elle plutôt que de me débattre avec des kilos de foins et de purin, quand j'entends des pas derrière moi. Quand je me retourne, je fais face au beau visage de Théo, dont les yeux sont encore légèrement plissés de sommeil.

- Salut toi, murmure-t-il en m'embrassant.

- Bien dormi?

Il hoche la tête.

- Tu m'as manqué au réveil.

- Je sais, je suis désolée, je devais venir m'occuper des animaux.

- A quelle heure est-ce que tu travailles aujourd'hui? demande-t-il en s'étirant, ce qui a pour effet de dévoiler ses abdominaux.

Je reste fixée sur ces derniers sans répondre, rêveuse.

- Luna?

- Oh! Pardon.

Je pouffe comme une petite fille.

- Heu... je ne travaille pas aujourd'hui. Je suis toute à toi.

Il m'enlace doucement et je jette un coup d'œil autour de nous.

- Enfin quand j'en aurai fini ici, et au potager. Grand-mère s'occupe de la laiterie ce matin. Je pense qu'elle aura besoin d'un coup de main plus tard.

- Parfait. Donne-moi une fourche, je vais t'aider.

Nous terminons rapidement le nettoyage de la bergerie et regagnons la ferme. Puis grand-mère nous entraîne au potager. Le soleil est déjà bien haut dans le ciel et il tape lourdement, alors je repasse rapidement à la maison pour prendre mon chapeau à larges bords. Au bout du chemin bordé de magnolias, nous retrouvons Benjamin, qui bêche la terre avec énergie. On pourrait presque croire qu'il se défoule sur le sol. En le voyant là, je ne peux m'empêcher de me dire que Mason fait encore des siennes et que mes grands-parents ont préféré éviter qu'ils ne se retrouvent toute la journée ensemble aux champs. Rien que d'y penser je sens mes poings se serrer. Mais comme à chaque fois que j'ai une lueur d'empathie envers lui, il me prouve à quel point j'ai tort. Cette fois-ci, il me lance le regard le plus dédaigneux dont il soit capable, ses yeux s'attardant sur mon chapeau comme si c'était l'accessoire le plus incongru qui soit à porter à la ferme. Je ne sais pas si Théo l'a remarqué, mais il ne relève en tous cas pas, ce dont finalement je lui suis plutôt reconnaissante. Je n'ai aucune envie qu'une dispute éclate entre les deux jeunes hommes.

Je suis perdue dans mes pensées, penchée au-dessus d'un régiment de pousses de carottes que j'essaye de retirer de terre, quand j'entends une sonnerie dans mon dos. Lorsque je me retourne, Théo dépose une salade qu'il vient d'arracher sur une caisse et enlève le gant qu'il avait enfilé. Puis il plonge la main dans la poche de son pantalon et en retire son téléphone. Après avoir scruté l'écran une seconde, il répond et s'éloigne. Je remarque que Benjamin s'est aussi retourné. Nous échangeons un bref regard avant de nous remettre à la tâche. Plusieurs minutes s'écoulent avant que Théo ne revienne. Il a l'air surpris, presque secoué. Un peu inquiète, je me redresse, essuie mes mains sur mon pantalon et m'approche.

- Est-ce que tout va bien?

Il hoche la tête.

- C'était *UCLA*.

289

- A Los Angeles? Pourquoi est-ce qu'ils t'appellent?

Mon coeur commence à battre plus vite et je sens une boule se former dans mon estomac en voyant le visage de Théo afficher une mine déconfite. Dans mon cerveau, toutes mes minis Miss sont à l'affût de sa réponse.

- Est-ce qu'on peut discuter?

Il avance de quelques pas en direction du chemin, me demandant implicitement de le suivre. A couvert sous les arbres, il m'explique :

- Au début de l'été, j'ai postulé pour un programme à Los Angeles. Directement en lien avec mon cursus à *Columbia.*

- Ok...

- Je ne pensais vraiment pas, mais ils ont accepté mon dossier.

- Mais c'est génial! m'exclamé-je. C'est pour le premier semestre de l'année ou le second?

- C'est pour minimum un an, Luna.

Je recule d'un pas et secoue la tête.

- Tu vas passer l'année à Los Angeles? Pourquoi... pourquoi est-ce que tu ne m'en as pas parlé plus tôt? Pour ce genre de programme, il faut postuler plusieurs mois à l'avance. Pourquoi est-ce que tu ne m'as rien dit?

- J'étais sûr qu'ils ne retiendraient pas mon dossier. Et je ne voulais pas forcer ma chance. Je l'avais envoyé parce que je m'étais dit qu'il fallait que j'essaye, pour ne pas avoir de regrets, mais j'étais sûr que ça n'allait pas marcher. Et puis tu as dû partir et je... je n'ai pas voulu t'embêter avec ça.

Je soupire. Je sais qu'il n'avait aucunement l'intention de faire quoi que ce soit pour me blesser. Mais je ne peux m'empêcher de ressentir un petit pincement au coeur. Comme un sentiment désagréable de trahison.

- Je suis désolé Luna. Mais c'est vraiment un très bon programme.

- Je sais Théo. Et je suis ravie pour toi. Tu le mérites. Tu travailles tellement dur. Ça va t'apporter plein de bonnes choses, j'en suis sûre.

- Mais...?

Je ne peux que constater la perspicacité de mon petit-ami quand il s'agit de savoir que quelque chose cloche. La grimace de déception qui s'affiche sur mon visage doit aussi probablement l'avoir mis sur la voie, cela dit. Je lève les yeux au ciel.

291

- C'est juste que... on est sensés partager ce genre de nouvelles. Quelles soient bonnes ou mauvaises, on est sensés partager les choses qui nous arrivent. Je ne suis pas n'importe qui! m'exclamé-je en élevant la voix. Je peux comprendre que tu n'en aies pas parlé à tes amis, les autres étudiants de ta classe, mais à moi! On a discuté tellement souvent au téléphone ces dernières semaines.

- Je sais, Luna, excuse-moi.

Il s'approche et essaye de me prendre dans ses bras mais je le repousse.

- Je suis juste déçue... Je crois que j'ai besoin... j'ai besoin d'un peu de temps. Juste un peu.

Théo me fixe, il semble réfléchir à accéder à ma demande. Il tend le bras vers moi, me caresse doucement l'épaule, puis hoche la tête.

- Ok. Je retourne à la ferme. Tu m'y rejoins plus tard?

Sa demande ressemble presque à une supplique.

- Oui, murmuré-je.

Il me contourne et s'en va en direction de la maison. Je ne me retourne pas. Dans ma tête, mes minis Miss sont en train de parlementer. Dois-je lui en vouloir jusqu'à la

292

fin des temps? Célébrer la bonne nouvelle avec lui? Le quitter? Je secoue la tête devant tant de stratégies plus ridicules les unes que les autres. Il me faut juste un peu de temps pour rassembler mes pensées. Au fond de moi, je suis partagée entre la fierté qu'il ait été sélectionné pour un programme ouvert à peu d'étudiants, heureuse qu'il ait pu atteindre l'un de ses objectifs, mais je ne peux me départir de cette déception profonde, que je ressens jusque dans mes entrailles. Je sais qu'il n'a pas voulu me blesser, il n'en serait pas capable. Je le crois quand il dit qu'il ne voulait pas m'embêter avec sa postulation, dont l'issue était très incertaine, alors que je venais d'apprendre que toute ma vie s'envolait en fumée. Mais je n'arrive pas à m'enlever de l'esprit qu'il m'a considérée comme n'importe laquelle de ses connaissances, qu'il n'a pas estimé nécessaire de me mettre dans la confidence. Et je me sens triste.

- Je retourne à la ferme.

Je lève la tête brusquement, quand Benjamin passe à côté de moi, les bras chargés de plusieurs seaux remplis de légumes. Je mets quelques secondes à véritablement revenir sur terre et réaliser ce qu'il se passe.

- Je... oui, ok.

- Est-ce que tu peux prendre la pelle et la bêche? J'ai les mains prises.

En signe de démonstration, il soulève les seaux qu'il porte, faisant ressortir tous les muscles de ses bras. Encore complètement ailleurs, je les fixe un long moment.

- C'est bon? me demande-t-il d'un ton sec.

- Oui, soupiré-je, oui, c'est bon, je ramasse tout. Vas-y déjà.

Il m'adresse un imperceptible signe de tête et prend le chemin de la maison. Je reste bloquée sur le fait qu'il a peut-être entendu notre conversation avec Théo et qu'il doit bien se réjouir de mes soucis. Puis, finalement, j'essaye de reprendre le dessus. Il ne faut pas que je me laisse emporter par des pensées négatives. Il ne reste que quelques jours à Théo avant de rentrer, ne devrais-je pas vouloir en profiter encore jusqu'au bout? Peu à peu, alors que je récupère les outils, comme demandé par Benjamin, je me remets dans un état d'esprit plus positif. L'admission de Théo à ce programme de l'université de Los Angeles

294

est une vraiment belle nouvelle pour lui, qui travaille tellement dur et se passionne tant pour son domaine d'études. Je vais passer pour une ingrate ou une égoïste si je ne me réjouis pas pour lui, alors que c'est le cas en réalité. Cette situation n'est simplement qu'un exemple de plus de toute la difficulté que représentent les relations longue distance. A cette pensée, mon coeur se serre à nouveau. Je viens de réaliser que maintenant il y aura bien plus de kilomètres entre nous que jusqu'à présent. Pratiquement tout le continent américain nous séparera. Entre ça et le décalage horaire, je suis à nouveau dépitée. Quand j'arrive à la ferme, je pose la pelle et la bêche contre le mur et m'assois quelques instants sur le banc sous l'arbre. Je ne veux pas retrouver Théo alors que je suis encore énervée. De l'autre côté de la cour, Benjamin s'affaire autour d'un petit tracteur. Je ne sais même pas s'il a remarqué ma présence et cela m'importe peu. Je me plonge dans la contemplation de ses gestes, décidés et précis. Et au bout d'un long moment, je me sens plus apaisée et prête à rejoindre Théo.

Il est occupé devant l'évier de la cuisine quand j'y pénètre. Je souris en constatant que grand-mère l'a mis à la corvée des carottes, qu'il est en train de rincer. Elle a, quant à elle, déjà terminé de cuire plusieurs tartes salées et sucrées et lavé une salade, qu'elle a placée dans un grand bol.

- Ah ma chérie, tu es là!

Théo se retourne précipitamment en entendant grand-mère m'appeler. Il me sourit, un peu hésitant. Je sais qu'il essaye d'évaluer si je suis toujours fâchée. Mais je lui rends son sourire alors il se détend un peu.

- Est-ce que je peux faire quelque chose?

- Tu peux installer la table, dehors. Merci ma chérie.

Elle me désigne une pile d'assiette sur l'îlot central, dont je me saisis avant de ressortir. Finalement, c'est une très bonne chose que tout le monde vienne manger avec nous ce midi.

Le repas terminé et la table débarrassée, je reste un moment assise sur le banc pendant que Théo est allé aider grand-mère à la cuisine. Les garçons sont partis aux champs, ils ne sont restés que le temps de manger quelque chose rapidement. Au bout d'un moment, Théo ressort. Je n'ose pas tourner la tête vers la porte mais je sens ses yeux sur moi. Quand je le regarde finalement, il se tient dans l'encadrement de la porte. Au moment où nos regards se croisent, il avance et me rejoint sur le banc, sur lequel il s'assoit tout en gardant une distance raisonnable. Il soupire.

- Est-ce qu'on peut en parler?

Je fixe un point droit devant moi. Je sais que je dois dire quelque chose, que je dois lui expliquer ce que je ressens. C'est comme ça que ça marche. Alors j'inspire un grand coup et lui fais face.

- C'est juste que... alors que je fais tout mon possible pour pouvoir revenir à New York, toi tu pars à Los Angeles. J'ai l'impression que tout nos plans tombent à l'eau.

Théo m'attrape précipitamment les mains et plonge son regard dans le mien.

- Ça ne change rien du tout, Luna. Je t'assure. L.A., c'est juste pour une année. Après je serai de retour à New York, avec toi. Comme ce qu'on a prévu. Rien ne change.

Je souris légèrement. Malgré ses paroles, je n'arrive pas à retirer le poids qui m'oppresse.

- J'ai déjà du mal avec la distance qui nous sépare entre ici et New York. Quand tu seras en Californie ce sera encore pire!

- Je n'ai pas dit que ça serait facile. Mais je t'assure que ça ne va rien changer. On va se débrouiller, comme jusqu'à maintenant.

Il me lance un regard presque suppliant.

- D'accord?

- On dirait que tu t'éloignes de moi.

- Pas du tout! s'écrie-t-il d'un air outré. Luna, c'est une extraordinaire opportunité, ce programme. J'y aurais postulé même si tu étais restée à New York. J'essaye de me construire un avenir, pour nous. J'ai envie que tu sois fière de moi.

Mes dernières réticences s'effondrent et je le prends dans mes bras.

- Je suis si fière, Théo. Je ne veux pas que tu penses le contraire.

Il me serre fort dans ses bras puis se détache légèrement de moi.

- On va y arriver, dit-il en repoussant une mèche de cheveux qui me tombait devant les yeux.

- Je sais.

Quand il se lève pour aller passer quelques coups de fil pour organiser son futur départ, je réalise qu'il est parvenu à me

298

rassurer et je me sens plus légère. J'ai le sentiment que nous avons passé un premier cap difficile dans cette relation à distance qui nous est imposée et j'aborde la suite avec plus de sérénité, en espérant en pas avoir à affronter de nouvelles surprises de ce genre.

Mais les derniers jours que Théo passe à la ferme me montrent qu'il a toujours aussi envie d'être avec moi et de faire partie de ma vie. Il continue à s'intéresser à tout ce que je fais, que ce soit sur l'exploitation ou au Moose, où il a décidé qu'il passerait la fin de son séjour à goûter toutes mes créations culinaires. Il est plus encourageant que jamais. Nous n'abordons plus le sujet de la Californie jusqu'au jour où je le dépose à l'aéroport. Je lui fais promettre de me tenir informée de toutes ses démarches et qu'il m'appellera dès qu'il sera arrivé, pour me montrer les environs, son appartement et le campus.

CHAPITRE 16

« Maybe I should think before I talk
I get emotional and words come out all wrong
Sometimes I'm more honest than I want
So maybe I should think before, maybe next time I'll
think before
I know that I should think before I speak
'Cause I'm saying things that I don't even mean
Maybe I'm more honest than I wanna be
So maybe I should think before, maybe next time I'll
think before I
Say something I might regret
And I might get too far under your skin
I can't lie, I wish we could try it again
Oh I, I wish we could try it again. »
Think before I talk - Astrid S

La petite fille trace plusieurs rectangles les uns sur les autres dans le sable. Puis elle ajoute plusieurs traits surmontés de cercles. Devant elle, le petit garçon tient ses mains devant ses yeux comme elle lui a demandé.

- Tu peux ouvrir les yeux, lui intime-t-elle.

Le visage du petit garçon s'illumine quand ses yeux se baissent sur le sable.

300

- Un gâteau!

- J'ai mis sept bougies, compte la petite fille en posant son doigt sur chacun des petits cercles. Tu dois souffler.

Alors le petit garçon inspire profondément et souffle de toutes ses forces sur le sable, qui s'envole partout autour d'eux. La petite fille éclate de rire.

Ruth passe un bras autour de mes épaules et me serre fort.

- Alors ma chérie, j'espère que tu as bien profité de ton Théo?

Je hoche la tête, tout sourire, malgré le pincement au coeur qui survient à chaque fois que je réalise qu'il est déjà parti.

- C'était génial. Merci Ruth de m'avoir libéré du temps.

- C'est normal!

Elle dépose un baiser sur ma joue.

- Je suis contente de te voir enfin sourire.

- Mais je souris! protesté-je.

- Oh oui, mais là c'était le vrai sourire.

Je la regarde retourner à la cuisine puis, après un long soupir, me remets au travail. Heureusement, le café est plein, ce qui me permet de ne pas trop penser à ma tristesse.

Je cours dans tous les sens pour servir les clients.

Je reprends rapidement le rythme d'avant la venue de Théo, avec le travail à la ferme et au café tous les après-midi sauf le lundi. Maintenant que je maîtrise à peu près l'ensemble des tâches, nous nous mettons d'accord avec Ruth et Joe pour que j'assure la fermeture du *Moose* quatre fois par semaine. Ainsi, je commence un peu avant le service de midi et termine vers dix-huit heures, sauf les mardi, mercredis, vendredis et samedis, où je pars aux environs de vingt-deux heures. Les dimanches, nous nous arrangeons selon les semaines, afin que je puisse aussi profiter d'un jour de repos.

La visite de Théo, son intérêt pour ce que je fais ici et cette nouvelle vie, sa douceur, m'ont remotivée et j'ai l'impression d'avoir un nouveau souffle. Reboostée par la force de notre relation, j'ai le sentiment que je pourrai encore tenir plusieurs mois. J'ai maintenant la capacité de faire taire les remarques de Miss Pragmatisme, qui ne cesse de répéter que les relations longues distances ne tiennent pas la route et qu'un jeune homme comme Théo a des besoins et des envies. Pour une fois, je laisse d'ailleurs

302

Miss Fierté lui asséner un bon coup sur la tête pour l'assommer. Je pourrais presque les visualiser se battre. En plus de cette confiance retrouvée, je suis également pleine de reconnaissance vis-à-vis des garçons, pour l'accueil qu'ils ont fait à Théo et la façon dont ils l'ont inclu dans tous leurs projets. Sauf Benjamin. Mais ça n'était pas vraiment une surprise.

En pensant à eux, je réalise qu'ils étaient sensés passer ce soir. Un anniversaire apparemment. A ce moment, la cloche au-dessus de la porte d'entrée retentit. Quand on parle du loup. Damian, suivi de John, Adam, Aurora et Benjamin font leur entrée. D'un signe, je les installe dans l'un des boxes avant de les rejoindre pour prendre leurs commandes.

- On attend encore du monde, m'informe John.

- Ok. Est-ce que je vous sers déjà quelque chose?

Chacun m'indique ce qu'il souhaite boire et quand arrive le tour de Benjamin, Damian lui passe un bras sur l'épaule.

- Ce sera double dose pour ce Monsieur qui fête son anniversaire ce soir!

Je suis tellement surprise que je ne réponds rien sur le moment. Mon regard croise celui de mon voisin, qui ne montre absolument aucune émotion. A croire qu'il n'est venu ici que contraint et forcé. Je m'éloigne pour aller préparer leurs boissons. Et puis ça me frappe : je me souviens maintenant que nous fêtions chaque été l'anniversaire de Benjamin. C'était peu avant notre départ à la fin des vacances. Quelques images me reviennent en tête. Je mettais toujours un point d'honneur à faire quelque chose de spécial. Je me demande comment j'ai pu oublier. Je jette un coup d'œil à la table, où je ne peux m'empêcher de trouver triste que Benjamin ne soit pas plus enthousiaste. Un rapide calcul et j'estime qu'il fête ses 22 ans. Oui, c'est juste. Il allait fêter ses 15 ans à la fin du dernier été que nous avons passé à Brenton. Je me rappelle que j'avais tout prévu : nous devions nous éclipser après le repas pour aller nous balader dans le noir. J'étais terrifiée à l'idée de quitter l'enceinte de la ferme à la nuit tombée, mais j'étais toute excitée à l'idée de vivre cette aventure avec lui. Je souris, nostalgique, jusqu'à ce que je revienne à la réalité : un événement pareil ne risque pas d'arriver à nouveau. Je finis de disposer les boissons sur mon plateau et le porte jusqu'à la table, où je suis reçue par des applaudissements.

- Arrêtez les gars, je ne casse plus rien maintenant! m'exclamé-je, tout aussi hilare qu'eux.

Je suis en train de donner à chacun son verre quand j'entends un cri derrière moi. Je n'ai même pas besoin de me retourner pour deviner qui en est l'auteure. Julia.

- Joyeux anniversaire mon amour!

J'ai tout juste le temps de m'écarter de la table pour lui laisser le champ libre et elle se jette dans les bras de Benjamin, qui s'est levé pour l'accueillir, dans un mouvement qui semble représenter un effort surhumain pour lui. Je ne peux m'empêcher de l'observer alors qu'il l'embrasse, jusqu'à ce que ses yeux croisent les miens et me fixent. Je détourne rapidement le regard, gênée d'avoir été prise sur le fait.

Après m'être assurée que personne ne manque de rien, je porte mon attention sur les autres clients qui occupent maintenant la totalité des tables de la salle. Tout au long de la soirée, j'apporte plusieurs tournées, que tout le monde boit avec enthousiasme. Peu avant la fermeture, la plupart des jeunes sont soûls et ils rigolent comme de benêts. Les autres clients ayant peu à peu déserté les lieux, je me permets une pause avant de tout nettoyer et vais les rejoindre.

Les exclamations de joie qui m'accueillent me donnent une idée de leur taux d'alcoolémie et je m'enquiers de la façon dont ils vont regagner leur domicile respectif. Je suis rassurée de constater à leurs réponses qu'ils avaient prévu le déroulement de la soirée et sont venus à pied, à l'exception de Benjamin.

- Tu le ramèneras? me demande Damian, qui est venu me rejoindre au bar alors que je range un peu la vaisselle.

Je jette un coup d'œil à l'intéressé par-dessus son épaule. Il est adossé au fauteuil en cuir et fixe, les yeux plissés, un point devant lui légèrement en hauteur. Il ne semble pas vraiment prêter attention aux conversations qui ont lieu autour de la table. Mais à chaque fois qu'il fait un mouvement, ses gestes mal assurés confirment qu'il n'est pas en état de prendre le volant. Je hoche la tête.

- Bien sûr.
- Tu es la meilleure!

Probablement aidé par le nombre impressionnant de bières qu'il a bues, Damian dépose furtivement un baiser sur ma joue et m'adresse un sourire d'extase. J'éclate de rire.

- Allez. File les rejoindre avant que je ne doive fermer et vous mettre dehors, bande de poivrots!

Il saute de la chaise haute et se précipite vers le box. Je décide de déjà commencer à nettoyer, ne sachant pas trop s'ils ont prévu de s'éterniser. Heureusement pour mes pieds que je ne sens pratiquement plus après avoir couru partout toute la journée, ils mettent fin à leur beuverie un peu avant minuit.

- On va rentrer, Luna, on te le laisse là?

John tient Benjamin par le bras et désigne une chaise vers la porte d'entrée.

- Oui, oui, je m'en occupe.

Benjamin a droit à des accolade de tout le monde et à un baiser fougueux de la part de Julia, qui lui lance un « à demain » et un regard plein de sous-entendus avant de me demander de bien en prendre soin, puis nous nous retrouvons seuls. Je soupire de lassitude à l'idée de devoir encore ranger et laver la salle, mais je m'y mets rapidement pour ne pas trop tarder, tout en scrutant avec un peu d'appréhension Benjamin, qui semble essayer de compter ses doigts, qu'il tient devant son visage d'un air soucieux. Je n'ai pas vraiment envie qu'il se mette à vomir partout alors je lui propose un verre d'eau.

- Bois avant de te sentir mal.

La salle rangée et le sol nettoyé, je vais rapidement récupérer mes affaires dans le bureau, puis rejoins Benjamin, qui est apparemment parvenu à sortir la clé du pick-up de sa poche, car il me la tend dès que j'arrive à sa hauteur.

- Allez, viens.

Je l'attrape sous les aisselles et parviens tant bien que mal à l'amener jusqu'à sa voiture, où je l'installe côté passager. Nous roulons quelques minutes en silence.

- Au fait, commencé-je, joyeux anniversaire.

Benjamin lève un sourcil en me regardant, l'air méprisant. Je secoue doucement la tête. Je me disais qu'avec son taux l'alcoolémie et la soirée agréable qu'il a passée, il serait peut-être dans de meilleures dispositions à mon égard. Mais je m'étais trompée, de toute évidence.

- Ne te crois pas obligée d'être sympa juste parce que c'est mon anniversaire, répond-il sèchement.

Je suis sciée. Sciée! Quel culot!

- Je ne suis pas sympa juste parce que c'est ton anniversaire! Je... je...

Je soupire de rage.

- Ce n'est pas la peine, ajoute-t-il.

- Très bien!

- Très bien! répète-t-il avec hargne.

Je me retourne face à la route et me concentre sur ma conduite. J'aimerais tellement être ailleurs que dans cette voiture avec lui juste à côté.

- Abruti... murmuré-je pour moi-même.

Il ricane, signe qu'il a entendu ce que je viens de dire, mais je m'en contrefiche. Je continue à fixer droit devant moi, espérant secrètement qu'il m'oublie au moins jusqu'à ce que nous soyons arrivés. Une fois dans la cour et le pick-up arrêté, je descends avant même qu'il ait défait sa ceinture. Je ne me préoccupe plus de savoir s'il peut descendre mon vélo, je me débrouillerai toute seule demain s'il le faut. Et je me précipite à l'intérieur. Une fois seule dans ma chambre, je n'ai qu'une seule envie : hurler de colère. Mais le silence qui règne, indiquant que tout

309

le monde dort, m'en empêche et me force à me calmer. Je finis par me changer rapidement et me glisse sous mes couvertures. Puis j'essaye de penser à autre chose et me repasse des épisodes du séjour de Théo pour m'aider à m'endormir.

Je suis encore énervée le lendemain, et ne décolère pas de toute la journée. Le soir venu, je râle même toute seule tout en nettoyant le sol du *Moose*. Il est passé vingt-deux heures et je ne sens plus mes jambes. La salle propre, je m'assois quelques minutes sur une chaise près de la porte d'entrée du café pour souffler avant de prendre mon vélo pour rentrer. Ces moments de calme, quand tout le monde est parti, sont ceux que je préfère. Après une longue journée comme celle-ci, j'ai le sentiment du travail accompli et cela m'apaise. Je jette un dernier regard circulaire à la salle pour vérifier que tout est à sa place et je me lève. La sonnette retentit et je lâche un soupir, sachant très bien qui se tient maintenant dans l'encadrement de la porte d'entrée. Je n'ai même pas besoin de laisser mon cerveau élaborer tout un tas de scénarios, il n'y en a que deux : soit Benjamin est

310

complètement soûl, soit il cherche, encore, Mason. Je me retourne. C'est visiblement la première hypothèse. Benjamin a fait un pas dans la salle. Il est immobile, les mains dans les poches, légèrement penché sur un côté. Je me plante devant lui, les mains sur les hanches. Je le regarde quelques secondes sans rien dire puis tends la main.

- Donne-moi la clé.

Il déglutit, grimace, mais obéit. Puis je le retourne et le pousse doucement dans le dos en direction de la sortie. Cette scène s'est reproduite à tellement de reprises depuis bientôt trois mois que je n'ai même pas besoin de dire quoi que ce soit. Mais cette fois-ci, il y a quelque chose de différent. Au lieu de l'air un peu bête mais plutôt enjoué qu'il affiche d'habitude quand il a trop bu, Benjamin semble plongé dans une sorte de mélancolie. Ou est-ce de la colère? C'est difficile à dire, mais il semble morose. Enfin plus qu'il ne l'est quand il est sobre. Contrairement aux autres fois, je dois le pousser avec plus d'insistance pour qu'il monte dans le pick-up et il me laisse lui attacher la ceinture sans même essayer lui-même. Je dois me faire violence pour ne pas juste l'envoyer bouler. Sur la route, j'hésite un moment à dire ce que je pense, lui lançant des regards en coin de temps en temps. Il se tient dans une drôle de position, les mains jointes entre les genoux, le dos courbé. J'ai l'impression qu'il se sent mal, mais je n'en suis pas sûre.

- Ça va? finis-je par demander sèchement. Est-ce que tu veux que je m'arrête?

Il lève à peine la tête mais je parviens à voir qu'il la secoue. Arrivée dans la cour de la ferme, je manœuvre pour me parquer aussi près de chez lui que possible, histoire de limiter ses trajets. Fichue empathie... Puis je l'aide à se détacher alors qu'il n'a pas fait un seul mouvement. Après une longue inspiration, je pose ma main sur son épaule.

- Tu veux que j'appelle ton père?

Il redresse la tête et me regarde, incrédule.

- Non, marmonne-t-il.

- Ok...

Je regarde dehors. Tout est éteint. Tout le monde doit être déjà couché, vu l'heure. Je ne vois pas auprès de qui je pourrais aller demander de l'aide alors je descends du pick-up et en fais le tour. J'ouvre la portière côté passager et tends un bras pour que

Benjamin s'appuie mais il ne bouge toujours pas. Je commence à perdre patience.

- Si tu continues comme ça tu vas vraiment finir comme ton père, lâché-je sans même y avoir réfléchi.

J'aurais dû. Le visage de Benjamin se ranime soudainement et une lueur sombre s'allume dans ses yeux. Je recule d'un pas, surprise. Il me lance un regard noir.

- Qu'est-ce que tu as dit?

- Je...

Il descend de la voiture et secoue la tête, les yeux fermés, la main serrée sur le bord de la portière. On dirait qu'il essaye de se contrôler. Mais je doute que cela fonctionne car quand il ouvre à nouveau les yeux, ils lancent des éclairs. Je recule encore alors qu'il fait un pas vers moi. Il pointe maintenant son index sur moi. Il n'a plus l'air soûl du tout.

- Qu'est-ce que tu as dit? répète-t-il.

- R... rien, Benjamin, laisse tomber.

J'essaye de ne pas lui montrer que j'ai peur, mais je n'ai pas réussi à empêcher ma voix de trembler. Il ne semble pas vouloir en rester là.

- De quoi je me mêle? s'exclame-t-il.

- C'était juste un conseil, tenté-je à titre d'explication.

D'un geste brusque, il claque la portière, qui se referme avec un bruit de métal qui résonne dans la cour vide.

- Pour qui tu te prends?

- Laisse tomber.

Il continue à s'approcher et moi à reculer prudemment. En regardant autour de nous, j'évalue mentalement mes capacités à courir vers la maison. Mais il se tient entre celle-ci et moi. Je tends mes mains, paumes face à lui, en signe d'apaisement.

- Tu crois que tu peux me dire ce que je peux faire ou pas?

Il a crié.

- Je n'ai pas besoin de ton avis!

- Ok, c'est bon Benjamin, j'ai compris.

Mais il ne cesse de s'avancer vers moi. Encore quelques pas et je me retrouverai coincée entre lui et le mur de l'annexe. Son visage est défiguré par la colère. Je ne l'ai encore jamais vu aussi énervé.

- Pour qui tu te prends? Tu débarques ici et tu crois que tu peux nous juger?

- Non, pas du tout, protesté-je.

En une fraction de seconde, il se jette sur moi et m'empoigne par le col de mon gilet.

Je pousse un cri sous le choc. Il me plaque contre le mur et approche son visage du mien. Ses yeux sont enragés.

- Tu ne sais même pas de quoi tu parles! hurle-t-il.

- Lâche-moi! m'écrié-je.

Il tire sur mon gilet puis me repousse à nouveau violemment. L'arrière de ma tête cogne contre le mur. Je hoquète de douleur avant de hurler à nouveau :

- Laisse-moi Benjamin!

La porte de l'annexe s'ouvre brusquement et je vois du coin de l'œil Mason se précipiter vers nous. Au fond de la cour, grand-père, grand-mère, papa et maman sont aussi sortis précipitamment et s'élancent vers nous.

- Lâche-la abruti! lui ordonne Mason.

Benjamin tourne la tête et regarde son père sans me lâcher. Ses épaules se soulèvent et s'abaissent rapidement au rythme de sa respiration saccadée.

- T'es malade? s'exclame Mason, lâche-la je te dis!

Mes grands-parents et mes parents se sont arrêtés à quelques mètres de nous.

- Benjamin, gronde la voix de grand-père.

Benjamin tourne la tête sans relâcher son étreinte. Mon coeur bat à tout rompre et je le sens pulser à l'arrière de mon crâne, à l'endroit de l'impact contre le mur. Puis, petit à petit, je sens sa poigne se desserrer. J'en profite pour me dégager en pliant les genoux et en faisant un pas de côté. Il ne me retient pas et grand-mère et maman se précipitent vers moi. Mason s'approche de Benjamin et le pousse violemment dans le dos en direction de leur maison.

- Viens Luna, murmure grand-mère. Rentrons.

Encore sous le choc, je lui obéis et nous traversons la cour.

Une fois dans ma chambre, je m'assieds au bord de mon lit, incapable de me coucher. Je n'arrête pas de revoir le regard noir de Benjamin. Frissonnante, je passe un plaid autour de mes épaules. Mon esprit part dans toutes les directions à mille à l'heure. Impossible de me fixer sur une seule pensée. Évidemment, mes minis Miss se disputent la première place s'agissant de ce que je devrais ressentir mais je suis incapable de décider à qui décerner la médaille. Miss Fierté, bien sûr, considère que ce qu'a fait

Benjamin est digne de la peine de mort. Miss Pragmatisme remarque de son côté que cela ne fait que conclure des semaines d'antipathie réciproque et que ça aurait pu être pire si personne n'était intervenu. Miss Prudence, coincée dans un coin de mon cerveau, tremble en suggérant de faire en sorte de ne plus jamais me retrouver seule avec lui, à vie. Et puis il y a Miss Empathie. J'aimerais la faire taire mais n'y parviens pas et c'est sa voix qui prend de plus en plus d'ampleur. Elle qui me glisse que Benjamin doit ressentir un profond malêtre pour se comporter ainsi, qu'il est probablement en souffrance. Pourquoi ne suis-je pas capable de juste le haïr? J'ai l'impression de ne plus voir que la peine derrière son regard sombre et sa colère. Et je finis par m'en vouloir de lui avoir fait remarquer qu'il prenait la même direction que son père. J'en finis même pas me sentir coupable et responsable. Je secoue la tête, atterrée devant mon indulgence face à un comportement que j'aurais, en tout temps, jugé inadmissible.

Les jours suivants, je prends tout de même soin de ne pas me retrouver seule avec Benjamin. Et sans doute trouve-t-il cet éloignement bénéfique, car il ne vient plus au café. J'ignore ce qu'il s'est passé après que je sois rentrée ce soir-là, ce que Mason lui a dit après l'avoir ramené à la maison, si grand-père et grand-mère lui ont parlé. Un peu comme il semble être de tradition avec beaucoup de sujets désormais à la maison, personne n'aborde la question et la vie reprend son cours normal comme si rien ne s'était passé. Et je dois admettre que cela m'arrange. J'ai moi aussi décidé de mettre cet épisode dans un coin de ma tête et de ne jamais l'en ressortir. Après réflexion, je considère qu'il est plus prudent de ne pas en parler à Théo. J'imagine aisément la réaction qu'il aurait eue et je ne veux pas qu'il se sente impuissant alors qu'il ne peut rien faire à des kilomètres d'ici. Malgré tout, j'ai de la peine à faire taire la petite voix dans ma tête, encore Miss Empathie, qui se demande où Benjamin va lorsqu'il a trop bu maintenant qu'il a déserté le *Moose.*

CHAPITRE 17

« Oh, simple thing, where have you gone?
I'm getting old, and I need something to rely on
So tell me when you're gonna let me in
I'm getting tired, and I need somewhere to begin. »
Somewhere only we know - Keane

Le mois de septembre arrive et le travail à la ferme évolue, les récoltes laissant peu à peu la place à la préparation de l'exploitation pour la saison froide. J'accueille avec un certain soulagement le ralentissement du rythme. Désormais, la température baissant progressivement, les garçons arrivent un peu plus tard, n'ayant plus besoin de venir aussi tôt pour profiter de la fraîcheur du début de journée. Il fait encore suffisamment bon pour que nous puissions manger dans la cour à la mi-journée, mais le soir, nous devons désormais nous installer à l'intérieur, dans la grande salle à manger de la maison de grand-père et grand-mère.

Avec la rentrée scolaire et universitaire, la clientèle au *Moose,* sans disparaître pour

319

autant, diminue tout de même suffisamment pour me permettre d'avoir un peu plus de temps libre. C'est ainsi que je me retrouve à explorer les environs de l'exploitation lorsque je ne travaille pas à la ferme ni au café. Et pour pouvoir profiter des derniers beaux jours, je m'installe fréquemment sur la balançoire, où je lis et savoure le calme. Je marche aussi régulièrement plusieurs heures, avec César quand il ne suit pas Benjamin à la trace et décide de m'accompagner dans mes promenades. Aussi souvent que possible j'essaye de parler avec Théo, mais le décalage horaire entre l'Iowa et Los Angeles complique quelque peu les choses, puisque je suis en général au travail au café quand je peux enfin l'appeler. Alors je mets à profit les pauses pour le joindre. Et à chaque fois il me narre avec enthousiasme la vie en Californie, les rencontres qu'il y fait, causant au passage un pincement à mon cœur, même si j'essaye de me réjouir pour lui. En l'écoutant, j'ai surtout l'impression que ma vie à Brenton est entrée dans une certaine monotonie et que si je louais la stabilité et la constance de mon nouveau rythme de vie, c'était peut-être plutôt pour éviter d'admettre l'ennui dans

320

lequel elles me plongeaient. J'essaye de faire taire ces pensées négatives mais les semaines semblent ne pas s'écouler. A cela s'ajoute que les filles sont reparties pour le campus de Des Moines et je ne les vois même plus en fin de semaine. Seule Megan vient de temps en temps boire un verre au *Moose*. En-dehors des moments que nous passons ensemble, je me retrouve ainsi souvent seule et me demande combien de temps je pourrais bien tenir.

De son côté, papa semble avoir repris du poil de la bête. Il effectue maintenant régulièrement le trajet entre Brenton et Des Moines, où il aurait des opportunités de travail. Ça fait longtemps que je ne l'ai pas vu aussi motivé et, au fond de moi, je l'envie de pouvoir s'éloigner de la ferme et d'entrevoir un autre avenir. Je ne peux toutefois pas m'empêcher de craindre qu'il trouve effectivement un nouveau poste à Des Moines, ce qui mettrait un coup fatal à mon dernier espoir de nous voir jamais retourner les trois à New York et y reprendre notre vie.

J'ai également le plaisir de faire la connaissance de Betty, la femme de Joseph. Celle-ci passe un jour au café avec lui, qui en profite pour nous présenter. Je tombe immédiatement sous le charme de cette jeune femme douce et souriante. Ses cheveux blonds coupés aux épaules et ses grands yeux verts lui donnent un air un peu enfantin et angélique. Elle s'avère être aussi d'une gentillesse extrême. Je ne suis pas étonnée que Joseph soit tombé amoureux d'elle et les trouve tout de suite très bien assortis.

Betty me fait même la joie de m'inviter chez eux un soir pour dîner.

C'est ainsi que je me retrouve, un soir, au bas de l'immeuble dont Joseph m'a donné l'adresse. J'ai pris soin d'acheter un bouquet, que m'a conseillé Megan, et je suis même un peu nerveuse à l'idée de passer la soirée chez le couple. Mais Betty me met immédiatement à l'aise. Elle m'enlace dès qu'elle m'ouvre la porte, et me remercie chaleureusement pour les fleurs. Joseph me fait ensuite visiter leur petit appartement, composé d'une pièce à vivre avec une cuisine ouverte sur un salon, et de deux petites chambres. La décoration est délicate, les murs peints dans des couleurs pastels et agrémentés de cadres. Pendant qu'ils terminent de préparer le repas, j'en profite pour admirer les photos de leur mariage. Je souris en reconnaissant plusieurs personnes que j'ai déjà rencontrées. Il y a John et Damian bien sûr, mes grands-parents également. Et je suis impressionnée par leur élégance, moi qui ne les vois en général qu'en tenue de travail. Je repère Mason sur l'une des photo. Et puis il y a Benjamin. J'ai de la peine à la reconnaître tant il est différent, dans un costume bleu marine. Il est d'une classe folle. Jamais je n'aurais imaginé que le jeune homme froid et renfermé puisse un jour se présenter ainsi vêtu. J'ai même de la peine à détacher mon regard de la photo, où il se tient debout à côté d'autres convives, les mains dans les poches, ses yeux clairs perçant l'objectif.

- C'était une magnifique journée, déclare Betty lorsqu'elle vient me rejoindre au salon.

- J'en ai bien l'impression. Tu étais magnifique!

- Oh, merci, dit-elle en rougissant.

Je désigne Benjamin.

- Ça change de le voir habillé comme ça...

Betty éclate de rire.

323

- J'ai failli ne pas le reconnaître quand il est arrivé à la mairie! Comme pour la plupart d'entre eux.

D'un signe de la tête, elle m'invite à m'installer à table, où elle a disposé plusieurs plats dont le fumet fait gargouiller mon estomac.

- Betty, tout ça a l'air délicieux! Merci encore pour l'invitation.

Elle balaie l'air d'un geste.

- Oh arrête ce n'est rien! Ça me fait plaisir.

- Betty aime beaucoup recevoir, m'informe Joseph d'une voix qui laisse clairement transparaître toute l'admiration qu'il voue à sa femme.

- Et bien je suis ravie de pouvoir en profiter! Comment est-ce que vous vous êtes rencontrés?

- Quand Jo a commencé à travailler pour Monsieur Ducrost, ton grand-père, il s'occupait beaucoup des animaux. Moi j'aidais Paul, le Dr Davi, après l'école et en fin de semaine. Un jour, il a appelé le cabinet pour que l'on vienne soigner l'une des chèvres de l'exploitation. C'est comme ça qu'on s'est rencontrés.

- Je l'avais déjà repérée à l'école bien sûr, rigole Joseph. Mais là... ça a été le coup de foudre.

- Oh, c'est tellement touchant! m'exclamé-je.

- On avait 18 ans, ajoute Betty.

- C'est le genre d'histoire qui fait rêver...

- Et toi Luna? Parle-nous un peu de New York!

Je soupire et me lance, y décrivant ma vie, mes études, mes amis, et Théo.

- Ouao et bien ce Théo m'a tout l'air d'être l'homme parfait! remarque Betty.

- Il l'est, réponds-je nostalgique. C'est dommage que tu n'aies pas eu l'occasion de le rencontrer quand il est venu en août. Je suis sûre que vous vous seriez très bien entendus.

- Une prochaine fois j'en suis sûre.

Petit à petit, la conversation dévie sur la vie à la ferme et à Brenton.

- Comment est-ce que tu te sens parmi nous? m'interroge Joseph.

- Honnêtement? Le changement a été difficile. Je ne suis pas encore complètement à mon aise, mais je dois avouer que j'ai rencontré de très belles personnes. Et qu'en fin de compte, la vie ici ne me déplaît pas complètement.

J'ai bien conscience d'essayer d'être suffisamment positive pour ne pas plomber l'ambiance, tout en cherchant à me convaincre intérieurement qu'il ne faut pas trop lancer de fleurs à la vie en Iowa, je dois rester cohérente par rapport à mon souhait de retourner à New York. J'ai quand même l'impression de voir Miss Honnêteté soulever un sourcil, dubitative. Mais je la fais taire en souriant à mes hôtes.

- J'imagine à quel point ça a dû être compliqué pour toi. Un tel changement de vie, ce n'est pas évident.

Je remercie intérieurement Betty pour sa compréhension.

- En tous cas nous sommes ravis de t'avoir, ajoute Joseph.

- Merci, c'est trop gentil.

- J'espère que les garçons te traitent bien, déclare alors Betty sur un ton faussement menaçant, tout en adressant un large sourire à son mari.

Je suis à deux doigts de recracher l'eau que je suis en train de boire.

- Est-ce que ça va ?

- Oui oui, c'est juste que...

326

Tout à coup, je les regarde, et je doute qu'il soit vraiment adéquat que je leur parle de l'accueil offert par Benjamin. Après tout, ils ne me connaissent pas, alors que Joseph travaille avec mon voisin depuis des années. Mais finalement, ils ont posé la question. Par ailleurs, je demande dans quelle mesure John, Joseph, Damian et Benjamin n'en n'ont pas déjà discuté entre eux. Ils doivent bien parler de ce genre de choses. Et Benjamin semble tellement remonté contre moi que ça m'étonnerait qu'il n'en ait pas fait part à ses collègues. Pourtant, je décide de rester prudente et édulcore un peu ma version des choses. Et pourquoi ne pas profiter de l'occasion pour essayer d'en savoir plus sur la situation de mes voisins.

- J'ai été surprise de voir que Benjamin et Mason s'étaient installés dans l'annexe chez mes grands-parents. La dernière fois que je suis venue l'été, ils habitaient encore en ville.

Je capte immédiatement le regard que Betty et Joseph échangent, légèrement gênés. Joseph se racle la gorge.

- Ah oui c'est vrai. Ça fait quelques années maintenant.

Puis Betty se lève de sa chaise.

- Je vais chercher le dessert. Est-ce que tu as fini?

Sans me laisser le temps de répondre, elle se saisit de mon assiette et ramène la vaisselle sale à la cuisine. Puis elle revient avec une tarte aux pommes encore fumante.

- J'espère qu'il te reste encore une petite place!

Je comprends au vu de leur réaction que le sujet de Benjamin et Mason est, ici aussi, un tabou. Alors, ne souhaitant pas les mettre mal à l'aise, je choisis de ne pas insister. Encore raté...

- J'ai toujours de la place pour le dessert, réponds-je en souriant. Merci Betty.

- Comment as-tu trouvé la sortie au lac de Dayton? demande Joseph sans transition.

Si le message n'était pas suffisamment clair avant, là il est limpide. On ne parlera pas de mes voisins.

- C'était vraiment super. Une magnifique journée. Et l'endroit est génial! La soirée autour du feu restera un moment dont je vais me souvenir longtemps.

- J'adorais y aller, explique Betty.

- Vous devriez venir la prochaine fois.

- Oui, pourquoi pas!

Il est déjà tard quand je finis par regagner la ferme à vélo, après avoir décliné l'offre de Joseph de me ramener en voiture. Sur le chemin, je passe la soirée en revue, encore touchée par l'accueil que j'ai reçu et la gentillesse de Betty. Et pour la première fois depuis mon arrivée à Brenton, je réalise que vouloir partir à tout prix quitter cet endroit ne va probablement pas s'avérer aussi simple que prévu. Et ça, je ne l'avais pas vu venir...

CHAPITRE 18

« Deep in the dark I don't need the light
There's a ghost inside me
It all belongs to the other side
We live, we love, we lie. »
Spectre - Alan Walker

Fort heureusement, après le ralentissement du rythme, Brenton semble ne pas avoir dit son dernier mot et s'éveille à nouveau pour, cette fois, accueillir la comète Izzie, dont m'avaient parlé Adam et Aurora lorsque je les ai rencontrés pour la première fois. Un soir alors que nous sommes attablés à la maison, John m'explique que l'événement ne se déroule pas en ville cette fois, mais près du Mont Rose, une colline à environ une demi-heure de route de Brenton. L'espace d'un week-end, des stands de nourriture et une scène sont installés et, entre vingt heures et minuit, les gens montent au sommet de la colline pour avoir la meilleure vue sur la comète.

- Bien sûr, on la verra déjà depuis plusieurs jours, mais c'est ce week-end-là qu'on la voit le mieux parce qu'elle sera alors à la distance la plus faible de la terre. Après, elle s'éloigne à nouveau.

- Et elle ne repasse que dans cinq ans, ajoute Damian.

Effectivement, je découvre un matin avec étonnement une petite masse dans le ciel, suivie d'une nuée grise. Izzie arrive. Les premiers jours, nous n'apercevons qu'un petit point, mais au fur et à mesure que les jours passent, elle devient plus perceptible, plus nette. La semaine précédent la fête, j'ajoute son observation matinale à mon rituel, car c'est au petit matin que l'on peut la voir le mieux, lorsque le soleil ne darde pas encore ses rayons avec toute sa puissance. Je m'amuse de voir les gens lever régulièrement le regard, en ville, comme pour vérifier qu'elle est encore là, présence silencieuse et lointaine.

Une certaine agitation s'empare alors à nouveau de Brenton, que rejoignent des groupes de visiteurs et de curieux les jours précédent la fête. Contrastant avec l'agitation de la ville, la ferme garde le rythme, les jours se succédant et se ressemblant tous. Les garçons ont été chargés de terminer les récoltes de l'été. Ils passent donc maintenant toute la journée loin, dans les champs, et ne reviennent que rarement manger à midi à la maison. Pour tromper l'ennui, je décide un jour d'aller les rejoindre pour pique niquer. Après avoir interrogé grand-mère au sujet de leur programme, remplis plusieurs sacs de sandwichs, salades et autres mets préparés par grand-mère, je place le tout dans une charrette que j'accroche à mon vélo. Si j'ai bien compris, ils sont en train de récolter les pommes et les poires à environ cinq kilomètres de la ferme. Je suis la route pendant une dizaine de minutes, m'éloignant de Brenton, puis, suivant les instructions de grand-mère, je repère le chemin sans revêtement sur la gauche, dont elle m'a parlé. On y voit de longs sillons laissés par les larges pneus du tracteur avec lequel sont partis les garçons ce matin. Le chemin se poursuit sur quelques centaines de mètres avant de s'interrompre en bordure d'un verger. Je jette un regard autour de moi mais ne vois personne. J'entreprends alors de faire le tour du périmètre, examinant les espaces entre les arbres au cas où ils s'y seraient installés. Je finis par arriver devant le tracteur. John et Joseph sont assis à même le sol et discutent tranquillement. Benjamin est installé sur l'une des immenses roues, les jambes dans le vide. Damian, quant à lui, est appuyé contre le véhicule.

- Quelle agréable surprise! s'écrie John.

- Je suis venue vous apporter de quoi manger.

- Génial, je meurs de faim! s'exclame Damian en se frottant les mains.

Joseph s'approche et prend les sacs sur la charrette.

- Merci Luna. C'est très ingénieux comme système!

Chacun se sert dans le festin préparé par grand-mère. Benjamin saute de la roue et s'approche en dernier. J'hésite quelques secondes mais finis par tendre un sac vers lui, faisant taire en même temps toutes les minis Miss qui hurlent, scandalisée par ma gentillesse, étonnée par mon manque de mémoire ou encore pleine d'espoir devant cette proposition de trêve. Je me dis qu'il serait temps de faire la paix. Benjamin me regarde un instant, tout aussi étonné que mes minis Miss apparemment, mais sans les cris. Puis il attrape le sac et se sert.

Nous déjeunons en silence. Les garçons ont déjà cueilli des quantités impressionnantes de fruits et j'observe les caisses qu'ils ont entassées à côté du tracteur avant de les y ranger.

- Tu devrais venir plus souvent, sourit John.

- Ça me change à moi aussi. Qu'est-ce que vous devez faire demain?

- On doit finir ici avec Damian, répond Joseph.

- C'est mon tour d'amener les chèvres au lac, indique John.

Je jette un coup d'œil à Benjamin mais il ne compte visiblement pas participer à la conversation. Au contraire, il regarde sa montre et fait un signe à ses collègues, signifiant qu'il est temps qu'ils se remettent au travail.

- Désolé, s'excuse John, on doit te laisser.

- Pas de problème, réponds-je en frottant mon pantalon plein d'herbe. Je dois de toute façon aller travailler.

Le café est déjà bien rempli lorsque j'arrive. Je vais rapidement poser mon casque de vélo dans le bureau et enfile mon tablier. Ruth m'accueille au bar avec l'un de ses immenses sourires.

- Ma chérie, peux-tu aller servir les deux tables du fond?

J'attrape mon carnet de commande et m'approche des tables en question. La première est occupée par Gary et Tina Roseberg, un petit couple âgé qui passe chaque jour un petit moment au *Moose* pour « boire un jus », comme aime le dire Gary.

- Gary, Tina, les salué-je, comme d'habitude? Oh, je vois que vous avez bien avancé dans votre tricot, Tina.

Ils me sourient en approuvant d'un hochement de tête.

- Oui, j'aurai bientôt fini! C'est une écharpe pour mon Gary! Que tu es belle aujourd'hui! s'exclame Tina en me caressant le bras. Toujours aussi ravissante!

Je lui adresse un sourire chaleureux en essayant de me recoiffer, sans succès.

- Merci Tina, c'est très gentil, même si j'ai de la peine à vous croire après avoir pédalé sur mon vélo avec la chaleur qu'il fait aujourd'hui!

Elle éclate de rire. Je passe ensuite à la table suivante, qui se trouve juste à côté de la cuisine. Plusieurs jeunes discutent avec enthousiasme.

- Bonjour, qu'est-ce que je peux vous servir?

L'un des jeunes, un garçon qui doit avoir environ mon âge, lève la tête et m'adresse un sourire en coin.

- Je suis d'accord avec la dame, dit-il en désignant Tina, sans répondre à ma question.

- Je vous demande pardon?

- Je disais que je suis d'accord avec Tina, vous êtes ravissante.

Je baisse les yeux, gênée. Je n'ai pas l'habitude de ce genre de compliments, surtout venant de la gente masculine.

- Merci... est-ce que je peux vous servir quelque chose à boire?

- Deux cafés et trois coca, me répond-il sans me lâcher des yeux. Et au fait, moi c'est Mat.

Il me tend une main, que je regarde un instant sans comprendre, avant de réaliser qu'il attend que je la lui sers. J'agrippe mon carnet de commande à une main et m'exécute.

- Luna, réponds-je.

- Enchanté.

- Bon, Mat, tu as fini de draguer? l'interpelle l'un des jeunes attablés avec lui.

- J'arrive tout de suite avec vos commandes, m'empressé-je de dire, soulagée de pouvoir m'éclipser.

Une fois au bar, je prépare leurs boissons et jetant des coups d'œil à leur table. Ils sont cinq, trois garçons et deux filles. Je ne les ai encore jamais vus, ni en ville ni au café, alors je suppose qu'ils doivent venir pour la comète. Je n'ai cependant pas le temps d'investiguer sur ce sujet car les clients ne cessent d'arriver et je me retrouve rapidement débordée. Je cours dans tous les sens jusqu'à la fermeture, que j'accueille avec bonheur. Mat et ses amis sont les derniers à quitter la table, où ils sont finalement restés plusieurs heures, enchaînant les commandes. J'entreprends de nettoyer le bar et les tables vides afin de gagner du temps en attendant qu'ils partent lorsque Mat s'approche, un petit sourire gêné au coin des lèvres.

- Hey.

- Hey, réponds-je. Est-ce que tu veux quelque chose d'autre? Je vais fermer, mais je peux encore te servir un verre.

Il me fait signe que non.

- Désolé de te faire rester tard, commence-t-il.

- Pas de soucis, c'est à cette heure-ci que je finis en général.

Je souris. Il me regarde, le visage tourné vers le sol, les mains dans les poches. Je l'observe quelques secondes. Il est plutôt bel homme, les cheveux bruns coupés ras et une barbe de trois jours encadrant ses lèvres fines. Il a des yeux en amande brun clair. Je me décide à lui venir en aide et à faire la conversation, tout en essuyant des verres.

- Est-ce que vous êtes en ville pour la comète?

- Oui. Il paraît que la fête est sympa.

- Il paraît.

- Tu y seras?

Je hoche la tête.

- Tant mieux, sourit-il. Ça serait sympa de t'y voir.

Prise de court, je ne sais quoi répondre.

- Au fait, est-ce que tu sais par où il faut aller pour rejoindre le Mont...

Il semble hésiter.

- Le Mont Rose? complété-je.

- C'est ça.

Pendant un moment, j'essaye de lui expliquer comment rejoindre le lieu de la fête, mais il ne semble pas parvenir à se repérer.

- Attends, je vais te montrer dehors, finis-je par proposer. Je finis juste de nettoyer ici. Est-ce que vous pouvez m'attendre à l'extérieur?

Mat rejoint ses amis et les fait sortir. Je nettoie rapidement la salle, ferme le *Moose* et les retrouve dehors, appuyés contre le mur du café. La chaleur de la journée a fait place à la fraîcheur et je ressers mon gilet autour de ma taille.

- Fini? m'interroge Mat en se rapprochant de moi.

- Oui, merci d'avoir attendu.

Je lui désigne la route qui part vers l'est.

- Alors il vous faudra aller dans cette direction et rouler pendant une vingtaine de kilomètres. A un moment, tu verras, il y a un panneau qui indique Sunny Lake. A la hauteur du panneau, tu dois tourner à gauche. C'est une petite route. Tu roules encore, je dirais, une dizaine de minutes tout au plus et vous y serez. En principe tout est bien indiqué.

Tout en lui donnant la direction, j'ai avancé sur le trottoir, Mat sur mes talons.

- Super, se réjouit-il. Merci Luna, c'est très gentil.

Il me désigne une voiture blanche, parquée le long de la chaussée.

- On est juste là.

- Ok.

Je les salue alors qu'ils montent en voiture. Mat, derrière le volant, baisse la vitre et me sourit.

- J'espère te voir à la fête alors?

Je hoche la tête. Puis je les regarde s'éloigner pendant quelques minutes avant de rejoindre le *Moose* pour prendre mon vélo. Je retourne à l'intérieur pour récupérer mon casque et vérifier que tout est bien en place. Au moment de sortir, j'aperçois un pick-up passer devant le café. Je le reconnaîtrais entre mille, tant je l'ai conduit, même si cela fait un moment que Benjamin n'est plus venu. Je ne peux m'empêcher d'espérer qu'il n'a pas bu ce soir et qu'il a juste passé un moment avec Julia.

- Plus que deux jours Luna, deux jours! s'exclame John en descendant de la voiture de Damian un matin.

- Yeah! réponds-je en feignant grossièrement la joie.

- Réjouis-toi c'est vraiment sympa!

- Je n'en doute pas.

Je soulève ma tasse de café.

- Mais je n'ai pas encore assez de caféine dans le sang pour être enthousiaste.

Il rigole.

- En tous cas on y sera tous samedi soir. Tu viens avec nous!

Ce n'était même pas une question.

- Qui ça tous?

- Ceux du lac, intervient Damian.

- J'y serai avec Betty, ajoute Joseph.

- Super, j'aimerais beaucoup la revoir.

Benjamin sort de chez lui et nous rejoint, suivi de près par Mason.

- Quel est le programme aujourd'hui?

John et Damian me détaillent alors avec enthousiasme par le menu tout le travail qu'ils ont à faire. Je les écoute d'une oreille distraite, gardant un œil sur Benjamin et son père, plongés dans une grande conversation à quelques mètres de nous.

- Et puis il y a la clôture à réparer, termine Damian.

- Et bien... ça en fait du travail, vous avez du courage, fais-je remarquer.

Je devine que ma remarque rend John fier car il sourit bêtement quelques secondes.

- En tous cas je serai là samedi, ajouté-je, sans faute.

Grand-père sort de la maison et vient nous rejoindre.

- Allons-y les jeunes, nous avons beaucoup de travail devant nous aujourd'hui.

Il m'adresse un petit clin d'œil et désigne la camionnette parquée à côté de l'étable. Tout en terminant de boire mon café, je les quitte et vais m'occuper des bêtes. J'aperçois tout juste la camionnette quitter l'enceinte de la ferme, plusieurs garçons installés sur la plateforme à l'arrière.

Les animaux nourris et leurs enclos nettoyés, je retourne à la maison prendre mon chapeau de paille pour aller rejoindre grand-mère au potager. Tous les garçons étant partis, je suppose qu'elle aura bien besoin d'aide ce matin. Je longe le petit canal tout neuf. Grâce au travail de Benjamin, qui a arraché toutes les mauvaises herbes, l'eau s'écoule désormais normalement jusqu'aux plantations de grand-mère. Je marche en le regardant, pensive. Arrivée au potager, je propose mon aide à grand-mère.

- Merci ma puce, tu es adorable, dit-elle avec sa douceur légendaire. Mais pourrais-tu plutôt aller aider à réparer la clôture? L'un des garçons y est, mais c'est bien plus pratique à deux.

- Heu... oui, oui, bien sûr!

Elle m'indique alors où me rendre, de l'autre côté de l'immense champ de maïs qui borde le chemin menant à la colline à la balançoire. Je retourne donc à la ferme. Depuis la cour, j'emprunte le chemin s'étendant entre les maïs et les tournesols. Ces derniers se tiennent droit, comme des majordomes postés à l'entrée d'un hôtel. Arrivée au bout, je bifurque à gauche. Le champ forme un carré presque parfait. Je marche quelques minutes jusqu'à l'angle suivant avant d'apercevoir le tracteur, quelques mètres devant moi. Il est arrêté. J'accélère le pas et, arrivée à sa hauteur, je grimpe sur le marchepied et ouvre la portière du côté passager.

Benjamin tourne brusquement la tête, surpris de mon intrusion. Mon coeur manque un battement. J'étais persuadée que je venais aider Damian, qui m'avait pourtant parlé lui-même de la clôture ce matin. Nous nous observons en silence quelques secondes avant que je ne me décide à expliquer :

- Grand-mère m'a demandé de venir aider pour la clôture...

Puis, à mi-voix, j'ajoute :

- Je croyais que c'était Damian.

Benjamin me regarde un long moment sans rien dire. Il a l'air tout aussi ravi que moi de se retrouver dans cette situation mais, en-dehors de son regard noir habituel, son visage n'exprime rien de particulier. Comme s'il avait dû réfléchir à le faire ou non, il finit par hocher la tête et enclenche le moteur. Nous ne roulons pas bien longtemps puisqu'il s'arrête quelques mètres plus loin et, toujours sans un mot, descend du tracteur. Après une seconde d'hésitation, je l'imite et fais le tour du véhicule. Il est en train de sortir des piquets de la petite remorque à l'arrière. Je me poste à côté de lui, attendant ses instructions, car je n'ai strictement aucune idée de la façon de procéder. Mais il semble ne pas avoir l'intention d'utiliser mes services. Alors je l'observe faire sans rien dire. Il attrape une pelle et entreprend de déterrer un premier piquet, dont le bois a été rongé par l'humidité. Celui-ci sort facilement du sol meuble. Sa base se désagrège en partie en petits copeaux humides. Benjamin le jette dans la remorque et s'empare d'un piquet neuf, l'enfonce dans le trou laissé vide, tapote à l'aide d'une

344

massue et réédite le mouvement à plusieurs reprises. Puis il attrape le marteau accroché à la ceinture de son pantalon et commence à planter des clous dans le bois, à plusieurs hauteurs différentes. Je soupire, gagnée par le sentiment d'inutilité que je déteste tant. Benjamin me jette un regard agacé en revenant vers la remorque pour y déposer la pelle. Puis il remonte dans le tracteur alors je l'imite.

- Qu'est-ce que je peux faire? finis-je par l'interroger.

- Rien, répond-il sèchement.

Je bous intérieurement. Quel est son problème sérieusement? En quoi est-ce que ça le dérange que je sois venue l'aider? Je tourne furieusement la tête et regarde à travers la vitre, sans voir ce qu'il y a de l'autre côté. Mon cerveau tourne à cent à l'heure. Sans même m'en rendre compte, j'ai resserré mes mains sur mes genoux à tel point que les jointures sont rouges. Je respire lentement à plusieurs reprises pour reprendre le contrôle de moi-même. Le pire serait de réagir à chaud, sans réfléchir. Et je suis persuadée que c'est ce qu'il cherche, que je sorte de mes gonds.

345

- Écoute... commencé-je une fois que je suis sûre de m'être calmée, sans trop savoir ce que je devrais lui dire, grand-mère m'a demandé de venir t'aider pour que ça aille plus vite.

- Je m'en sors très bien tout seul, rétorque-t-il.

On pourrait presque croire au ton qu'il a utilisé qu'il est vexé que grand-mère ait pensé qu'il avait besoin d'un coup de main.

- Ok...

Benjamin redémarre le moteur et roule quelques mètres avant d'immobiliser le tracteur puis de ressortir et de déterrer plusieurs vieux piquets abîmés. Je l'observe un petit moment puis, je décide de changer de stratégie. Au moment où il s'approche pour les déposer dans la remorque, je m'empare de deux nouveaux piquets et vais les enfoncer dans les trous. J'ai agi rapidement pour qu'il ne puisse pas m'en empêcher, mais je réalise un peu trop tard que j'ai planté les bout de bois de travers. Ils penchent dangereusement sur le côté et le regard moqueur de Benjamin passe de moi aux piquets. Je lève les yeux au ciel, mais, décidée à ne pas me laisser faire, j'entreprends de redresser les piquets. La

346

tâche paraît plus simple qu'elle ne l'est en réalité, car je ne parviens pas à obtenir un poteau complètement droit, alors que Benjamin, de son côté, en a déjà planté plusieurs sans qu'aucun d'eux ne semble vouloir tomber d'un côté ou de l'autre. Agacée, je finis par donner un coup de pied rageur dans l'un des piquets, accentuant par la même occasion sa ressemblance avec la tour de Pise. J'entends Benjamin ricaner derrière moi mais me force à ne pas réagir. Je redresse à nouveau le piquet et l'enfonce profondément dans la terre une fois qu'il est droit, avant de réaliser qu'il penche toujours d'un côté. Tout à coup, je sens Benjamin derrière moi. Il agrippe le poteau et commence à faire des cercles dans la terre en le tournant. Au bout de quelques minutes, le piquet tient aussi droit que les autres. Il pose alors son coude dessus et me regarde un instant sans rien dire, un petit air supérieur sur le visage.

- Tu ne devrais pas traîner avec Mat et sa bande, déclare-t-il tout à coup.

J'écarquille les yeux, surprise tant par la phrase la plus longue qu'il m'ait adressée depuis mon arrivée à Brenton que par la teneur de celle-ci.

347

- Quoi? De quoi tu parles?

- Ils sont plutôt connus par ici pour ne pas être très recommandables.

Je me tais, ne sachant pas vraiment quoi répondre à ça. J'ai de la peine à croire à ce qu'il raconte, dans la mesure où Mat m'a fait une bonne impression lorsque je l'ai rencontré il y a quelques jours. Et puis je me dis que mon instinct n'est pas si mauvais, j'aurais senti s'il y avait quelque chose de louche. Et tout à coup Miss Fierté se révolte et se met à hurler, scandalisée par le fait que je puisse m'interroger sur ce que vient de dire Benjamin plutôt que sur le fait qu'il se permette un quelconque conseil. Sans laisser le temps à toutes ses autres camarades de donner leur avis, je rétorque sèchement à Benjamin :

- En quoi est-ce que ça te regarde?

Il a léger un mouvement de recul, probablement étonné que j'ose lui répondre ainsi. On dirait qu'il soupèse les avantages et les inconvénients d'approfondir la question, mais il finit par hausser les épaules.

- A toi de voir, dit-il d'un ton neutre.

Je le regarde interloquée alors qu'il s'empare de la boîte de clous et s'apprête à en planter plusieurs sur les piquets. Je secoue la tête. Je n'arrive pas à y croire!

- T'es sérieux?

Il lève les yeux vers moi et fronce légèrement les sourcils. Il a l'air de quelqu'un qui se trouverait quelque peu incommodé par un moustique. Mais ne répond rien. De mon côté, je sens la moutarde me monter au nez.

- Pour qui est-ce que tu te prends?

- Écoute, c'était juste un conseil, dit-il d'un ton dédaigneux.

Il reprend son marteau. Il a maintenant l'air bien plus agacé, comme si je dérangeais sa petite routine.

- Et tu te crois bien placé pour me donner des conseils franchement? Depuis que je suis arrivée c'est à peine si tu m'as adressé la parole, à part pour me plaquer contre un mur et être à deux doigts de m'arracher la tête!

Ça y est, je suis sortie de mes gonds... Je ne sais pas trop quel effet ça fait à Benjamin, qui me regarde un peu hébété, mais je n'en ai rien à faire.

- C'est quoi ton problème? crié-je.

- Mon problème?

Il hausse un sourcil. Mentalement, je suis encore capable de me faire la réflexion qu'il

349

tient toujours le marteau dans sa main droite et des clous dans la gauche. Mon cerveau de scénariste de film liste alors toutes les scènes possibles, du lâcher de marteau dans ma direction à un poignardage en plein coeur, suivi de plein de petites piqûres de clous. Malgré ces options peu attirantes, je maintiens ma position.

- Oui, ton *problème*. Depuis que je suis arrivée c'est comme si je te dérangeais! Tu peux me dire pourquoi ça te gêne que je sois ici? Qu'est-ce que je t'ai fait?

En une fraction de seconde, c'est comme si quelqu'un avait éteint la lumière dans ses yeux. Je fais un pas en arrière. Ses mâchoires se resserrent et je vois sa main se tendre sur le marteau. Les battements de mon coeur s'accélèrent. Je sais que j'ai trop d'imagination et franchement là j'aurais préféré.

- Rien! hurle-t-il, tu n'as *rien* fait justement!

- Alors pourquoi?

- Vous vous êtes juste tirés!

Je fronce les sourcils.

- De quoi est-ce tu parles?

- Vous vous êtes tirés et vous m'avez laissé ici!

Tout à coup, je comprends qu'il parle de notre départ précipité, sept ans auparavant. Je suis presque sûre que tout le sang a quitté mon visage. Mon coeur bat avec force dans ma poitrine, douloureusement.

- Benjamin...

J'élève les mains, paumes face à lui, en signe d'apaisement.

- Tu n'as rien fait, RIEN DU TOUT!

Il pointe maintenant le marteau dans ma direction, dans un mouvement accusateur.

- Benjamin, j'avais 13 ans!

- Vous saviez et vous n'avez rien fait, poursuit-il sans tenir compte de ma remarque.

- Je ne savais pas!

A mon tour, j'ai crié. Benjamin se tait. Ses épaules montent et redescendent rapidement au rythme de sa respiration. Ses mâchoires sont serrées et on dirait qu'il se mord l'intérieur de la joue. Je vois sa main se serrer et se desserrer sans arrêt sur le marteau. J'essaye de reprendre mon calme et explique d'une voix douce :

- Je ne savais rien Benjamin. Je n'avais aucune idée de ce qu'il se passait quand nous sommes partis. Personne ne m'a jamais rien dit. Tu ne peux pas m'en vouloir pour ça! Je suis désolée Benjamin... qu'est-ce que j'aurais pu faire?

J'ai l'impression en plongeant mes yeux dans les siens qu'il est en train de réfléchir à accepter ma version. Qu'il entrevoit la possibilité de me croire et d'enfin accepter ma présence. Puis l'instant suivant tout a disparu. Il baisse les yeux.

- Ok. Casse-toi.

- Je...

Je fais un pas dans sa direction mais il s'est déjà retourné et commence à planter des clous dans les piquets. Je l'observe un moment sans rien dire, hésitant sur l'attitude à adopter. Je ne peux pas me résoudre à laisser la conversation en suspend ainsi, mais je ne vois pas ce que je pourrais ajouter. Et je sens les larmes me monter aux yeux. Je renifle en essayant de les retenir et aperçois Benjamin tourner légèrement le visage dans ma direction. Alors je tourne les talons et pars au pas de course. Il est hors de question qu'il me voie pleurer.

CHAPITRE 19

La petite fille court à travers le bois. Les branches basses des arbres s'accrochent dans ses cheveux mais elle poursuit sa route en hurlant de rire. Elle se retourne. Le garçon la suit de près. Il fait probablement exprès de ne pas courir très vite pour lui laisser une chance, mais elle fait comme s'il la poursuivait à toute vitesse. Son coeur bat la chamade, mélange de peur et d'excitation. Elle finit par atteindre la petite crique et s'arrête à l'orée du bois. Le sable est frais, l'eau s'écoule avec douceur entre les rochers. Plusieurs morceaux de bois coupés ont été posés contre un tronc, formant un tipi sous les branches. Il y a juste une ouverture triangulaire dans laquelle elle peut se faufiler. Alors elle se précipite à l'intérieur. Mais le garçon est déjà arrivé à sa hauteur et ils se jettent l'un sur l'autre dans la cabane en éclatant de rire, essoufflés comme jamais. Dans le mouvement, ils tombent au sol et la petite fille percute le fond du tipi, qui commence à tanguer dangereusement.

- Il faut sortir, s'exclame le garçon faussement paniqué, viens!

Il la saisit par la main et la tire à l'extérieur mais le sommet du tipi s'écroule juste au moment où ils sortent. Leurs deux petits corps se jettent au sol et roulent dans le sable. Ils se retournent et font face à la cabane en ruine. Certaines branches tiennent encore debout, chancelantes. Puis, lentement, l'une d'elles bascule en avant et tombe sur la petite fille. La pointe lui lacère le côté gauche du visage, du haut de son front à la naissance de sa mâchoire. Elle crie de douleur.

Je me redresse brusquement dans mon lit, le souffle court. Instinctivement, je porte ma main à ma tempe gauche. La peau boursouflée ressort très légèrement. Je suis son tracé jusqu'à mon front. Je réalise que j'avais presque oublié sa présence. Elle fait maintenant partie de moi, depuis ce jour où la cabane nous est tombée dessus au bord de la rivière. J'avais neuf ans. Je n'ai cessé de la dissimuler depuis, à l'aide de maquillage et en coiffant mes cheveux de telle sorte qu'ils la cachent, et cette routine s'est tant encrée dans mon quotidien que je ne me suis même pas rendue compte qu'elle était toujours là. Doucement, je me lève et vais à la salle de bain pour me préparer. J'attrape mon fond de teint et me regarde un moment dans le miroir, sans bouger. Je tourne lentement la tête et observe ma cicatrice, relevant mes cheveux pour la dégager. Avec le temps, elle a presque disparu, mais est encore visible pour qui sait où regarder. Je revois encore maman catastrophée lorsqu'elle m'a vue rentrer, la moitié du visage en sang, croyant que j'avais perdu un œil avant de réaliser qu'il ne s'agissait que d'une plaie sur la tempe. Je me souviens aussi de la peur dans les yeux de Benjamin. Sans lâcher mon reflet du regard, j'inspire longuement. Je n'arrive pas à croire que le petit garçon si inquiet est le même qui m'a agressée, hurlé dessus ou tout simplement ignorée depuis trois mois. Je secoue la tête, incapable de déterminer exactement ce qui a changé. Mais j'ai le coeur lourd. Je tapote une petite éponge dans le pot de fond de teint et la porte à mon visage, sans aller jusqu'au bout. Je ne sais pas pourquoi, mais je n'ai pas envie de cacher ma cicatrice aujourd'hui. Et c'est bien la première fois depuis plus de dix ans maintenant. Je repose le maquillage dans ma trousse et m'observe pendant plusieurs minutes. J'essaye de déterminer si je me sens capable d'affronter le regard des autres avec cette blessure visible. Et à force de la regarder j'ai l'impression qu'on ne voit qu'elle. Mais je suis décidée à ne plus la dissimuler. Alors je me contente de me coiffer et d'attacher mes cheveux en une demie-couette, laissant quelques mèches retomber sur mes tempes.

Le poids que j'ai sur le coeur ne s'allège pas de la journée. Après m'être occupée des animaux, j'hésite un long moment avant d'aller rejoindre grand-mère pour lui proposer mon aide, craignant de devoir encore une fois donner un coup de main à Benjamin, qui en profitera à nouveau pour me rejeter. Et je n'ai pas la force d'affronter sa colère une fois encore. Aujourd'hui, je

356

suis lasse. Lasse de devoir faire attention à ne pas le croiser, à ne pas le vexer, fatiguée de devoir l'ignorer. Et triste d'avoir tous ces souvenirs en tête mais personne avec qui les partager. C'est finalement Miss Fierté qui me pousse jusqu'au potager, où je suis soulagée de trouver grand-mère seule, occupée à arracher des mauvaises herbes.

Je l'aide sans rien dire pendant un long moment, perdue dans mes pensées. Elle semble également en pleine réflexion, ce qui m'arrange, et nous poursuivons le travail sans mot pendant un long moment.

- Est-ce que tu iras à la fête de la comète? me demande-t-elle au bout d'un moment.

Elle se redresse et s'essuie le front.

- Oui, je dois y retrouver les garçons, réponds-je.

- Tu verras, c'est vraiment une jolie fête!

- C'est ce que l'ont dit John et Damian. Je devrais y voir Betty aussi. Ça me fera plaisir.

- Oh, Betty est un ange! s'exclame grand-mère avec un large sourire. Je suis impatiente que ces deux-là nous fassent de beaux bébés.

J'éclate de rire. Sur le moment, ça me fait du bien. Puis je pense à Théo et ressens un pincement douloureux au coeur. C'est toujours dans ces moments qu'il me manque le plus, quand je pense à ce que nous pourrions être ou ce que nous pourrions faire.

- Est-ce que tout va bien ma chérie?

Je hoche la tête, la gorge nouée. Je n'ai pas envie qu'elle me voie pleurer ou ni même triste. Mais son sixième sens de grand-mère doit être capable de repérer les signes et elle jette le tas d'herbes qu'elle tient dans les bras et s'approche. Elle pose une main douce sur mon épaule alors je me tourne vers elle et me force à sourire.

- C'est juste que... j'envie Betty et Joseph. Ils ont l'air si heureux. Alors ça me fait penser à Théo et il me manque.

Le noeud dans la gorge revient en force. J'aimerais aussi lui dire que je ne me sens toujours pas à ma place ici, malgré tous les efforts que j'ai fournis. Malgré le travail. Que j'ai l'impression que rien ne va et que Benjamin m'en veut et semble nourrir une telle colère contre moi que je ne suis pas sûre de pouvoir le supporter encore longtemps. J'aimerais lui dire que dans ces moments je désespère de jamais arriver à me sentir bien ici et qu'il me reste encore pratiquement une année à tenir et que ça me semble impossible. Mais je me contente d'ajouter :

- Mais ça va aller...

- J'imagine que ça doit être dur pour toi mon coeur. Mais je suis sûre que tout va bien se passer.

J'ai envie de croire en son optimisme presque aveugle. Mais je n'ai pas le temps d'approfondir la question qu'il faut déjà que je rejoigne le *Moose* pour mon service. Je croise Benjamin en regagnant la cour. Il revient apparemment de la bergerie, Roméo le suivant docilement au bout d'une longe. On dirait un vrai berger avec son long bâton dans la main et César qui trottine à quelques mètres derrière lui. Je secoue la tête, Miss Fierté m'enjoignant à rester fâchée avec lui *ad vitam aeternam.* Miss Prudence s'en mêle en me suppliant de ne pas m'approcher. Alors je détourne la tête et enfourche mon vélo.

Je reçois un message de John sur mon téléphone portable peu avant la fin de mon service. Monsieur Météo a étudié les prévisions et, celles-ci ayant prédit un ciel sans nuage, il me propose de nous rendre déjà ce soir au Mont Rose. Les groupes qui se produiront durant le festival vont répéter puis les festivités commencent aux environs de minuit. J'ai tellement envie de me changer les idées que j'accepte avec plaisir. Je suis en train de fermer le café lorsqu'il gare sa voiture le long du trottoir.

- On vous dépose mademoiselle? demande-t-il d'un air taquin.

Je grimpe rapidement à l'arrière et boucle ma ceinture.

- C'est parti! m'exclamé-je.

J'ai rarement eu aussi envie de sortir un soir. Accablée par l'atmosphère lourde de la ferme, j'ai le sentiment qu'il n'y a que cette soirée qui puisse me changer les idées.

Côté passager, Damian se tourne vers moi et me sourit. Puis je vois dans ses yeux qu'il a remarqué que quelque chose a changé. Je ne dis rien devant son air interrogateur, mais John m'observe aussi dans le rétroviseur. Je me sens tout à coup très gênée, sachant pertinemment que c'est à cause de ma cicatrice. Mais les deux jeunes hommes ont la politesse de ne rien dire.

- Tu es très jolie ce soir, fait simplement remarquer John.

- Merci, dis-je en replaçant aussi discrètement que possible quelques mèches de cheveux le long de mes tempes.

Nous atteignons le lieu de la fête en une trentaine de minutes. On repère déjà les lumières des stands alors que nous quittons la route principale qui file vers Sunny Lake pour emprunter la petite route de campagne qui mène au Mont Rose. Et juste derrière les lumières s'élève la colline. Elle porte bien son nom, avec ses roches dont les teintes oscillent entre le rose et l'ocre.

John pénètre dans le champ aménagé en parking pour l'occasion et gare la voiture juste à côté de l'entrée. Il y a déjà plusieurs dizaines de véhicules, camionnettes et autres. De là où nous sommes, on n'entend pour le moment que quelques notes de musiques et je devine qu'un groupe est déjà sur scène, probablement en train d'effectuer les derniers réglages avant sa représentation.

Damian consulte sa montre.

- Meg ne va pas tarder à répéter, m'informe-t-il.

- Génial, je me réjouis de la voir!

Nous avançons dans l'enceinte du festival. Des panneaux de bambou ont été montés tout autour, formant une sorte de cour dans laquelle on entre par une porte entourée de deux totems en bois décorés à l'aide de feuilles d'aluminium, à l'image d'un cosmonaute. Et entre les deux a été accrochée une banderole sur laquelle on peut lire « *Bienvenue Izzie!* ». Tout le long des panneaux de bambou sont installés les stands de nourriture et d'objets divers, plus ou moins en lien avec la comète. Et au fond s'élève la scène, surplombée par une toile noire. Il n'y a pas encore beaucoup de monde mais les gens présents semblent très affairés à tout mettre en place avant le début des festivités.

En évitant de nous faire rentrer dedans par des gens pressés qui courent dans tous les sens, nous nous approchons de la scène. Un groupe de musique rock est en train de répéter. Il me semble l'avoir déjà entendu pendant la foire. John va nous chercher des bières et, alors qu'il revient avec plusieurs verres posés dans un carton, j'aperçois Megan sortir d'une petite tente installée à côté de la scène. Elle s'approche de nous dès qu'elle nous voit et me serre dans ses bras

362

avec chaleur. Nous observons plusieurs groupes et chanteurs effectuer les balances de son puis, comme par magie, l'enceinte du festival se remplit de monde. Les premières grappes de visiteurs se sont à présent transformées en véritables nuées. Peu avant minuit, les spectateurs commencent à s'approcher de la scène, où le premier groupe est monté et hèle la foule pour mettre l'ambiance. L'un des organisateurs s'avance sur le devant de la scène et déclare avec force:

- Comment ça va Brenton?

Les gens crient et sifflent entre leurs doigts, chose que je n'ai jamais été capable de faire. D'ailleurs, alors que j'essaye désespérément de faire sortir un quelconque son d'entre mon pouce et mon index, John se moque gentiment de moi. Il tente en vain de me montrer comment faire, avant que nous abandonnions en rigolant.

- Est-ce que vous êtes prêts à faire la fête ce week-end? reprend l'organisateur.

Nouvelles acclamations.

- Ok, alors faites un tonnerre de bruit à Izzie!

- Bienvenue Izzie! hurle maintenant la foule.

Et je crie avec elle, le visage levé vers le ciel alors que la comète passe comme au ralenti, laissant derrière elle sa traînée blanche.

- Et maintenant, merci d'accueillir le *Big Brothers Band*!

Partout s'élèvent encore plus d'exclamations et de sifflements. Après plusieurs bières, je sens finalement le poids de mon coeur s'affaiblir et je commence à véritablement profiter de l'ambiance. Je danse avec John, Damian et Meg, me laissant totalement transporter par la musique. Quand je ferme les yeux et laisse mon corps suivre le rythme sans réfléchir, j'ai l'impression que je suis ailleurs. Alors je fais le vide dans mon esprit et bouge au son des basses, les bras en l'air, les paupières closes.

Après le premier groupe vient le tour de Meg. Elle me lance un clin d'œil avant de s'avancer vers la scène et d'y monter sous les acclamations d'un public déjà conquis devant son talent. Je m'approche le plus près possible de la barrière et crie entre mes mains, maintenant complètement emportée par la fête.

Comme il s'agit du premier soir, la montée au Mont Rose se fait bien plus tard. Alors, vers deux heures du matin, juste après la fin de la prestation de Meg, je suis surprise de voir les gens se diriger petit à petit au pied de la colline. Plusieurs membres du staff se tiennent à l'entrée de l'enceinte et distribuent à tout le monde des petits pots d'aluminium. John pose sa main sur mes hanches et me les montre.

- C'est parti pour l'ascension, rigole-t-il lorsque Meg nous rejoint.

- Qu'est-ce que c'est? l'interrogé-je en désignant les pots d'aluminium.

- C'est pour la montée, explique-t-il. On y met une bougie et on voit où on met les pieds.

Et effectivement, en suivant du regard la colonne qui s'est formée en direction du sommet, j'aperçois des centaines de petites lueurs progressant à la file indienne, précédées par une lumière plus intense.

- Et ça c'est la sentinelle.

Je regarde John d'un air interrogateur.

- La...?

- La sentinelle, celui qui ouvre la marche. Il porte un flambeau. Regarde!

Il me désigne le premier de cordée en question et je le suis des yeux. Mon regard croise celui de Megan, et je sens qu'elle est aussi fascinée que moi. En quelques minutes, la sentinelle atteint le sommet et, d'un geste précis, plante le flambeau dans le sol en poussant une exclamation victorieuse. Son exploit déclenche l'enthousiasme général et tout le monde se met à crier et à siffler. Puis la file poursuit son ascension et nous suivons le mouvement. Je me saisis du petit bol d'aluminium dans lequel est posé une bougie. Damian sort un briquet de sa poche et s'empresse d'allumer nos mèches. La flamme est toute petite mais avec toutes les flammes réunies, nous n'avons aucune peine à suivre le chemin qui monte jusqu'au sommet du Mont Rose. La vue du serpent de lumière qui longe les flancs de la colline a quelque chose de magique. Tout le monde a les yeux qui brillent du reflet des petites flammes et le sourire aux lèvres. Certains ont aussi le visage levé et observent la comète. Après l'excitation des concerts et du planter de flambeau, on sent que l'atmosphère est désormais plongée dans une sorte de recueillement. Comme si le fait de monter au sommet du Mont Rose nous permettrait de mieux accompagner Izzie dans son voyage, jusqu'à son prochain passage dans cinq ans. Et je me sens transportée par la magie du moment.

Arrivée au sommet, je retiens ma respiration au moment de regarder autour de nous. Même si le Mont Rose n'est qu'une petite colline, la vue est à couper le souffle. De là, on aperçoit Brenton et Sunny Lake, de part et d'autre, et, ici et là, les lumières d'une ferme. Une terrasse en bois a été construite, entourée de garde-corps. Au fur et à mesure de leur arrivée, les gens se dispersent tout autour pour observer le paysage, puis regarder Izzie. Et je dois admettre en levant les yeux que je comprends pourquoi est née cette tradition, car on dirait que la comète s'est encore rapprochée de nous maintenant que nous sommes en hauteur. J'ai presque l'impression qu'en tendant la main je pourrais la toucher. Elle est maintenant si lumineuse qu'elle éclipse même les autres étoiles, dont on ne perçoit plus qu'un faible rayonnement.

Le belvédère ne pouvant accueillir tout le monde en même temps, nous descendons au bout de quelques minutes afin de laisser la place aux suivants. Il nous faut également éviter que les bougies s'éteignent. Alors nous nous pressons jusqu'en bas, encore sous le charme du moment que nous venons de vivre, serrés les uns contre les autres pour nous tenir chaud dans la fraîcheur de la nuit.

Curieuses, maman et grand-mère m'interrogent longuement le lendemain dès mon réveil sur la soirée d'ouverture du festival. Alors je leur décris l'ambiance festive puis le recueillement au moment de monter au sommet du Mont Rose. Je leur explique les petites lumières serpentant jusqu'en haut, puis la vue. Je suis encore émerveillée quand je repense à cette soirée et me réjouis d'y retourner le soir-même. Pour l'occasion, Ruth m'offre même de ne pas faire la fermeture du *Moose* afin de pouvoir me préparer et y aller dès le début de la fête.

- Allez va, jeune fille, me dit-elle en me donnant une tape amicale sur les fesses. Va te faire belle!

- Merci Ruth, réponds-je en lui collant un baiser sur la joue. Est-ce que tu y es déjà allée?

- Oh oui, s'exclame-t-elle après avoir jeté un coup d'œil à la cuisine où s'affaire Joe. Avec Joe on y est allés à chacun des passages d'Izzie pendant longtemps. C'était notre petit rituel. On a même tenu un stand de nourriture et de boissons jusqu'à son dernier passage.

- Pourquoi vous ne le faites plus?

- L'âge ma chérie, l'âge, répond-elle en prenant un air faussement désolé. Mais j'en garde un souvenir magique! Allez, va!

Je dépose rapidement mon tablier au bureau, attrape mon casque et vais embrasser Joe avant de filer, toute guillerette.

Je ne sais pas si j'ai déjà pédalé aussi vite pour arriver jusqu'à la ferme. Quoi qu'il en soit, je saute de mon vélo et file prendre un douche avant d'enfiler une tenue plus adéquate, un legging noir et une tunique bleu marine dont les manches sont en dentelle. Je redescends dans la cour au moment où le 4x4 de Damian y pénètre. Il klaxonne avec enthousiasme en m'apercevant, puis, dans un élan de galanterie improvisé, John sort précipitamment et m'ouvre la portière arrière.

La foule se masse déjà aux portes de l'enceinte du petit festival lorsque Damian se gare au fond du champ. Il n'est que dix-neuf heures mais on entend déjà la musique, les sifflements du public et les applaudissements. A la queue-leu-leu, Damian, John et moi atteignons la place centrale, devant la scène, au moment où Meg y monte sous les acclamations déchaînées des spectateurs. Je me mêle à eux pour l'encourager, tout en essayant d'approcher au plus près des barrières. Nous y restons tout le long de sa prestation, presque une heure, dansant et criant au rythme de la musique. On dirait qu'elle dégage littéralement de la lumière et sa voix envoûte tout le monde. Je suis fascinée par son talent. A la fin de son show, elle pose son micro au sol et se jette même dans la foule, dont les bras tendus la rattrapent et la font tournoyer et avancer plus avant dans le public. Elle finit par redescendre et saute juste devant nous, l'air extatique. Elle m'enlace brièvement avant de repartir en direction de la scène et remercier le public, totalement acquis à sa cause. Lorsqu'elle nous rejoint après avoir quitté définitivement la scène, ses yeux brillent encore d'excitation.

- Ouah Meg, c'était exceptionnel! la félicité-je. Je suis ta plus grande fan.

- Merci Luna, je suis très touchée!

- Est-ce que vous avez soif les filles? nous interroge Damian. On va chercher à boire.

Meg et moi approuvons en même temps d'un hochement de tête.

- Je vais récupérer mes affaires et laisser la place au groupe suivant. On se rejoint vers le stand mexicain?

- Parfait!

- Luna, tu veux venir avec moi?

Je suis plus qu'honorée de sa proposition et la suis jusqu'à la tente réservée aux artistes. A l'intérieur, plusieurs tables sont installées le long des toiles, toutes encombrées de maquillage, de brosses, de matériel pour le son et j'en passe. Le groupe suivant, trois musiciens et une chanteuse, est déjà en train de se préparer, la chanteuse installée devant un miroir trace un large trait de crayon noir sous ses yeux.

- Salut les gars, prêts à monter sur scène? leur demande Meg.

Les musiciens se tournent vers elle et l'accueillent avec des exclamations enthousiastes et des félicitations.

- Tu as assuré ce soir, lui lance la chanteuse.

- Merci beaucoup, c'est à votre tour maintenant!

Les quatre se rassemblent en cercle et se recueillent un instant avant de monter sur scène. Je perçois les acclamations du public. Megan se tient devant l'une des tables et fait de l'ordre. Elle range son maquillage, ses feuilles de notes et d'autres affaires dans un cabas qu'elle pose ensuite dans un coin de la tente, avant de récupérer un petit sac en bandoulière et me rejoindre.

- C'est parti?

- C'est parti, confirmé-je.

Elle passe son bras sous le mien et nous nous dirigeons vers le stand de nourriture mexicaine. Nous y retrouvons John et Damian, qui ont entre-temps été rejoints pas Joseph et Betty. Je salue cette dernière en la prenant dans mes bras.

- Je suis ravie de te revoir Luna, dit-elle avec douceur.

John se retourne et nous tend des verres en plastique remplis de bière, avant de faire à nouveau face au stand et de prendre de nouvelles boissons, qu'il distribue aux autres ensuite. Puis nous nous éloignons et cherchons un endroit où nous assoir. En faisant le tour de la scène nous découvrons une série de tables et de bancs en bois où les festivaliers se sont installés pour manger. Nous repérons une table libre.

- Santé, s'exclame Damian en portant le verre de bière à sa bouche et nous soulevons tous notre gobelet à notre tour.

Les garçons plongent alors dans une discussion passionnée qui tourne vraisemblablement autour du travail à la ferme, de toute évidence leur sujet de conversation favori. Alors je me tourne vers Meg et Betty en souriant.

- Il n'arrête jamais ceux-là, dis-je en les désignant du pouce.

- A la maison c'est la même chose, explique Betty. Mais c'est l'avantage de vivre avec quelqu'un qui aime son travail.

Elle mime des guillemets en l'air en parlant d'avantage.

- L'avantage d'être célibataire c'est de ne pas entendre parler de champs et de tracteur à longueur de journée! plaisante Meg.

- Oui, aussi, répond Betty, puis, en se tournant vers moi : et toi Luna, qu'est-ce que fait ton chéri?

J'ai un petit pincement au coeur en pensant à Théo mais je me reprends rapidement.

- Il étudie la biologie à Los Angeles depuis la rentrée. Et il est aussi très passionné... je vous laisse imaginer les discussions à table, entre l'architecture et la biologie moléculaire, c'est quelque chose!

J'ai failli dire « c'était ». A la fois mal à l'aise et un peu triste, je détourne le regard et observe la foule. Tout le monde a l'air si joyeux, j'aimerais pouvoir partager cet état d'esprit sans revenir sans cesse à cette tristesse que je ressens régulièrement et qui ne me laisse que peu de répit, se rappelant à moi par de petits piques dans l'estomac et dans le coeur. Fort heureusement, nous sommes rejointes par Adelina et Aurora, rapidement suivies de Joshua, Tomas et Pedro. Nous leur faisons de la place sur les bancs et la discussion s'anime. Je ne les ai plus revus depuis notre journée au lac de Dayton, quand Théo était là. Alors qu'ils discutent entre eux, je laisse mes yeux passer d'un groupe de visiteurs à un autre, lorsque

374

mon regard tombe sur un visage qui m'est familier. Sur le moment, je n'arrive pas à déterminer pourquoi alors je fixe le jeune homme avec une certaine insistance. Se sentant probablement observé, celui-ci se tourne et me renvoie mon regard, un large sourire aux lèvres. Et ça me revient : Mat! Le garçon rencontré au *Moose* l'autre jour, celui que Benjamin me déconseille de fréquenter. Je l'observe quelques instants de loin, me demandant ce que peut bien lui reprocher Benjamin tant il a l'air innocent, avant de me lever.

- Je vais saluer une connaissance, lancé-je à Meg et Betty qui me regarde l'air étonné.

Puis je me dirige vers Mat et ses amis.

- Salut!

- Quel plaisir de te voir, déclare Mat en s'avançant vers moi.

Il tourne la tête vers ses amis, en pleine conversation, puis me fait face à nouveau et secoue la main nonchalamment, me signifiant de ne pas leur prêter attention.

- Est-ce que ça te dit d'aller faire un tour? On pourrait boire un verre avant de monter voir la comète.

Je regarde Meg, Betty et les garçons mais ils semblent tellement occupés entre eux que j'accepte d'un hochement de tête. Nous traversons la foule et je sens sa main posée délicatement sur mon dos pour me diriger. C'est une sensation très étrange que me procure ce simple geste. Dans mon cerveau de dramaturge, mes minis Miss parlementent : faut-il le laisser faire au risque de lui permettre d'entrevoir une ouverture ou devrais-je plutôt mettre les choses au clair immédiatement? Quelque chose me pousse à ne rien dire. Comme si j'avais besoin de déterminer si la mise en garde de Benjamin était justifiée.

- Alors, est-ce que la fête te plaît?

- C'est génial! L'ambiance, le lieu, tout est vraiment super.

Je le scrute quelques secondes sans rien dire, ne pouvant m'enlever de la tête la mise en garde de Benjamin, ce qui m'agace. Il faut que j'en aie le coeur net.

- Est-ce que ça va?

- Oui, oui...

Il commande à boire auprès d'un serveur à un stand, avec qui il discute quelques instants de façon étrangement familière, puis il me tend un verre avec un large sourire.

Nous poursuivons notre chemin jusqu'à l'entrée de l'enceinte du festival, où une file se forme déjà pour la distribution de bougies. Mat et moi discutons de tout et de rien puis il sort un briquet de sa poche.

- J'ai tout prévu, m'explique-t-il l'air ravi.

Je fixe le briquet sans rien dire. Soudain, une boule s'est formée dans mon estomac. Si c'est la première fois qu'il vient comme il semblait le dire quand je l'ai rencontré, il ne devrait pas savoir qu'on va nous distribuer des bougies. Je revois très nettement Benjamin me dire de ne pas fréquenter Mat et ses amis. Mes yeux vont de Mat à sa main. Dans ma tête, mes minis Miss sont en plein débat. L'une d'elle estime que même si Mat m'a menti, c'était sans doute une technique de drague pour se rapprocher de moi. Un autre considère que s'il a menti sur le fait d'être déjà venu à Brenton, il peut mentir sur plein d'autres choses. Et le reste a encore plusieurs opinions différentes entre les deux. Pour une fois, j'aurais apprécié qu'elles se mettent d'accord et décident si je peux faire confiance au jeune homme ou non mais, comme à leur habitude, elles sont incapables d'arriver à une décision. Et j'ai un mauvais pressentiment. Alors j'inspire longuement et, essayant de prendre un air détaché, lui demande :

- Est-ce que c'est la première fois que tu viens?

- Non, j'étais là il y a cinq ans! On vient souvent à Brenton avec mes amis.

Je sens la boule grossir dans mon ventre. Visiblement, il n'a pas réalisé qu'il venait de commettre une bourde.

La queue avance et nous suivons le mouvement. Discrètement, j'essaye de repérer John, Damian, Joseph et les filles mais je ne les aperçois nulle part. Nous nous tenons maintenant juste après l'entrée, à l'extérieur de l'enceinte du festival. Un membre du staff nous tend les petits bols avec les bougies. Mat les allume.

- Je...

Tout à coup j'hésite.

- Je croyais que c'était la première fois que tu venais...

Devant son air surpris, je précise :

- Quand tu m'as demandé le chemin l'autre jour.

Je lui lance un regard dubitatif et je vois immédiatement que ma remarque le met mal à l'aise. Je soupire avec force.

378

- Merde j'aurais dû m'en douter. Il avait raison.

- Quoi? De quoi tu parles?

Il a posé la question d'un ton sec, ce qui me met immédiatement sur la défensive. J'évalue les risques que je prends à lui parler de la mise en garde de Benjamin. Nous sommes au milieu de la foule, il ne devrait rien se passer.

- Une connaissance m'a...

M'a quoi? Je ne sais même pas trop comment dire ça.

- On m'a déconseillé de te fréquenter.

Le visage de Mat se referme, il baisse les yeux. Puis il semble se reprendre tout à coup et m'adresse un grand sourire. J'en suis complètement désarçonnée et il éclate de rire. Mais il y a quelque chose d'effrayant dans son rire.

- Je ne comprends pas comment quelqu'un aurait pu te conseiller ça.

- Je ne sais pas, réponds-je prudemment.

Il a maintenant un regard mauvais, sans toutefois se départir d'un sourire en coin presque machiavélique. Je me racle la gorge et regarde autour de nous.

- Écoute, je dois aller rejoindre mes amis. On se croisera peut-être plus tard. D'accord? ajouté-je.

Je n'ai plus qu'une envie : m'éloigner de lui. Alors sans attendre sa réponse je m'écarte et m'apprête à remonter la queue pour trouver les autres. Mais je sens son bras se resserrer autour de mon poignet. J'ai un hoquet de surprise et me retourne en lui lançant un regard aussi noir que possible.

- Qu'est-ce que tu fais?

J'ai essayé d'adopter une attitude suffisamment sûre de moi pour qu'il comprenne que je ne tolère pas cette intrusion dans mon espace. Mais visiblement cela n'a aucun effet sur lui, puisqu'il maintient sa poigne. Les battements de mon coeur s'accélèrent.

- Lâche-moi, lui ordonné-je d'un ton sans appel.

- C'est dommage que tu partes, j'avais une toute autre idée en tête...

Il a prononcé ces mots avec une telle froideur que j'en ai des frissons dans le dos. J'essaye de me dégager mais il n'est pas décidé à me laisser faire. Je jette un regard circulaire autour de nous. Personne ne semble s'être aperçu de rien, les gens discutent tranquillement entre eux, leur bougie allumée, en attendant que la file s'avance en direction du sommet. Tout à coup, Mat tire d'un geste sec sur mon bras et nous nous retrouvons juste en-dehors de la queue, pratiquement dans le bosquet qui longe le chemin.

- Mais ça va pas? Laisse-moi! m'écrié-je.

- J'avais plutôt envie de m'amuser, murmure-t-il en s'approchant de mon oreille.

J'ai la chair de poule. Je ne crois pas avoir jamais rencontré quelqu'un d'aussi flippant.

- Écoute, dis-je en m'efforçant de ne pas avoir la voix qui tremble, je ne vais pas le répéter. Lâche-moi tout de suite ou je crie.

Mais là encore, j'ai l'impression que c'est comme si je lui avais fait un compliment ou, pire, lancé un défi et il continue à me regarder, un sourire mauvais aux lèvres, sans libérer mon poignet. On dirait même que ma mise en garde l'a encore plus excité car il tire maintenant sur mon bras et essaye de me faire pénétrer plus avant dans le bosquet, à l'abri des regards. Je parviens à résister mais il a bien plus de force que moi.

- Laisse-moi! crié-je alors, dans l'espoir que quelqu'un m'entende.

Malheureusement, c'est le moment où la sentinelle décide de s'emparer du flambeau et toute la foule se met alors à hurler et siffler, couvrant complètement le son de ma voix. Je regarde autour de moi à travers les branches des arbres. Je ne suis pas sûre que quelqu'un me voie maintenant que nous sommes dissimulés dans les buissons et dans le noir. Je commence à avoir vraiment peur. Mat me prend le bol en aluminium des mains et le jette au sol avec le sien. Les bougies s'éteignent en dégageant une légère fumée. Puis il passe son bras libre dans mon dos et plonge son visage dans mon cou. J'essaye de le repousser mais il me serre avec trop de puissance alors je crie encore une fois, dans son oreille.

- Ferme-la, m'ordonne-t-il sèchement.

Il me secoue avec force en répétant :

- Tais-toi maintenant!

Il a totalement vrillé. Il n'a plus rien de souriant. Il ne reste dans son regard et son attitude que de la violence. Je sens en moi que je ne vais pas réussir à me dégager et me laisse aller à la panique. J'essaye de lui donner des coups de pied mais il parvient à

382

les esquiver sans même me lâcher. Puis tout à coup, alors que je viens de fermer les yeux, presque au bord du désespoir, je sens son étreinte se desserrer et son corps partir sur le côté. J'ouvre les yeux. Quelqu'un a finalement dû nous voir et a poussé Mat dans le bosquet. Je le fixe, haletante, frottant mon poignet enfin libre. Il est au sol, l'air surpris. Mon regard passe de lui à celui qui vient de me libérer. C'est Benjamin. J'émets une exclamation de surprise.

- Dégage, lance-t-il à Mat, maintenant.

Mat se lève lentement. Il a repris de la contenance et regarde Benjamin avec un sourire en coin.

- Benjamin, s'exclame-t-il. Tu joues au sauveur?

Donc ils se connaissent... Benjamin ne répond pas, se contentant de lui lancer un regard noir sous ses sourcils froncés. Je jette un œil à ses mains : il a les poings serrés, prêt à le frapper.

- Tu crois me faire peur? demande Mat en s'approchant de lui.

Les deux hommes se font face, tendus.

- Dégage, répète Benjamin en détachant chaque syllabe.

Mat fait un pas en avant et se retrouve si proche de Benjamin que leurs fronts se touchent pratiquement. On dirait que mon agresseur pèse le pour et le contre de se battre ici, avant de finalement décider que ça n'en vaut pas la peine, car il recule, balaye l'air de la main.

- Pauvre type, lance-t-il avant de se retourner et de partir, non pas sans m'avoir lancé un regard menaçant.

J'inspire avec force, comme si j'avais été en apnée jusqu'à présent.

- Merci, soufflé-je à l'attention de Benjamin.

Il se tourne vers moi et me regarde comme s'il venait de remarquer ma présence.

- Je t'avais prévenue, dit-il d'un ton neutre.

Je me fige, frappée par sa remarque et sa froideur, alors qu'il vient de m'apporter son aide. Vexée et encore sous le choc, je lui lance :

- Maintenant on est quittes.

Il me semble que je n'ai pas besoin de préciser que je me réfère au moment où il m'a agressée quelques semaines auparavant et je vois dans son expression qu'il sait de

384

quoi je parle. Il hoche la tête imperceptiblement puis me passe devant. Je me retourne et le suis des yeux. Il se dirige vers la queue, où Julia l'attend. Elle passe un bras autour de sa taille alors qu'il la rejoint. Je ne peux détacher mes yeux du couple et, tout à coup, Benjamin se retourne et me lance un regard étrange. Je n'ai pas le temps de me poser trop de questions car il attrape le visage de Julia dans les mains et l'embrasse, sans fermer les yeux. Je détourne les yeux, mal à l'aise. Tout s'est passé tellement vite que j'ai de la peine à réaliser. J'ai l'impression de me trouver dans une sorte de monde parallèle, comme s'il y avait une vitre me séparant de la foule qui attend joyeusement de pouvoir monter au sommet de la colline, la musique en fond sonore. Je regarde autour de moi sans trop voir quoi que ce soit. C'est la pression qui retombe après la peur que j'ai ressentie au moment où Mat m'a agressée. Alors je me mets à trembler.

- Luna?

Je lève les yeux brusquement, dans un sursaut.

- Hey, c'est moi!

John se tient devant moi, les mains levées.

- Qu'est-ce que tu fais là? On te cherchait partout!

- Je...

J'ai de la peine à trouver mes mots.

- J'ai voulu saluer quelqu'un que j'ai rencontré au café et il m'a...

John me scrute l'air inquiet.

- Il m'a agressée...

- QUOI?

Son visage se durcit. Je ne l'ai jamais vu aussi sérieux, ni en colère.

- Où il est cet enfoiré?

Il lance des regards dans la foule, les poings serrés.

- Il est parti. Benjamin l'a fait fuir.

Je pose une main sur son bras.

- Benjamin?

- Oui il est...

Je désigne la queue à l'emplacement où lui et Julia se tenaient quelques instants auparavant mais ils n'y sont plus.

- Ils étaient dans la queue avec Julia.

- Ok. Heureusement qu'il était là. Viens...

Il passe un bras par-dessus mes épaules. Et je me sens tout de suite mieux à ce contact protecteur.

- Viens, on va rejoindre les autres, ils sont déjà sur le chemin du sommet.

- Attends!

Je me mets à genoux, allume la lampe de poche de mon téléphone portable et dirige la lumière vers l'herbe. Je repère le petit bol d'aluminium.

- Ma bougie, expliqué-je à John, qui allume la mèche avec son briquet.

Nous retrouvons les autres dans la queue, en mouvement pour le sommet du Mont Rose. La sentinelle y parvient alors que nous sommes tous réunis, sous les acclamations de la foule. Tout le monde crie, siffle et rigole, mais j'ai de la peine à me remettre dans l'ambiance. Nous longeons les flancs de la colline et arrivons au sommet, accueillis cette fois par un vent fort. Je protège la flamme de ma bougie en plaçant ma main libre devant. Puis je traverse la plateforme et me poste derrière la barrière, les yeux dirigés vers l'horizon lointain et les lumières. J'essaye de ressentir la même admiration, le même sentiment de plénitude que j'ai ressenti la veille mais n'y parviens pas. Autour de moi, tout le monde semble enthousiaste. Et plus je me force à essayer de les imiter moins j'y arrive.

CHAPITRE 20

« Sometimes I'm beaten
Sometimes I'm broken
'Cause sometimes this is nothing but smoke
Is there a secret?
Is there a code?
Can we make it better?
'Cause I'm losing hope. »
Us - James Bay

Il me faut plusieurs jours pour véritablement me remettre de mes émotions et réussir à penser à autre chose. Je me réveille plusieurs fois le matin, une boule au ventre, la sensation de la main de Mat serrée autour de mon poignet et son regard mauvais plongé dans le mien. En plus de ce malêtre je dois aussi gérer toute une série d'émotions plus ou moins contradictoires mais aussi pénibles les unes que les autres, en passant de l'angoisse à l'idée de ce qui aurait pu se passer si Benjamin ne m'avait pas aidée, la colère en me remémorant son attitude juste après et une espèce de sentiment d'humiliation. Je me sens humiliée : d'avoir fait l'objet d'une telle agression, de ne pas avoir voulu écouter la mise en garde de Benjamin, que ce soit lui, justement, qui m'ait secourue. Et cette toute petite voix qui, reconnaissante, souffle que j'ai eu de la chance qu'il soit là.

Heureusement, je n'ai pas trop le temps de me poser des questions. Avec l'automne et l'arrivée du froid, le travail sur l'exploitation évolue encore, sans pour autant ralentir. Il faut préparer la ferme pour l'hiver. Maman et grand-mère s'affairent au potager pour récolter les derniers fruits et légumes et planter les semis d'hiver. Puis elles préparent les récoltes des heures durant à la maison, qui se met à embaumer la confiture et la sauce tomate. Bientôt, la moindre surface de la cuisine et de la salle à manger est recouverte de bocaux.

Les garçons sont soit occupés aux champs, soit à la ferme, où ils procèdent à des réparations sur les bâtiments de l'exploitation. De mon côté, mes tâches n'ont pas tellement changé. Je m'occupe des animaux dès le lever, puis pars pour Brenton où je passe le reste de la journée au *Moose,* où Joe et moi profitons d'une baisse de la clientèle pour élaborer une nouvelle carte et je m'exerce à chacun de mes moments libres pour être en mesure de servir des plats corrects. Je constate avec satisfaction que mes compétences culinaires se sont améliorées. Désormais, lorsque je sers l'un de mes nouveaux plats à l'un ou l'autre des garçons, je n'ai que rarement des grimaces en réponse.

Une certaine monotonie s'empare à nouveau de ma vie. Même Mason semble s'être calmé et ce n'est que rarement que je le croise complètement soûl. Je commence à penser que grand-mère avait raison en expliquant que l'été était une période difficile pour lui. Maintenant que l'automne s'est installé, il a peut-être repris du poil de la bête et parvient à mieux gérer sa consommation d'alcool.

La vie à Brenton semblant toutefois ne pas trop apprécier le calme, elle se réveille à nouveau à la fin du mois d'octobre. En effet, je suis étonnée d'apprendre par Ruth que le *Moose* est fermé durant le dernier week-end du mois.

- C'est la tradition ma chérie, m'explique-t-elle alors que je l'interroge.

Tout le monde se rassemble pour ramasser le bois pour l'hiver.

- Ruth, la plupart des gens en ville ne se chauffent pas au bois! rétorqué-je.

- Non, mais c'est ainsi. Tout le monde participe et chacun mange ensuite chez lui avec ceux qui l'ont aidé.

Et effectivement, lorsque je pose la question à grand-mère le soir-même, elle confirme l'événement.

- Les garçons viennent passer le week-end à la ferme et nous coupons et ramassons le bois, puis nous le stockons derrière l'étable.

- Tout le week-end?

Elle hoche de la tête avec un sourire.

- C'est la tradition...

La veille du « grand ramassage », comme j'ai décidé intérieurement de désigner cette tradition, je constate avec amusement que tous les clients du bars s'organisent pour l'événement. Certains proposent de venir avec leur tracteur, d'autres offrent d'aider à la coupe du bois ou encore au stockage. Une joyeuse solidarité s'installe et je me prends au jeu. Samedi matin, je m'occupe rapidement des animaux avant de rejoindre John, Damian et Joseph dans la cour. Ces derniers discutent avec grand-père et papa de l'organisation de la journée. Je comprends que les lieux où se trouvent les arbres à couper changent chaque année. Aujourd'hui, il est prévu qu'une partie du groupe aille couper le bois dans la forêt à côté de la bergerie tandis que l'autre ira dans le bosquet qui longe l'un des vergers de l'exploitation. Benjamin et Mason nous rejoignent et le groupe se sépare en deux. Je monte dans le tracteur avec John, Damian et Benjamin et nous prenons la direction du verger. Je me retrouve à l'arrière, à côté de mon voisin. Je ne suis pas sûre qu'il soit possible de ressentir un aussi grand froid entre deux personnes. Je l'observe du coin de l'œil alors qu'il scrute l'extérieur sans bouger. Il a le même air morose que d'habitude. Et à chaque fois que je le regarde je ressens ces sensations désagréables que j'ai éprouvées depuis la fête de la comète, l'humiliation, la boule au ventre et la colère. Et je suis d'autant plus énervée que John et Damian semblent ravis de passer la journée à couper du bois et que je souhaiterais pouvoir partager ce bon moment mais je n'y parviens pas, trop obnubilée par l'animosité qui règne entre leur collègue et moi. J'aimerais tellement pouvoir juste faire comme s'il n'était pas là mais c'est impossible. Il est *toujours* là. Où que j'aille, quoi que je fasse, j'ai l'impression qu'il est partout et qu'il prend toute la place. Ou est-ce seulement dans mon esprit?

Je suis tellement préoccupée que je ne réalise même pas que nous arrivons au verger. Je sors de mes réflexions au moment où John se retourne vers nous après avoir parqué le tracteur au bord du bosquet.

Aussitôt, Damian et Benjamin sautent à terre et font le tour du véhicule. Le premier grimpe sur la plateforme et se saisit d'une tronçonneuse, de deux longues scies et d'une lourde hache, qu'il tend successivement au second.

- Fais attention avec cette bête, rigole John en me désignant la tronçonneuse.

- Je n'avais pas l'intention d'y toucher, lui réponds-je, peu assurée devant l'engin.

- Tiens, m'annonce Damian en me tendant un coupe branche, tu peux commencer avec ça.

Équipés, nous nous dirigeons vers le bosquet et les garçons établissent le périmètre à couper. De mon côté, je m'attaque aux petites branches le long des troncs que John vient ensuite scier à l'aide de la tronçonneuse. Puis, Damien et Benjamin scient en deux les plus grosses branches. À deux, ils transportent ensuite chaque tronc jusqu'à la plateforme où ils les rangent, alignés les uns à côté des autres. Nous travaillons en silence. Rapidement, je prends le coup de main et parviens à atteindre un bon rythme. Au bout d'une heure, j'ai entassé tellement de petites branches que Damian me suggère de les rassembler en ballotin, que je ficelle. A la mi-journée, j'ai une dizaine de ballots de bois et les garçons ont terminé de couper les arbres qu'ils avaient désignés. Nous déjeunons à côté du tracteur, quasiment en silence. Seuls John et Damian parlent de temps à autre, commentant la matinée.

- On a eu de la chance avec la météo, explique John, en bon Monsieur Météo qui se respecte.

- Une année, il a tellement plu qu'on pataugeait dans la boue, ajoute Damian à mon attention.

- On n'avait pas pu terminer. Le bois aurait été trop trempé. Le terrain était si instable qu'un tronc est tombé sur Benjamin!

Ce dernier tourne la tête dans notre direction sans rien dire. J'avoue que je suis assez épouvantée par l'idée qu'il se soit reçu un tronc d'arbre dessus.

- Comment vous vous en êtes sortis? demandé-je.

- On a dû s'y prendre à quatre pour le dégager, répond Damian. Et comme le terrain était en pente, on a bien failli ne jamais y arriver.

- On a eu de la chance, renchérit John. Ben a juste eu un bras cassé...

- C'est bon, ok? Vous n'en avez pas marre de raconter cette histoire? s'énerve soudain le principal intéressé en se levant. Allez, c'est bon on a tout coupé, on rentre.

John et Damian échangent un regard entendu et se lèvent également, alors je les imite. Benjamin grimpe sur la plateforme et entreprend d'attacher les troncs d'arbres. Puis nous lui jetons les ballots de branches. Une fois tout ramassé, nous remontons dans le tracteur et rentrons à la ferme. Dans la cour, nous retrouvons papa, Mason, grand-père et Joseph, qui ont déjà vidé leur tracteur et entassé le bois derrière l'étable. Le reste de la journée est consacrée au sciage des troncs en bûches de différentes tailles. Tout le monde s'y met, y compris moi, avec toute l'absence de talent dont je fais preuve avec une hache. J'observe les garçons un long moment et ne peux m'empêcher de m'arrêter sur Benjamin. Aujourd'hui, il porte un jean et une chemise à carreaux dont les manches sont retroussées, sur un débardeur blanc. On ne peut pas faire plus cliché mais je suis forcée d'admettre qu'il a beaucoup d'allure. Je le regarde soulever et abattre sa hache avec puissance, avec toujours ce quelque chose que je n'arrive pas à définir. Une sorte de rage. On pourrait croire qu'il se défoule sur le bois. Et quelque part, ça doit être le cas. J'ai un pincement au coeur en y pensant, avant de me décider à tenter de fendre un large rondin de bois. J'attrape ma hache à deux mains, tout près de la lame et la soulève avec difficulté. Prudemment, je la laisse retomber sur le bois mais ne parviens même pas à l'enfoncer. J'entends des rires derrière moi. J'inspire un grand coup et fais une nouvelle tentative, pas plus fructueuse. Au bout d'un nombre incalculable de manqués, Joseph prend pitié de moi et vient à ma rescousse pour me montrer comment tenir la hache. Il semble avoir fait ça toute sa vie, ce qui n'est sans doute pas loin d'être vrai. Grâce à ses explications, je finis par réussir à couper deux rondins en morceaux inégaux. De leur côté, les garçons ont achevé tous les troncs que nous avons ramenés.

Au fur et à mesure que les troncs sont réduits en bûches et ces dernières fendues, nous les empilons en rangées le long de l'étable, sous un abri de tôles.

Le soleil est déjà couché lorsque nous achevons le travail. Alignés les uns à côté des autres, rejoints par maman et grand-mère, nous admirons silencieusement le travail accompli, satisfaits mais épuisés. Puis, joyeusement, grand-mère frappe dans ses mains à l'image d'une maîtresse de classe rappelant les enfants de la récréation.

- Allons manger! Vous devez tous êtres affamés!

Effectivement, les garçons se dirigent avec enthousiasme dans la salle à manger, où la table est installée comme si nous allions nourrir une armée. Je suis ici depuis suffisamment longtemps maintenant pour savoir qu'il ne restera rien à la fin du repas. Mais malgré tout, c'est toujours impressionnant de voir toute cette nourriture.

Après les efforts de la journée, je meurs de faim. Je m'attable donc avec bonheur, à côté de John dont on croirait à son visage qu'il n'a pas mangé depuis plusieurs jours. Il m'adresse un large sourire avant de se servir une copieuse assiette.

- Merci pour ton aide aujourd'hui! me dit-il.

- Et bravo pour ton baptême de ramassage de bois, ajoute Joseph. Les garçons m'ont dit que tu avais sacrément bien travaillé.

- Merci! Je suis épuisée. Et je ne comprends toujours pas tout l'engouement autour de cette journée. C'est éreintant!

- C'est la tradition, sourit John. Tout le monde s'entraide, même ceux qui ne se chauffent plus au bois.

- On remet ça l'année prochaine, conclut Damian.

Je souris, avant de réaliser ce qu'il vient de dire. L'année prochaine... je ne serai plus là... si tout se passe bien. J'en perds le sourire, avant de me forcer à en afficher un, moins sincère pour ne pas ruiner la bonne humeur générale.

Après le départ des garçons, je m'installe au salon. Le feu crépite délicatement dans la cheminée alors que je m'enfonce dans le large fauteuil, mon roman sur les genoux. Je regarde un long moment les flammes danser et les étincelles virevolter jusque sur le carrelage, hypnotisée par leur jeu flamboyant. Maman tricote sur la chaise à bascule. Elle arbore son air concentré tout en manipulant la laine avec une dextérité impressionnante. Grand-mère s'affaire en cuisine, où je l'entend chantonner sur la musique qui passe à la radio, du jazz. L'atmosphère est tellement calme que l'on aurait de la peine à croire que la journée a été si intense. Mais mes jambes douloureuses sont là pour le rappeler, tout comme les petites cloques qui se sont formées sur le bout de mes doigts. Je baille en me disant que je ne devrais pas tarder à aller me coucher, mais je suis si bien installée que je me décide tout de même à ouvrir mon livre et m'y plonge avec le peu d'attention qu'il me reste. Je dois relire certains passages à plusieurs reprises tant mes yeux me piquent et mon esprit est ailleurs.

- Tu devrais aller te coucher ma chérie, me suggère maman.

Je m'étire en approuvant d'un signe de la tête.

- Je suis trop bien installée...

Elle sourit avant de reprendre son ouvrage. Je devine que grand-mère est allée se coucher en réalisant que la musique s'est arrêtée. La maison est plongée dans le silence, que seuls les crépitement du feu interrompent. Dehors, j'entends César aboyer, ce qui me surprend vaguement, même si je suis trop épuisée pour me poser des questions. C'est alors que quelqu'un frappe puissamment à la porte. Je me redresse en sursaut et j'entends maman jurer alors qu'elle a laissé tomber son tricot. La porte s'ouvre à la volée. Je me lève brusquement et m'approche de l'entrée. Grand-père et grand-mère sont descendus hâtivement. Cette dernière a revêtu une chemise de nuit, qu'elle tient à la taille.

- Benjamin, s'écrie grand-père, que se passe-t-il?

De là où je me tiens, au milieu de la cuisine, je ne vois pas le jeune homme. Je devine toutefois que quelque chose ne va pas au regard lancé par grand-mère. Elle a les yeux écarquillés et porte la main à sa bouche. Puis, réalisant que maman et moi sommes juste à côté, elle semble reprendre ses esprits et se précipite vers l'évier. Elle attrape un chiffon qu'elle passe sous l'eau avant de retourner dans l'entrée et le tendre à Benjamin. Grand-père le regarde quelques secondes, les lèvres serrées, avant de répéter :

- Que s'est-il passé?

- Il a disparu.

J'ai à peine réussi à entendre la réponse tant il a parlé bas. Papa surgit à ce moment en haut des escaliers et descend rapidement.

- Qu'est-ce qu'il y a? demande-t-il d'une voix inquiète.

Il semble qu'aucune réponse ne soit nécessaire lorsqu'il aperçoit Benjamin. Je vois son visage se fermer.

- Qui a disparu? interroge-t-il.

- Papa. On a eu... une dispute (j'entends grand-mère souffler à ce mot), il avait bu, il est parti.

- Ok mon garçon, ne t'en fais pas, il ne doit pas être bien loin.

- Ça fait trois heures!

402

Le ton adopté par le jeune homme, presque suppliant, m'atteint comme une gifle et j'en ai le souffle coupé.

Papa s'avance. A sa position, je devine qu'il s'est posté devant Benjamin.

- C'est lui qui t'a fait ça?

- James! s'écrie grand-mère.

- Réponds! C'est lui?

Je perçois toute sa colère dans son ton mais n'entends aucune réponse.

- On va le retrouver mon grand, tente de le rassurer grand-père, qui s'est avancé à son tour.

Il revient alors sur ses pas, attrape sa veste, imité par papa, puis les deux se précipitent dehors, suivis de maman et grand-mère, qui a passé une longue veste dissimulant sa robe de nuit. Je reste immobile dans la cuisine, d'où je les entends discuter avec animation dans la cour. Puis une voiture qu'on démarre, et une deuxième. Ils sont partis. Doucement, je m'approche de l'entrée. Benjamin se tient devant la porte, dans la pénombre. La main tremblante, j'allume la lumière. A la seconde où mes yeux se posent sur son visage, c'est comme si je venais de prendre un coup en plein estomac. Son œil droit est violet, si gonflé qu'il peut à peine l'ouvrir. Ses lèvres saignent, une fente les barrant de bas en haut. Il est méconnaissable.

- Je...

Benjamin lève les yeux vers moi sans un mot. Je ressens toute sa douleur dans son regard, juste avant qu'il ne se referme et que je n'y voie plus que de la fierté, alors qu'il tourne les talons et se précipite dans la cour. Sans trop réfléchir, j'attrape ma veste et sors après lui.

- Attends! Tu vas où?

- Je vais chercher mon père!

- Je viens avec toi!

A ces mots, il s'arrête net et se retourne.

- Hors de question.

Son ton est ferme et froid. Il se retourne et se dirige vers son pick-up. Miss fierté me crie de toutes ses forces de retourner m'assoir dans mon fauteuil au coin du feu et de laisser cet abruti chercher son père puisqu'il ne veut pas de mon aide. Mais c'est sans compter la douleur au creux de mon ventre quand je repense à son visage tuméfié. Et c'est elle qui me pousse à courir après lui.

- Arrête, je viens avec toi!

- Je t'ai dit non!

404

Il crie presque sur moi.

- Tu ne peux pas conduire et le chercher en même temps, tu vas finir dans le fossé! Je vais conduire et tu pourras regarder autour.

L'argument semble faire mouche car il me regarde maintenant incrédule. Au bout de quelques secondes, il m'envoie la clé de la voiture et fait le tour de celle-ci pour s'installer sur le siège passager. Je me précipite dans l'habitacle, enclenche le moteur et démarre en trombe. Nous quittons l'enceinte de l'exploitation rapidement et roulons de longues minutes dans le silence le plus total. Je n'ose rien dire ni rien faire d'autre que de conduire à une vitesse modérée. D'un coin de l'œil, j'observe Benjamin. Il tient fermement la poignée au-dessus de la portière et scrute l'extérieur sans broncher. J'attends qu'il me dirige mais comme il ne dit rien, je poursuis la route sans trop réfléchir à la direction à prendre. Après tout, Mason peut être n'importe où à cette heure. Au bout de plusieurs interminables minutes plongées dans ce silence tendu, je finis par poser la question :

- Qu'est-ce qu'il s'est passé?

Benjamin ne devait pas s'attendre à ce que je parle car je perçois un léger sursaut. Il

405

me regarde d'un air curieux, les yeux vides, et j'ai l'impression que c'est comme s'il venait de réaliser que je suis là. Il me fixe un moment sans répondre.

- Il a bu.

Je sens à quel point ça lui coûte de le dire. J'ai encore tellement de questions que j'aimerais poser mais il se retourne brusquement et se remet à observer les alentours.

Nous avons pénétré dans Brenton. A cette heure-ci, les rues sont désertes. Les lampadaires projettent un halo de lumière jaunâtre autour de leur poteau, laissant le reste de la rue dans la pénombre. On se croirait dans un vieux film aux couleurs sépias. Maintenant je roule réellement sans savoir où je vais, tournant à gauche ou à droite totalement au hasard, décidant de la direction selon des considérations un peu aléatoires telles que la luminosité plus importante d'une rue, où Mason aurait pu décider de se cacher, la largeur de cette ruelle, où il ne serait certainement pas allé, ou encore la proximité avec le *Moose,* seul bar de la ville, dans lequel je me suis instinctivement dit qu'il devait avoir voulu passer la fin de la soirée avant de rentrer

406

malmener son fils, avant de me rappeler qu'il était fermé aujourd'hui. A cette pensée, mon estomac se serre. Je suis aussi très mal à l'aise après la scène à laquelle j'ai assisté quand Benjamin est venu frapper à la porte. Quelque chose dans le regard de mes grands-parents me fait penser que l'origine de ses blessures ne leur était pas inconnue. Et qu'il ne s'agit pas de la première fois qu'ils le retrouvent dans cet état. Et la réaction de papa, comme s'il estimait que, cette fois, c'était allé trop loin. *Cette fois.* Quelque chose en moi est persuadé que mes parents comme mes grands-parents n'étaient pas surpris. Je revois la confrontation de papa avec Mason, un matin dans la cour. Je sens la colère monter en moi alors que je tourne tantôt à droite, tantôt à gauche dans les rues sombres et désertiques de la ville. Je n'ai plus qu'une idée en tête, rentrer à la ferme et demander des explications à tout le monde. Je suis sur le point de faire demi-tour pour mettre mon plan à exécution immédiatement quand Benjamin pousse un exclamation.

- Là! Arrête-toi!

Sans réfléchir, je pile les freins et stoppe net le pick-up au milieu de la rue. J'essaye de voir ce qu'a repéré Benjamin. Mon cœur s'emballe. Mais je ne vois rien dans la direction dans laquelle il regarde. Sans rien ajouter, il détache sa ceinture et se précipite hors du véhicule. Il court vers un coin sombre, à côté de plusieurs grosses poubelles de tri. Je sors rapidement de la voiture et le suis. Il se penche vers le sol et ramasse un objet noir. De là où je me tiens, on dirait un sac en tissu. Benjamin le retourne dans tous les sens et finit par le jeter par terre et lui asséner un violent coup de pied en hurlant de rage. Puis il reste quelques instants immobile. Il se tient de façon étrange, le bras gauche replié et collé à son ventre, et je sens une sensation douloureuse dans mon estomac, une sorte de malaise. Finalement, il revient vers moi et, sans un mot, remonte dans la voiture. Je l'imite, sans toujours arriver à mettre le doigt sur la sensation désagréable qui m'a envahie tout à l'heure. Je reprends la route, sans rien dire. J'ose à peine regarder dans sa direction, même quand je dois tourner ou vérifier l'angle mort. Alors j'essaye de me concentrer sur la route et plisse les yeux pour tenter d'apercevoir quelque chose au dehors. Benjamin a repris sa position mais quelque chose est un peu différent. Je n'arrive pas à m'empêcher de jeter de brefs coups d'œil. Il tient toujours la poignée au-dessus de sa portière mais semble plus avachi que tout à l'heure. Est-ce la déception de ne pas avoir trouvé trace de son père? Perdue dans mes questionnements, je ne remarque pas tout de suite que nous roulons trop vite en direction d'un carrefour alors que le feu est au rouge. Lorsque je m'en aperçois, je freine brusquement. Benjamin part en avant et grimace. C'est alors que je remarque qu'il tient toujours son bras collé à son ventre. Sa manche semble trempée d'un liquide qui brille à la faible lumière du lampadaire qui s'élève juste à côté de la voiture. Mon coeur s'arrête.

- Mais... tu saignes?

Benjamin émet une sorte de grognement à côté de moi, sans pour autant répondre. Je le vois toutefois essayer de bouger son bras mais il grimace aussitôt.

- Qu'est-ce qu'il s'est passé?

Je sais bien qu'il n'a aucune envie de répondre mais il est clair qu'il souffre le martyr. Des gouttes de sueur perlent maintenant sur son front. Depuis combien de temps a-t-il mal comme ça? Comment ne l'ai-je pas remarqué plus tôt?

- Montre, ordonné-je.

Instinctivement, il serre son bras plus fort contre lui et s'éloigne de moi en se collant à la portière. On dirait presque une bête prise au piège.

- Benjamin, dis-je avec plus de fermeté. Montre-moi ton bras, il faut te soigner!

A ce moment, c'est comme si le dernier rempart était tombé. Sans un mot, il déplie son bras avec précaution en grimaçant et essaye d'ôter sa veste. Après une seconde d'hésitation, je l'aide en attrapant la manche et en tirant délicatement dessus. Chacun de nos mouvements lui arrache un soupir de douleur et lui coupe le souffle mais il reste aussi discret que possible. Je pose la veste sur la banquette arrière. Elle est effectivement pleine de sang. Et là je pousse une exclamation de surprise. Son pull est littéralement collé à sa peau à cause du sang. Une partie a séché, durcissant le tissu et le maintenant sur la partie blessée de son bras, mais l'autre est presque dégoulinante. Avec toute la douceur dont je suis capable, je retrousse la manche petit bout par petit bout. Sous le tissu, je découvre avec stupeur une

410

longue plaie ouverte, qui va du poignet au creux du coude. J'avale péniblement ma salive et lance un regard apeuré à Benjamin, qui me fixe, comme s'il attendait de voir ma réaction. Ses sourcils sont froncés, son front plissé. Je remarque qu'il se mord la lèvre. Plus je regarde sa blessure, plus je m'en veux de ne pas avoir remarqué plus tôt. Cela fait bien une heure que nous roulons, il a dû endurer cette douleur sans rien dire.

- Ok, dis-je après un instant de réflexion, je t'amène te faire soigner.

- Non! s'exclame-t-il.

Je le regarde, surprise.

- Benjamin... on ne peut pas te laisser comme ça! La plaie est ouverte, tu as perdu beaucoup de sang.

Je jette un nouveau coup d'œil à son bras et le tourne aussi doucement que possible. Sous le coup de la douleur, il s'adosse brusquement au siège et pousse un long soupir, les yeux fermés.

- Ça a l'air vraiment profond.

- J'ai dit non, répond-il fermement.

Nous nous défions du regard un long moment. De mon côté, j'essaye de savoir à quel point il est sérieux et qu'est-ce que je risque si je ne lui obéis pas. J'évalue aussi

411

mentalement les risques de ne pas l'emmener aux urgences, même si mes connaissances médicales sont plus que limitées. Mes cours de premiers secours défilent à toute vitesse dans ma tête et à part faire un garrot et surélever le membre où se situe la plaie, je n'arrive pas à me souvenir de quoi que ce soit. En ce qui le concerne, le regard noir qu'il me lance n'appelle aucune opposition. Il semble absolument décidé à ce que nous n'allions pas voir de médecin. Miss Fierté en moi me répète de ne pas tenir compte de son regard menaçant, mais j'ai bien l'impression que c'est plus pour lui montrer que je peux aussi prendre le dessus que parce que je crains pour sa vie. Je secoue la tête, énervée d'être prise ainsi entre deux feux. Malgré tout, je fais une dernière tentative.

- Benjamin, tu pourrais perdre ton bras. Ça pourrait s'infecter.

Mais il ne l'entend pas de cette oreille. Il grogne d'agacement et de douleur.

- Écoute, je n'ai pas envie d'avoir à répondre à leurs questions. Alors soit tu rallumes le moteur et on y va, soit je continue à pied.

Je visualise presque Miss Fierté se prendre cette claque en plein visage. Je soupire. Je sais ce que je dois faire maintenant.

- Ok.

Benjamin expire longuement, visiblement soulagé.

- Mais je te ramène et je te soigne.

Aussitôt, il ouvre la bouche pour protester mais je l'interromps d'un geste de la main.

- C'est ça ou rien. Quoi qu'il se soit passé, et où que soit ton père à l'instant, la priorité est de s'occuper de cette blessure. On le retrouvera bien assez tôt, si ce n'est pas déjà le cas.

Il me fixe les mâchoires serrées, mais je sais que j'ai gagné la partie car il ne proteste plus et finit par s'appuyer contre le dossier de son siège et, tout en replaçant son bras blessé contre son ventre, il baisse les paupières. Je redémarre le moteur et nous prenons la direction de la ferme, dans un silence de plomb. Sur la route, j'essaye de rouler suffisamment vite pour ne pas perdre de temps, tout en prenant garde à éviter toutes les aspérités du revêtement. A chaque secousse, j'entends Benjamin soupirer de

413

douleur à côté de moi, me faisant aussitôt grimacer.

Je gare le pick-up aussi près de l'entrée que possible. A l'intérieur, toutes les lumières sont éteintes. Soit mes parents et mes grands-parents ne sont pas encore revenus, soit ils ont retrouvé Mason et son allés se coucher. Dans le doute, j'ouvre la porte tout doucement, puis je reviens chercher Benjamin, qui est resté dans la voiture. Il ne bronche pas lorsque j'ouvre la portière. Il se tient les yeux fermés, le visage tourné vers le plafond de l'habitacle. Un instant, j'ai l'impression qu'il dort, mais ses sourcils sont froncés. Il a juste mal.

- Allez, dis-je en l'aidant à descendre.

Je passe son bras sur mon épaule et ma main autour de sa taille. Le contact de son corps contre le mien m'électrise, sans doute à cause de l'adrénaline qui coule dans mes veines. Il n'émet aucun commentaire et me suit docilement. Alors que nous parcourons les quelques mètres qui nous séparent de la maison, je sens tout son corps trembler contre le mien. J'en frissonne à imaginer la douleur qu'il ressent en repensant à la plaie béante sur son avant-bras.

414

Je l'installe sur une chaise haute devant l'îlot central et rassemble un peu de matériel : une bassine, plusieurs chiffons, la trousse de premiers secours. Je mets de l'eau à chauffer et dispose le tout devant Benjamin, qui prête à peine attention à mon cirque et fixe le marbre de l'îlot, les yeux vitreux. L'eau se met à bouillir et je la verse dans la bassine. Après m'être lavé les mains au savon à plusieurs reprises, je trempe un chiffon dans l'eau chaude et commence par nettoyer la plaie. Benjamin grimace de douleur mais ne dit absolument rien.

- Désolée, murmuré-je.

Je tamponne encore un petit peu la blessure, puis jette le chiffon imbibé de sang dans la poubelle. J'en attrape un autre et déverse dessus du désinfectant.

- Ça va piquer, préviens-je.

Comme Benjamin ne réagit pas, je dépose aussi doucement que possible le chiffon sur son bras, ce qui lui arrache un petit cri de douleur.

- Désolée, désolée.

Je souffre rien qu'à le regarder, mais je continue à appuyer le chiffon sur la plaie. Au bout d'un moment, estimant que j'ai assez nettoyé, je jette le deuxième chiffon à la poubelle et en applique un troisième pour sécher la peau. Puis je déballe les pansements et choisis de fines bandelettes que je commence à appliquer les unes après les autres afin de refermer la plaie. Puis je la recouvre consciencieusement de plusieurs carrés de gaze et, enfin, l'entoure précautionneusement d'une bande. Son bras soigné, je m'attaque à son visage. Alors que je le soulève doucement en poussant sous son menton pour qu'il soit face à moi, il ne cesse de me fixer, le regard vide. Son œil droit est gonflé, presque complètement fermé, et violacé. Une longue entaille lui barre le sourcil. La blessure n'a pas l'air trop profonde et ne devrait pas nécessiter de points. Après un bref examen, je nettoie la plaie et verse à nouveau du désinfectant sur un chiffon puis tamponne doucement son sourcil. Il grimace encore mais ne dit rien. Je dépose délicatement plusieurs bande de pansements. Pendant tout le processus, ni Benjamin ni moi ne prononçons un seul mot. Benjamin semble ailleurs, même si son visage s'est très légèrement détendu, signe que la douleur est moins importante. De mon côté, je suis trop concentrée pour être en mesure de dire quoi que ce soit à part quelques excuses ici et là.

Maintenant que j'ai terminé, je soupire de soulagement et me laisse tomber sur une chaise à côté de Benjamin. Je sens la pression descendre. Le plus important fait, je commence à réaliser ce qui a dû se passer et mon corps tout entier se met à trembler. De rage, de fatigue? Impossible à dire, mais je ne peux plus me contrôler. Je serre mes mains l'une contre l'autre pour essayer de stopper les tremblements, sans succès. Benjamin n'a toujours pas bougé. Son bras blessé repose sur l'îlot et il se tient dans une position peu naturelle, le visage tourné vers le sol, le dos voûté et le bras en hauteur sur l'îlot. J'entends sa respiration lente et essaye de calquer la mienne dessus afin de me calmer. Je n'ose rien dire, rien demander, mais des dizaines de questions me brûlent les lèvres.

- Merci, finit-il par dire, presque dans un souffle.

- De rien.

Puis, sans rien ajouter, il se lève, quitte la pièce et s'en va. J'entends la porte se refermer doucement. Je reste quelques secondes dans un silence de plomb puis me lève précipitamment et l'aperçois tout juste regagner sa maison. Je suis complètement bouleversée par la soirée, partagée entre toutes les questions qui explosent dans mon esprit, la rage et la colère que je ressens. Au bout d'un long moment, je finis par monter me coucher, mais je suis incapable de trouver le sommeil. Allongée dans le noir, je scrute le ciel à travers le velux. La maison est plongée dans le silence. Je ne sais pas si mes parents et mes grands-parents sont rentrés, je guette le moindre bruit mais il n'y a que le vide qui me répond. J'essaye d'imaginer où se trouve Benjamin en ce moment, s'il souffre encore. Si son père est rentré et s'il est encore en train de se défouler sur son fils. A cette pensée mon estomac se noue et je suis à deux doigts de vomir. Je me tourne sur le côté pour tenter de calmer les battements de mon cœur et de faire taire toutes ses émotions qui m'envahissent. Je ne sais pas combien de temps je reste ainsi, les yeux grands ouverts, dans le noir, la main sur mon ventre douloureux, mais j'ai dû finir par m'assoupir car je suis réveillée par un claquement de porte. Je me redresse d'un seul mouvement sur mon lit, encore étourdie de sommeil. Il

418

ne me faut que quelques secondes pour que toutes les images de la veille me reviennent accompagnées de cette boule à l'estomac si désagréable. J'entends des éclats de voix en bas. La porte de ma chambre fermée, je n'arrive pas à distinguer de qui il s'agit ni ce qu'ils disent. Je devine juste qu'il y a au moins un homme. Je sors aussi silencieusement du lit que possible et me dirige vers la porte de ma chambre, que j'entrouvre doucement.

- Inadmissible! entends-je.

C'est la voix de papa. Il semble très énervé.

- Je le sais bien! s'exclame grand-mère, la voix triste.

- C'est la dernière fois! crie tout à coup papa, me faisant sursauter.

J'avance à pas feutrés jusqu'en haut des escaliers. Au son de leurs voix, je sais qu'ils sont dans la cuisine.

- Calme-toi James, implore la voix de maman.

- Je vais régler cette histoire, annonce alors grand-père d'une voix calme mais ferme.

Un silence s'impose à ces mots. Je n'ose plus bouger, de peur qu'ils m'entendent.

Pourtant, j'ai terriblement envie de descendre leur demander de quoi ils parlent, même si au fond de moi je le sais très bien.

J'entends quelqu'un soupirer profondément.

- Ça n'en a pas l'air, énonce papa, une colère sourde dans la voix.

Je frissonne rien qu'à l'entendre parler ainsi à grand-père. Je les imagine les deux se faire face, tels deux adversaires sur un ring de boxe. Je sais qu'ils ne se sont jamais très bien entendus, n'étant d'accord sur rien du tout. Au fil des années et des questions que j'ai posées à maman, j'ai compris que grand-père considérait papa comme responsable du départ de sa fille, son seul enfant, loin d'eux, dans un autre État. N'y tenant plus, je finis par descendre les marches, presque deux par deux. Un sentiment d'urgence s'empare de moi. C'est peut-être l'occasion d'en savoir plus sur cette fichue situation et d'enfin obtenir des réponses à mes trop nombreuses questions. Je les trouve effectivement dans la cuisine. Grand-père tend son index sur papa, l'air menaçant. A mon arrivée, ils se tournent les quatre vers moi et me lancent aussitôt des regards plus gênés les uns que les autres. Je ne sais même pas s'ils savent ce que nous avons fait hier avec Benjamin.

- Qu'est-ce qu'il se passe? demandé-je sévèrement.

Grand-père, qui a immédiatement reculé de quelques pas, et papa se raclent la gorge.

- Rien ma chérie, répond précipitamment grand-mère en s'approchant. Viens prendre ton petit-déjeuner!

Elle passe un bras autour de mes épaules et me pousse gentiment vers la cuisine où elle m'installe devant l'îlot central. Je ne quitte pas les deux hommes des yeux.

- Est-ce que vous avez retrouvé Mason?

Je les aperçois se jeter des coups d'œil, mal à l'aise.

- Hum... oui, ma puce, répond maman. Il...

- Il était allé cuver sa bière au bord de la rivière, la coupe abruptement papa, dont le dégoût pointe nettement dans sa voix.

Je les regarde les uns après les autres sans rien dire, hésitant à leur raconter la soirée de la veille et la blessure de Benjamin. Quelque chose dans leur attitude, sur la défensive, m'en dissuade. Grand-mère pose une tasse de café fumant devant moi et me lance un regard qui en dit long. Le genre de regard implorant, qui me fait comprendre qu'elle souhaite mettre un terme à cette conversation et ne veut pas que j'en rajoute. Alors je porte doucement mes lèvres jusqu'à la tasse en silence. Grand-père profite de cette accalmie pour enfiler sa veste et ses bottes. Je l'entends expliquer son programme de la matinée à grand-mère puis il quitte la pièce. Papa l'imite peu de temps après, nous laissant seules, maman, grand-mère et moi. J'observe les deux femmes alors qu'elles ne savent pas que faire d'elles-mêmes. Elles se lancent des regards inquiets sans rien dire et leurs manigances m'agacent à tel point que je finis par mettre les pieds dans le plat :

- Depuis quand est-ce que Mason est devenu un tel poivrot?

Les termes choisis les choquent, mais je n'ai pas pour habitude de tourner autour du pot.

- Ma chérie... commence grand-mère. Cette période de l'année est toujours un peu difficile pour lui...

- Je ne me souviens pas qu'il ait été comme ça avant.

Je la coupe de façon suffisamment claire pour qu'elles comprennent que j'attends des explications.

- Mason a commencé à boire quand...

Maman n'arrive pas à aller au bout de sa phrase. Elle triture ses mains comme une petite fille qui devrait réciter un poème devant toute la classe.

- Quand Alicia est partie, finit grand-mère.

Enfin nous abordons le sujet qui fâche.

- Et c'était quand?

Si elles pensent que je vais lâcher l'affaire et m'en tenir à ça, elles se trompent. Maman soupire.

- Il y a 7 ans.

On y arrive! J'aimerais pouvoir être satisfaite de parvenir à leur tirer les vers du nez mais quelque chose me gêne.

- Il y a 7 ans, répété-je. Vous voulez dire... la dernière fois que nous sommes venus?

Je sens maman très affectée. Ses yeux brillent à tel point que j'hésite à poursuivre. Mais elle hoche la tête en signe d'approbation.

- Mason...

Elle ferme les yeux quelques secondes. J'ai l'impression que le simple fait de raconter les choses lui fait mal.

- Mason frappait Alicia.

J'en ai la respiration coupée. Sous le choc, je me lève de la chaise. Je tremble. Je revois le beau visage d'Alicia, son sourire angélique, sa douceur, toutes ces images défilent devant mes yeux à grande vitesse. Puis je revois le visage de maman peu avant notre départ précipité. Ses yeux bouffis de larmes. J'ai un bon millier de questions qui me viennent à l'esprit mais je ne sais pas par quoi commencer. Comment est-elle partie? Et quel est le rapport avec notre départ? Et, finalement, ce qui je crois me fait le plus mal, même si je ne veux pas l'admettre, comment a-t-elle pu laisser Benjamin avec son tortionnaire de mari?

Je vais ouvrir la bouche quand grand-mère m'interrompt en levant la main.

- Ne remuons pas le passé ma chérie.

A ces mots, elle enfile son tablier, m'adresse un sourire un peu forcé puis attrape son panier en osier et sort. Je me retrouve avec maman, qui renifle vers l'évier.

- Grand-mère a raison Luna. Laissons le passé là où il est, c'est mieux comme ça.

Je ne pourrais pas être moins d'accord avec ça tant j'ai envie, besoin de comprendre. Que faire avec un passé qui vous revient en pleine face avec une telle violence? Mais la voir ainsi me fait mal alors je me tais.

CHAPITRE 21

« Down by the water
Under the willow
Sits a lone ranger
Minding the willow
He and his wife
Once lived happily
Planted a seed
That grew through the reeds. »
Willow - Jasmine Thompson

La ferme est plongée dans le silence. Ça fait du bien après toute l'agitation des dernières semaines, entre le festival de la comète et le ramassage du bois. On dirait presque que nous avons tous besoin de calme après les derniers événements. Un peu comme si la vie s'était mise sur pause depuis quelques jours, pour faire retomber la pression. J'exécute mes tâches machinalement, perdue dans mes pensées. A force de les faire, j'ai fini par acquérir des automatismes. Je n'ai plus trop besoin de réfléchir à l'ordre dans lequel les faire, ni aux gestes. Et cette expérience m'apporte un certain soulagement. Tout en m'affairant, je parle à Roméo, qui renifle le sol de sa stalle à la recherche d'autre chose à manger que du foin.

Je plante ma pelle dans un tas de purin, la soulève et effectue un demi-tour pour la vider dans la brouette. Après une dizaine de répétitions, j'attrape les deux manches de la brouette et sors de l'étable. Rien ne bouge dans la cour. Le seul bruit provient du caquètement des poules. Je contourne l'étable et renverse le purin sur le tas déjà formé. J'ai l'impression d'avoir fait ce mouvement un millier de fois. C'est fou comme on s'habitue à un « nouveau normal » rapidement. A cette pensée, je ressens un pincement au cœur. Mon nouveau normal… Je sens mon téléphone vibrer dans la poche arrière de mon pantalon. Surprise, je me demande qui peut bien m'appeler maintenant alors que tout le monde est occupé ailleurs. Je sors l'appareil. C'est maman. Je ne sais pas pourquoi mais j'ai un mauvais pressentiment.

- Allô ?
- Allô Luna ? C'est maman.
- Est-ce que tout va bien ?

J'ai immédiatement senti au ton de sa voix, un peu tremblant, que quelque chose ne va pas.

- C'est grand-père.

Une boule se forme dans mon estomac.

- Qu'est-ce qu'il y a ?

- Il est à l'hôpital. Il… il a eu un accident.

La boule est remontée dans ma gorge. Je respire profondément pour essayer de calmer les battements de mon cœur.

- Est-ce qu'il va bien ?

- Je ne sais pas encore. Je suis en route avec grand-mère et ton père. Je te rappelle dès que nous en savons plus.

Je vais lui demander de venir me chercher mais elle a déjà raccroché. Je me précipite dans la cour, à la recherche de mon vélo. Benjamin sort de l'annexe au pas de course. Je suis étonnée de le voir là, je pensais qu'il était parti aux champs avec les autres. Il tient son téléphone à la main et je comprends à son regard et ses sourcils froncés qu'il vient de recevoir le même appel que moi. Je poursuis mon chemin jusqu'à mon vélo et l'enfourche alors qu'il sort les clés de sa voiture. Il démarre le

428

moteur et manœuvre pour quitter la ferme. Mais il s'arrête à ma hauteur.

- Monte, propose-t-il d'une voix tendue après avoir baissé la vitre.

Sans aucune hésitation, je descends de mon vélo et me précipite dans l'habitacle. Benjamin redémarre en trombe. Je me tiens fermement à la poignée au-dessus de la portière, ballotée dans tous les sens à chaque aspérité de la route, mais je ne veux pas qu'il ralentisse. Dans ma tête, je me répète doucement « *faites qu'il aille bien, faites qu'il aille bien, ...* », sans trop savoir à qui j'adresse cette supplique silencieuse. Je jette un coup d'œil dans la direction de Benjamin. Il a toujours les sourcils froncés et semble entièrement concentré sur sa conduite. J'essaye de me calmer et d'imaginer les scénarios les plus probables. A mon habitude, je parviens à plusieurs options, toutes plus horribles que les autres, mais c'est ma façon à moi de me préparer au pire. Nous mettons une vingtaine de minutes à parvenir jusqu'au petit l'hôpital de campagne situé entre Brenton et Sunny Lake, qui finit par apparaître à l'horizon, sa structure de béton gris s'élevant au loin. Je soupire de soulagement, d'angoisse, et parce que j'ai l'impression d'avoir cessé de respirer depuis que je suis montée dans la voiture.

Benjamin gare hâtivement le pick-up entre deux autres 4x4, avec une facilité déconcertante. Nous sortons en un seul mouvement. Je le suis dans l'enceinte de l'hôpital et il se précipite au comptoir. Je n'arrive plus à parler, tout juste à respirer, alors je le laisse demander des renseignements.

- B53, m'informe-t-il en passant devant moi.

Nous empruntons un couloir puis, au fond, Benjamin pousse une porte sur laquelle est accroché un panneau indiquant « sortie de secours ». Il commence à monter les escaliers jusqu'au premier étage. La chambre B53 est la deuxième porte à gauche après la sortie de secours. Je vois papa, appuyé contre le mur d'en face. Il a l'air soucieux, mais j'essaye de me dire que c'est l'air qu'il a depuis que nous avons quitté New York. Derrière lui sont assis Damian, Joseph, Mason et John, sur un banc. Ils se lèvent en même temps quand nous les rejoignons. Au même moment, maman sort de la chambre. Elle s'avance vers nous, ses mains jointes et serrées. Je la serre dans mes bras un peu brusquement.

- Alors ?

- Comment va-t-il ? demande Benjamin.

- Il est tombé du tracteur et a perdu connaissance.

J'écarquille les yeux.

- Pour le moment il ne s'est pas encore réveillé.

Mon cœur se serre encore un peu plus.

- Qu'est-ce qu'en disent les médecins ? demande Benjamin.

Maman lui adresse un sourire triste.

- Qu'il faut attendre. Ils lui ont fait passer un scanner. Il a un hématome qui pourrait se résorber tout seul. Mais vu son âge…

Elle s'interrompt. Nous hochons de la tête.

- Est-ce que je peux le voir ?

Elle nous fait signe que oui et je me précipite dans la chambre. Il est là, allongé sur le lit, un bandage autour de la tête, des fils et des tubes branchés partout le reliant à des machines tout autour, dont les bips réguliers rompent le silence de façon désagréable. Il a l'air à la fois serein et vulnérable. Une partie de mon cerveau a toutes les peines du monde à enregistrer le fait qu'il s'agit bien de mon aïeul, cet homme si fort, qui est étendu là devant moi. Grand-mère est assise à côté de lui et lui tient la main. Je n'ose pas faire un pas de plus et reste dans l'encadrement de la porte. Benjamin se tient à côté de moi. Il m'adresse un regard plein de peine, puis va rejoindre grand-mère et lui pose une main réconfortante sur l'épaule. Sans retirer sa main, il tire une chaise vers lui et s'assoit à sa droite. Je me décide finalement à m'approcher et m'accroupis à gauche de grand-mère.

- Oh mes chéris, merci d'être venus !

J'ai la gorge trop serrée pour dire quoi que ce soit alors je lui adresse juste un sourire forcé. Nous restons plusieurs minutes installés ainsi, en silence. J'ai posé ma main sur l'avant-bras de grand-père et observe son torse monter et descendre régulièrement. J'essaye de calquer ma respiration sur les bips des machines pour parvenir à calmer mon rythme cardiaque. J'entends à peine les voix des autres, restés à l'extérieur. Au bout d'un moment, je devine qu'un médecin est venu discuter avec mes parents. Je tends l'oreille mais ai de la peine à percevoir ce qu'ils se disent. Je jette un coup d'œil à grand-mère, qui semble ne pas avoir remarqué.

- Le médecin est là, l'informe Benjamin d'une voix douce.

Et Miss Honnêteté de remarquer qu'il n'utilise ce ton qu'avec elle.

Grand-mère redresse lentement la tête et se retourne, puis se lève de la chaise et sort de la pièce. J'échange un regard avec Benjamin et soupire. Je commence à avoir des fourmis dans les jambes à force de rester accroupie alors je me lève.

- Nous devrions en savoir plus dans les prochaines heures, indique un médecin en entrant dans la chambre.

Benjamin se lève et fait face au praticien.

- Est-ce qu'il va se réveiller ? demande-t-il.

Droit au but.

- Impossible à dire à ce stade. Le scanner a mis en évidence un hématome sous-dural. Il s'agit d'un épanchement de sang dans les espaces méningés, explique le médecin en désignant sa propre tête. Il est possible que celui-ci soit dû au choc causé par la chute, mais il est aussi possible qu'il s'agisse d'un hématome chronique ou qui a débuté lors d'un précédent choc et que le sang s'est accumulé depuis.

Il consulte son dossier.

- Les autres analyses sont normales. Nous allons observer l'hématome et vérifier s'il se résorbe de lui-même. A défaut, nous devrons le drainer, mais cela implique une opération chirurgicale. Compte tenu de son âge, nous ne privilégions pas cette option.

Puis il touche le bras de grand-mère et lui adresse un sourire compatissant.

- A ce stade, il faut être patient et observer l'évolution de la situation.

Grand-mère et maman hochent la tête.

- Est-ce que nous pouvons rester avec lui jusqu'à ce qu'il se réveille ?

- Une personne à la fois.

Ils sortent de la pièce et j'entends le médecin saluer tout le monde. Puis grand-mère et maman discutent de qui va rester avec grand-père cette nuit. Je consulte ma montre. Il faut que j'appelle Ruth pour la prévenir que je ne vais pas pouvoir venir travailler. Je sors de la pièce et vais passer mon appel. Quand je reviens, j'entends grand-mère protester.

- Je ne vais pas rentrer tout de même !

Elle a l'air énervé, mais maman insiste.

- Je vais rester, maman. Il n'y a rien pour que tu puisses t'allonger. Tu ne vas pas passer la nuit sur un fauteuil d'hôpital !

- C'est à moi de rester, Juliette.

- Je vais rester, déclare Benjamin.

Je le regarde, surprise.

- Je vais rester, répète-t-il. Et je vous appelle s'il y a quoi que ce soit.

Grand-mère s'approche et le serre dans ses bras.

- Merci mon grand, merci.

Il dépose un baiser sur son front en lui adressant un sourire forcé. Et je ne peux m'empêcher d'être touchée par sa douceur. A ce moment, une infirmière pénètre dans la chambre et nous demande de partir. Grand-mère embrasse longuement Benjamin, puis nous quittons la pièce. Les garçons nous attendent encore dans le couloir. John s'approche et passe un bras sur mes épaules.

- Je suis désolé Luna.

- Merci.

Nous rentrons tous ensemble en silence. Arrivés à la ferme, Mason rejoint l'annexe sans rien dire. Grand-mère et maman préparent rapidement un repas, que nous mangeons dans la cuisine sans échanger quasiment aucun mot, tous plongés dans nos pensées. Grand-mère débarrasse ensuite la table et va dans le salon allumer un feu dans la cheminée. Tous ses gestes sont mécaniques et elle s'exécute sans son sourire et sa bonne humeur habituels. La voir ainsi me glace le sang alors, une fois mon assiette terminée, je décide de sortir prendre l'air. Rapidement, j'envoie un message à Théo pour l'informer de ce qu'il s'est passé. A peine quelques secondes après l'envoi, mon téléphone vibre. Il essaye de me joindre, mais je n'ai pas envie de parler. Pas avec lui. Je ne sais pas pourquoi, mais je n'ai pas envie de partager ce moment avec lui. Avec soulagement, je vois John, Joseph et Damian sortir. Joseph nous salue, expliquant qu'il doit rentrer. John et Damian s'installent à côté de moi sur le banc sous le grand chêne et nous restons quelques minutes silencieux, à scruter le ciel à travers les branches. Mon téléphone vibre encore plusieurs fois. John me jette un coup d'œil interrogatif.

- C'est Théo, expliqué-je. Je lui ai dit pour l'accident.

- Et tu ne décroches pas ?

Je hausse les épaules et grimace.

- Je n'ai pas très envie de lui parler. Il n'est pas… concerné.

Je n'ai pas trouvé d'explication plus logique, mais je sais que ce n'est pas avec lui que j'ai besoin de partager ce qu'il s'est passé.

- Je n'arrête pas de le revoir tomber, s'exclame soudain Damian.

- Moi aussi, ajoute John.

Je sens qu'ils ont besoin de parler, alors je les laisse faire, même si les images que me renvoient leurs récits me font froid dans le dos. Je ressens toute leur culpabilité d'avoir laissé grand-père grimper à l'arrière du tracteur, de ne pas l'avoir aidé à descendre, de ne pas avoir été là, de ne pas…

- Ce n'est la faute de personne, dis-je pour les rassurer. Personne ne vous en veut.

Il est passé minuit lorsque, épuisée et angoissée, je m'allonge dans mon lit et me glisse sous les couvertures. Il ne fait pas très froid mais je frissonne. Je me revois un peu plus tôt dans la journée, occupée à nourrir les animaux et nettoyer les enclos dans le calme. Je revis ces instants de sérénité. C'est fou comme les choses peuvent aller vite.

Tout peut changer en une fraction de seconde. Je n'arrive pas à m'enlever l'image de grand-père tombant du tracteur. Je l'imagine au sol, le sang, l'angoisse. Mon cœur est serré à tel point que j'ai du mal à respirer. Je me sens coupable d'être allongée confortablement dans mon lit alors que grand-père est dans un lit d'hôpital. J'ai l'impression que je ne devrais pas, que je devrais avoir froid, être moins bien installée. Je devrais ressentir au moins un peu de ce qu'il doit ressentir en ce moment. Et j'imagine Benjamin mal assis dans le fauteuil de la chambre, cherchant une position plus confortable. J'hésite entre la jalousie de le savoir aux côtés de grand-père et la culpabilité de ne pas y être moi-même. Je suis partagée entre des milliers de sentiments et de pensées. Ma tête commence à tourner et je réalise que j'hyperventile. Alors je m'assois sur le bord de mon lit et essaye de me calmer. Si seulement je pouvais avoir des nouvelles. Mais je n'ai même pas le numéro de Benjamin. Et encore, faudrait-il qu'il daigne me répondre... Je me force à me focaliser sur quelque chose d'extérieur. Je ferme les yeux et me concentre sur les bruits autour de moi.

438

Tout d'abord, il n'y a que le silence. Puis, je commence à percevoir ici et là de tout petits sons. Le caquètement d'une poule, un grincement, un cliquetis et le bruissement des feuilles dans le vent. A force de me concentrer, je parviens à reprendre une respiration normale et mon rythme cardiaque ralenti. Je m'allonge à nouveau et reste un long moment immobile, les yeux grands ouverts, scrutant le velux au-dessus de ma tête. Et je finis par m'endormir.

Je suis réveillée aux aurores et m'habille rapidement puis descends à la cuisine. Maman, grand-mère et papa sont installés autour de l'îlot.

- Des nouvelles?

- Il est trop tôt encore, me répond maman.

- Je vais à l'hôpital, les informé-je.

- Ils nous appelleront s'il y a du nouveau, Luna, proteste papa.

- Je vais voir si Benjamin veut que je le remplace.

Sans un mot supplémentaire, je sors et prends mon vélo. Il est exactement au même endroit que là où je l'ai presque jeté la veille.

Grand-mère sort rapidement derrière moi. Elle porte un sac de toile qu'elle me tend.

- Pour Benjamin, il aura sûrement faim.

J'accroche le sac sur le petit panier à l'avant de la bicyclette et me mets en route. Je sais que la route va être longue, mais comme il est encore tôt j'ai du temps devant moi. Et le fait de pédaler dans l'air frais du matin me permet de m'éclaircir les idées. Après les nombreux appels manqués de la veille, Théo a fini par m'écrire un message, m'indiquant succinctement qu'il espérait que mon grand-père allait se remettre et me demandait des nouvelles quand j'en aurai. J'y repense alors que je pousse sur les pédales avec force. Je me demande pourquoi est-ce que je ne voulais pas lui parler. J'ai besoin d'analyser ce sentiment. Ne serait-ce que pour penser à autre chose. Je réalise que je lui en veux. Parce qu'il est loin alors que je suis ici. Il n'y a sans doute aucune logique là-dedans. Mais ressentir de la colère me fait plus de bien que d'imaginer ce qu'il pourrait se passer si grand-père ne se réveille pas. Alors je conserve cette colère contre Théo.

Il me faut trois-quart d'heure pour atteindre l'hôpital. Je laisse mon vélo sur le parking sans le cadenasser. Je jette un coup d'œil au pick-up de Benjamin, qui n'a pas bougé, et entre rapidement à l'intérieur du bâtiment. Je rejoins la chambre par les escaliers de secours et y pénètre doucement. Benjamin est assoupi sur la chaise inconfortable, les jambes étendues. Il s'est placé juste à côté du lit et a posé sa main sur le matelas. Il ne l'a pas déplacée, même en dormant. Mon regard s'attarde sur son visage, qui semble presque serein maintenant qu'il dort. Je fixe un long moment la blessure à peine cicatrisée qui barre son arcade sourcilière, témoignage douloureux du comportement de Mason, puis mes yeux descendent jusqu'à son bras. Il porte toujours un bandage. Mon coeur se serre en me rappelant de la blessure ouverte.

Je reste quelques minutes immobile. Je comprends en observant Benjamin à quel point il est attaché à mes grands-parents. Pour quelle raison, je n'en suis pas encore sûre mais j'ai bien ma théorie.

Mon regard se porte sur grand-père. Allongé ainsi, les yeux fermés, on pourrait croire qu'il dort, si on fait abstraction de tous les fils qui le relient aux machines. J'observe les écrans autour de lui pour essayer de comprendre la signification des différents chiffres et courbes qui s'y affichent, sans succès. Les bips réguliers semblent toutefois attester qu'il n'y a rien d'alarmant. Je jette un coup d'œil à l'heure sur mon téléphone et décide d'aller chercher du café avant que les visites du personnel hospitalier ne commencent.

Lorsque je reviens, je dépose doucement le gobelet de café sur la table de chevet. Benjamin ouvre les yeux et sursaute en me voyant.

- Désolée, m'excusé-je. Je t'ai apporté du café.

Il secoue la tête comme pour se réveiller et lance un regard au gobelet.

- Merci, marmonne-t-il.

- Du nouveau?

Il fait signe que non. Je lui tends le sac de victuailles préparé par grand-mère et m'installe de l'autre côté du lit, sur une chaise en plastique, puis pose ma main sur celle de grand-père.

Le temps passe avec une lenteur indescriptible. La chambre est plongée dans un silence froid, juste entrecoupé des bips réguliers des machines. Dans le milieu de la matinée, plusieurs médecins pénètrent dans la pièce, effectuent quelques relevés sur les machines, puis nous répètent qu'il faut encore attendre avant de pouvoir se prononcer sur l'état de grand-père. Après un appel rapide à la maison, je retourne donc auprès de lui et l'attente se poursuit. Je ne sais même pas exactement ce que nous attendons mais je ne peux pas m'imaginer être ailleurs qu'à ses côtés. J'ai pris un livre que je feuillette plus que je ne lis. De temps en temps, je lève les yeux et mon regard croise celui de Benjamin. J'aimerais juste briser ce silence désagréable mais je ne vois pas trop comment. Alors je me replonge dans ma tentative de lecture, repassant le même paragraphe plusieurs fois de suite sans vraiment parvenir à enregistrer les mots qui s'étalent devant moi. A la mi-journée, Benjamin reçoit un appel et je devine que c'est l'un des garçons. Il parle tout bas, comme si le son de sa voix pouvait déranger grand-père. Puis il raccroche en soupirant et en passant une main sur son visage. Je ne peux pas m'empêcher d'être touchée par tout le soucis qu'il se fait. Et j'aimerais tant que cela puisse nous permettre au moins de partager quelque chose, de briser la glace. Mais il ne semble pas en avoir ni le besoin ni l'intention alors je continue à me taire.

Maman, papa et grand-mère nous rejoignent peu après et j'en profite pour aller manger et téléphoner à Théo. Depuis hier soir, il m'a envoyé plusieurs messages et tenté de me joindre à de nombreuses reprises, mais je n'avais pas la force de lui expliquer la situation. Je m'installe sur un banc à l'extérieur de l'hôpital, sur une toute petite bande de pelouse.

Les larmes me montent aussitôt aux yeux quand son beau visage apparaît sur l'écran.

- Oh ma puce, murmure-t-il. Je suis désolé. Comment va ton grand-père?

- On n'en sait rien pour le moment, réponds-je en reniflant. Il ne s'est toujours pas réveillé alors on attend.

- Qu'en pensent les médecins?

- Ils n'arrêtent pas de nous dire d'attendre, dis-je avec ressentiment.

- Je suis sûr qu'il va se réveiller. Garde espoir.

Je hoche la tête.

- Tu as pu rester avec lui cette nuit?

- Non, c'est Benjamin.

Je vois les yeux de Théo s'écarquiller alors j'ajoute :

444

- Il est très proche de mes grands-parents. Il vit pratiquement avec eux depuis des années.

Je vois qu'il a envie de dire quelque chose mais se retient.

- Qu'est-ce qu'il y a?

- Est-ce que... est-ce que ça va mieux entre vous?

J'ai un léger mouvement de recul à sa question avant de pousser un long soupir.

- Pas vraiment.

Je me mords la lèvre. J'aimerais lui raconter la soirée après le ramassage de bois, la blessure de Benjamin, mais je ne sais pas pourquoi je m'en sens incapable. J'aimerais pourtant tant pouvoir partager cette histoire avec quelqu'un, ne serait-ce que pour qu'elle cesse de me hanter.

- C'est quoi son problème?

- Il a des soucis...

J'ai lâché cette réponse plus sèchement que je ne l'aurais voulu et je suis obligée d'admettre que je l'ai fait dans l'intention de défendre Benjamin. Je m'invective intérieurement.

- Avec son père, tu sais, ajouté-je devant l'air effaré de Théo.

Je commence à me sentir mal à l'aise et m'agite sur mon banc. Je lève les yeux du téléphone et aperçois Benjamin qui vient de sortir du bâtiment. Mon pouls s'accélère.

- Il faut que je te laisse, Théo. Je crois qu'il y a du nouveau.

- Oh, d'accord...

Il a l'air déçu.

- Tiens-moi au courant s'il-te-plaît. Et prends soin de toi.

Je hoche la tête.

- Je t'aime...

- Moi aussi, dis-je rapidement avant de raccrocher, le coeur lourd.

J'observe Benjamin traverser le parking et monter dans son pick-up puis quitter l'enceinte de l'hôpital. Alors je remonte dans la chambre après être passée à la cafétéria m'acheter ce qui ressemble vaguement à un sandwich.

- Du nouveau? demandé-je aussitôt la porte poussée.

Maman secoue la tête.

- Benjamin est parti se changer, m'informe grand-mère.

- Je l'ai vu sortir.

Je me poste vers la fenêtre et scrute
l'extérieur, dépitée. J'ai vraiment cru qu'il y
avait du changement en le voyant partir.

Nous nous organisons pour qu'une
personne passe la nuit avec grand-père puis
nous nous relayons à ses côtés durant la
journée. Benjamin étant déjà resté toute la
nuit puis une grande partie de la journée, je
me propose pour rester la nuit suivante. Puis
maman prend le relai, avant papa. John,
Damian et Joseph passent également chacun
une nuit à l'hôpital. Si les choses ne
semblent pas empirer, il n'y a aucun
changement pendant une dizaine de jours.
Abonné aux pires scénarios, mon cerveau
prévoit déjà la vie entre la ferme et l'hôpital,
les difficiles décisions à prendre si grand-
père ne se réveille pas, le don d'organes, ...
j'ai l'impression de devenir folle tant tout
tourne autour de son état en permanence. Je
ne pense qu'à ça, perds l'appétit et ai de la
peine à dormir, tenue éveillée par l'angoisse,
la culpabilité et la tristesse lorsque je pense à
ce que doit être en train de vivre grand-mère,
elle qui a vécut tout sa vie avec lui. Je ne
sais même plus quoi lui dire pour la
soulager. Elle paraît si forte, effectuant

toutes ses tâches quotidiennes comme si de rien n'était, prévoyant même le retour de grand-père en préparant ses affaires.

Comme il faut bien faire tourner la maison, les garçons gardent leur rythme de travail habituel, papa aux commandes. Vu les circonstances, il a mis entre parenthèses ses projets à Des Moines. De mon côté, je fais ce que je peux, entre les animaux et le *Moose.* J'ai bien envisagé de demander un congé à Ruth, qui me l'aurait accordé sans sourciller, mais maman m'a conseillé de ne pas trop modifier notre quotidien. Sur le moment, je n'ai pas bien compris ce qu'elle voulait dire, mais je saisis maintenant l'avantage de rester occupée. Au moins, quand je suis débordée lors du coup de feu de midi ou du soir, je n'ai pas le temps de penser au pire. Et même si je suis pendue à un hypothétique appel de l'hôpital pour une bonne (ou une mauvaise) nouvelle, je parviens à me concentrer sur autre chose pendant de brefs laps de temps. Au fil des jours, une certaine habitude s'installe, sans toutefois que cette impression d'être suspendue entre deux phases ne s'estompe. Je passe trois nuits à l'hôpital, bercée par le sons des machines auxquels j'ai fini par m'habituer et qui maintenant me rassurent. Souvent, le soir, j'observe longuement la poitrine de grand-père monter et descendre régulièrement, essayant de m'imaginer ce qui peut bien se passer sous ses cheveux gris.

La bonne nouvelle arrive finalement deux semaines après l'accident. Mason, Benjamin, papa, grand-mère et moi sommes attablés dans la salle à manger, soupant en silence. Maman, restée pour la nuit avec lui, appelle un soir à la ferme et nous annonce que grand-père s'est enfin réveillé. A l'annonce de grand-mère, qui nous répète sa conversation après avoir raccroché, je sens littéralement une vague de soulagement parcourir tout le monde. Je vois Benjamin se saisir de son téléphone et appeler John, que j'entends à travers le combiné pousser une exclamation de joie.

Une fois raccroché, il pose son téléphone sur la table et j'aperçois un échange de regard entendu avec Mason, qui affiche un sourire en coin. Intérieurement, je relève que ça doit être la première fois que je décèle une quelconque complicité entre le père et le fils. J'en suis d'autant plus étonnée après leur violente dispute, dont les marques sont pourtant encore bien visibles sur le visage du jeune homme.

La journée du lendemain est consacrée à la préparation de la maison en vue du retour de grand-père. Il est prévu qu'il reste en observation encore une nuit, puis pourra finalement rentrer. Grand-mère s'affaire avec énergie dans toute la maison et je l'aide à tout mettre en place, avant d'aller à l'hôpital avec papa.

Lorsque nous pénétrons dans la chambre, j'ai la gorge nouée. Grand-père, confortablement installé contre une pile de coussins, tourne la tête dans notre direction et nous adresse un sourire chaleureux. Tout le monde est déjà là. Maman discute devant la chambre avec une infirmière et je devine que celle-ci lui transmet quelques informations importantes sur la prise en charge de grand-père à son retour à la maison. A l'intérieur de la pièce, Benjamin se tient debout à côté du lit, la main de grand-père dans la sienne. Ils discutent avec animation avec John, Damian et Joseph. Je m'approche et dépose un baiser sur le front de mon aïeul.

- Ça fait du bien de te voir, grand-père, murmuré-je.

Je le devine surpris de cette marque d'affection, à laquelle il n'est pas très habitué, étant un homme très pudique.

- Moi aussi, répond-il.

En me redressant, je croise le regard de Benjamin et, pour la première fois depuis que je suis arrivée à Brenton, je sens quelque chose de moins inamical dans ses yeux. Miss Prudence m'enjoint à mettre ce soudain élan de sympathie sur le compte du soulagement de revoir grand-père réveillé, alors que j'entends très distinctement Miss Fierté rappeler que même s'il m'offrait des fleurs, cela ne permettrait pas de pardonner son attitude jusqu'à présent. *Jamais*. Je secoue la tête pour faire taire leurs simagrées et m'éloigne du lit pour aller m'enquérir de l'organisation de la suite avec mes parents. Il est donc prévu que grand-père reste encore cette nuit à l'hôpital. D'après les médecins, l'hématome s'est résorbé seul, ce qui était inattendu après autant de temps et au vu de son âge. Il semble par ailleurs n'avoir aucune séquelle de l'accident, même s'il reste faible en raison de la durée de son séjour. Il devra donc rester alité les premiers

451

temps à la maison, mais pourra toutefois effectuer quelques courts déplacements. Il est finalement prévu qu'une infirmière passe à domicile deux fois par semaine le premier mois, puis ensuite nous pourrons envisager un suivi régulier avec le médecin de Brenton, où grand-père devrait pouvoir se rendre, accompagné, d'ici là. Je quitte l'hôpital soulagée comme je ne l'ai plus été depuis des mois, comme si un poids invisible venait de s'envoler de mes épaules. J'informe Théo des derniers développements par message. Même s'il a régulièrement demandé des nouvelles ces deux dernières semaines, j'éprouve toujours beaucoup de difficulté à lui parler de la situation. Probablement parce que l'énoncer à voix haute ou le mettre par écrit rendait les choses trop réelles alors que j'essayais de garder les pieds sur terre dans l'attente du réveil de grand-père. Or, tant que je laissais mon cerveau inventer des scénarios tous plus horribles les uns que les autres sans que personne n'intervienne, je pouvais toujours me cacher derrière l'idée que c'était impossible et que le pire ressortait simplement de mon imagination débordante. En discuter avec quelqu'un de réel, qui validait les possibles conséquences si grand-père avait des séquelles trop importantes ou, pire, ne se réveillait pas, me faisait réaliser que, dans ce cas précis, mon cerveau ne faisait malheureusement pas preuve d'une si grande imagination.

CHAPITRE 22

Les semaines qui suivent, je ne pose plus pied à terre. Sans grand-père pour organiser les journées sur l'exploitation, papa a pris le relais tout en ayant repris ses activités à Des Moines. Le reste du temps, j'essaye d'apporter mon aide aux garçons, même si j'ai bien l'impression que tout tournerait sans problème sans moi, tant ils sont habitués et semblent savoir parfaitement ce qu'ils doivent faire. Toutefois, nos « séances » matinales avant que chacun

454

n'aille vaquer à ses occupations restent des
moments agréables, au cours desquels nous
faisons le point sur ce qu'il y a à faire. Ainsi,
à défaut d'être d'une utilité débordante, je
me tiens au courant et peux ensuite faire un
compte-rendu détaillé à grand-père, qui, s'il
ne peut pas se déplacer autant qu'il le
souhaiterait, n'a rien perdu de son autorité et
de son besoin de diriger la ferme. Et je mets
un point d'honneur à prendre un moment
tous les jours pour lui résumer la journée. En
général, je m'installe alors à côté de lui dans
le salon, où il est enfoncé dans son large
fauteuil, devant la cheminée, et examine les
cahiers de comptes. Dans ces moments, j'ai
à la fois l'impression d'être à nouveau la
petite fille qui écoutait les histoires de son
grand-père, aussi fascinée que devant un
tour de magie, et un membre à part entière
de l'exploitation, quand il me pose des
questions très sérieuses et me conseille sur
certaines tâches. Car avec son impossibilité
de travailler, nous avons dû nous répartir les
différentes tâches et je m'efforce d'y
participer autant que je peux, jonglant avec
les animaux et les services au *Moose*. C'est
d'ailleurs ainsi que je me retrouve un matin
dans la cour, devant John qui me tend de

larges et longs gants noirs en caoutchouc. Je lui lance un regard étonné.

- C'est le grand jour! s'exclame-t-il un sourire aux lèvres.

- Je ne suis pas sûre de comprendre, dis-je, craignant le pire.

- C'est le jour du purin! intervient Damian.

J'ai un mouvement de recul.

- Ce qui signifie?

A ces mots, Benjamin sort de l'étable, une paire de gants similaire à celle que me tend toujours John, dans les mains. Il se dirige vers nous au moment où je réalise quelle sera ma tâche de la journée.

- Il n'y a pas moyen... commencé-je.

Je suis prête à beaucoup de choses pour apporter mon aide et être utile, mais ça...

- Malheureusement, ça ne peut plus vraiment attendre, m'explique John. Ils annoncent le début du gel dans quelques jours. Si on attend trop ce sera beaucoup trop compliqué.

- C'est juste un mauvais moment à passer, ajoute Joseph.

Je hoche la tête, un demi-sourire aux lèvres. Je comprends qu'ils sont tous passés par là à un moment donné ou à un autre.

456

Alors, résignée, je m'empare de la paire de gants avec un air faussement agacé. Puis je réalise que je vais devoir travailler avec Benjamin et ma nouvelle motivation retombe instantanément. Je ne suis d'ailleurs pas étonnée de constater que la perspective de ramasser des tonnes de déjections animales en ma compagnie n'enchante pas tellement plus mon voisin.

Les garçons nous saluent, nous souhaitant bonne chance avec des gloussements. Joseph assène une tape amicale dans le dos de Benjamin alors que celui-ci enfile ses gants lentement, l'air morose, égal à lui-même.

Puis il se retourne sans rien dire et se dirige vers l'étable, d'où il ressort avec deux larges pelles plates. Je le rejoins à pas rapides et nous faisons le tour de l'étable, pour nous retrouver à l'arrière, devant le haut tas de purin fumant et odorant, avec lequel nous allons passer les prochaines heures. Et dire que j'ai passé tellement de temps ces derniers mois à soigneusement entasser, quotidiennement, tout le purin à cet endroit. Si j'avais su...

Toujours sans rien dire, Benjamin rebrousse chemin et traverse la cour. Je le

457

suis des yeux pendant qu'il ouvre la porte du garage, où est parqué le tracteur, et qu'il monte dans la cabine et le sort. Au volant, il manœuvre le véhicule jusqu'à l'étable puis en descend avant d'ouvrir en grand les portes de cette dernière. C'est alors que je me décide à aller voir s'il a besoin d'un coup de main, même si je me doute bien qu'il ne me demandera rien. En faisant le tour de l'étable je me retrouve nez à nez avec lui qui tire avec grand peine un épandeur à purin. Je m'approche et me saisis de la barre de l'autre côté pour l'aider à la tirer jusqu'au tracteur. Il m'adresse à peine un regard mais ne me demande pas d'aller voir ailleurs, c'est déjà ça. Instinctivement, je jette un coup d'œil à son bras blessé. Je devine sous la manche de sa chemise retroussée à mi-bras qu'il porte encore un bandage. Pas étonnant vu la gravité de la plaie. A mon grand agacement, j'entends Miss Empathie espérer qu'il la nettoie régulièrement et change le pansement. Je ne peux m'empêcher de soupirer en levant les yeux au ciel avant de me reprendre.

La remorque amarrée au tracteur, Benjamin remonte à l'intérieur et refait le tour de l'étable pour retourner devant le tas de purin. La reste de la matinée est consacrée à un nombre incalculable d'aller-retours entre le tas et l'épandeur, dans lequel nous transvasons le purin à l'aide des pelles. Nous travaillons dans le silence, mais ce n'est pas comme si nous avions pour habitude de discuter de tout et de rien. Pour passer le temps et ne pas être trop obnubilée par l'activité, j'essaye de fixer mes pensées sur autre chose. Au bout d'un moment, j'ai quand même l'impression que Benjamin souffre et j'ose proposer que l'on s'arrête quelques instants. Je file chercher quelque chose à boire à la maison. Lorsque je le rejoins, Benjamin est en train de relever prudemment la manche sur son bras blessé, une grimace sur le visage. Je désigne le pansement d'un signe de tête en lui tendant une canette de soda.

- Est-ce que ça cicatrise bien?

Il lève des yeux étonnés vers moi avant de les baisser vers son bras.

- Hum... maugrée-t-il.

J'hésite un long moment avant d'ajouter :

- Je peux regarder si tu veux.

Il a un mouvement de recul alors que je n'ai fait aucun pas dans sa direction. Sa réaction est suffisamment claire pour que je n'insiste pas.

- On devrait s'y remettre, il en reste encore pas mal, fait-il remarquer, sur un ton toutefois quelque peu adouci.

Je hoche la tête sans rien dire. Miss Fierté m'invective comme une furie d'avoir même proposé mon aide, répétant à qui veut l'entendre, en l'occurrence ses camarades, que je suis irrécupérable.

Si j'ai l'impression que la taille du tas de purin ne diminue jamais malgré les pelletées que l'on jette dans l'épandeur, il finit par ne rester plus que quelques tas épars que l'on rassemble en raclant le sol à l'aide des pelles. Je vois les épaules de Benjamin s'affaisser de soulagement au moment où il projette les derniers restes dans la remorque et qu'il pose sa pelle contre le mur de l'étable. Je l'imite en ôtant avec bonheur mes gants. A l'intérieur, mes mains sont légèrement fripées à cause du froid et de l'humidité et elles ont une odeur peu ragoûtante de caoutchouc. Je les sens en grimaçant avant de me les frotter contre mon jean sous le regard amusé de Benjamin. Alors que je lui lance un regard que j'essaye d'être aussi mauvais que possible pour qu'il

460

comprenne que je goûte peu à ses moqueries, je remarque qu'il grimace encore légèrement en se tenant l'avant-bras.

- Et maintenant? finis-je par demander.

- On va déverser le purin sur un champ.

Je jette un coup d'œil à mon téléphone et je suis sur le point de protester et demander à ce que l'on mange avant d'y aller quand j'entends grand-mère.

- Les enfants!

Nous nous détachons du mur de l'étable et rejoignons la maison. Grand-mère nous appelle depuis le seuil. A peine nous aperçoit-elle qu'elle nous invite à entrer pour manger quelque chose. Dans la cuisine, grand-père est assis devant l'îlot central et mange une soupe. Benjamin se dirige immédiatement vers lui et lui pose une main sur l'épaule.

- Ça va mon garçon, ça va, l'informe grand-père en faisant un geste de la main.

- Installez-vous les enfants, ordonne grand-mère en posant deux assiettes creuses pleines de soupe sur l'îlot.

Nous obéissons, moi avec envie, tant il règne une délicieuse odeur dans toute la maison, contrastant avec force avec l'odeur

461

du purin que nous avons dû supporter toute la matinée. Et j'ai une faim de loup.

- Vous avez bien travaillé ce matin! Quelle efficacité.

- C'est plus rapide à deux, n'est-ce pas? lance grand-père à l'attention de Benjamin.

Ce dernier hoche la tête et son regard croise le mien avant qu'il ne baisse les yeux sur son assiette. Il termine rapidement sa soupe avant de se mettre à discuter avec grand-père. J'en profite pour aller m'installer dans le salon, où je plonge dans le large fauteuil. J'ai les jambes lourdes et les mains douloureuses. Grand-mère a allumé la radio et j'entends du jazz envahir la pièce doucement. Mais tout à coup, l'ambiance me replonge dans la soirée d'il y a quelques semaines et les images de Benjamin blessé me reviennent avec force, à tel point que je dois fermer les yeux. Puis un autre sentiment, de l'agacement cette fois, apporte avec lui une boule dans mon estomac. Je m'en veux de me sentir aussi affectée par ce qu'il s'est passé alors que le principal intéressé fait preuve d'une antipathie sans nom à mon égard. Et cette fois je n'ai pas besoin de l'une de mes Miss pour me faire des reproches. Alors pour faire passer ma colère, je finis par me lever et retourner à la cuisine.

- Il faut qu'on y retourne, déclaré-je en interrompant Benjamin et grand-père dans leur conciliabule.

Ils lèvent des yeux étonnés dans ma direction tant ils sont inhabitués à ce que je prenne une quelconque décision s'agissant du travail à la ferme. Mais Benjamin obtempère et se lève. Il me passe devant en me lançant un regard appuyé puis je le suis à l'extérieur.

Il prend le volant du tracteur et je monte côté passager, puis nous nous dirigeons vers le champ situé en face de l'exploitation, de l'autre côté de la route. C'est une première pour moi et je découvre avec un certain intérêt une partie importante du travail des champs, même si cette découverte aura eu un certain coût, dont je me serais volontiers passée. Arrivé à l'entrée du champ, Benjamin commence à effectuer des aller-retour en ligne droite, après avoir préalablement soulevé l'avant de la remorque à l'aide de deux vérins hydrauliques, permettant ainsi au purin de s'étendre au fur et à mesure de notre avancée. Étonnement fascinée, je me penche à la vitre et observe le fruit de notre travail tomber au sol. Il nous faut bien moins longtemps pour vider la remorque qu'il nous en a fallu pour la remplir. A la fin, Benjamin arrête le moteur au bout du champ et en descend. Il attrape une pelle qu'il a emportée et fait le tour du véhicule. Je descends derrière lui et l'interroge du regard.

- Il faut racler le reste du purin.

Sans attendre qu'il ajoute quoi que ce soit, j'escalade la remorque en montant sur la roue arrière. Puis je me retourne et tends la main pour qu'il m'envoie la pelle. Il soupire mais obéit. Je commence alors à racler le sol de la remorque en partant du fond et en reculant progressivement jusqu'au bord. J'ai mal aux bras depuis ce matin, mais j'ai maintenant envie d'en finir au plus vite et d'aller prendre une douche. Mes pensées sont toutes dirigées vers ce projet séduisant et je ne remarque pas que je suis arrivée au bout de la plateforme. Soudain, mon talon bute contre le rebord et je sens tout mon corps partir en arrière. Je lâche la pelle et agite les bras, tentant de me rattraper à quelque chose mais ils ne rencontrent que le vide. J'entends une exclamation de surprise dans mon dos. Je parviens à me retourner et

464

me retrouve en une fraction de seconde au sol où j'atterris lourdement... dans le purin que nous venons d'étendre.

J'ai les genoux douloureux et les mains enfoncées dans la bouse jusqu'aux poignets. Je ne pourrais pas être plus dégoûtée qu'à ce moment précis, à tel point que je reste un instant immobile, les paupières serrées, espérant que ça ne soit pas réellement arrivé. Malheureusement, quand j'ouvre à nouveau les yeux, je suis toujours étendue sur une masse de déjections animales mélangées à de la paille humide. Et maintenant j'ai froid. Je sens une main se resserrer sur mon bras et me tirer vers le haut avec une facilité déconcertante.

- Est-ce que ça va?

Je suis presque surprise par une telle sollicitude mais trop dégoûtée et humiliée pour réfléchir plus longuement sur le sujet.

- Hum, marmonné-je.

J'examine mon pantalon et mon pull, couverts de la masse brunâtre, humide et odorante.

- Viens, il faut te changer.

Nous montons dans le tracteur et rejoignons la ferme. Je loue toutes les forces de l'univers que nous ayons dû étendre le

465

purin dans le champ juste en face de la ferme. Cette fois, je ne prends même pas le temps d'aider Benjamin à ranger le tracteur et l'épandeur et je me précipite à la maison pour me nettoyer et me changer. Je m'enfile dans la salle de bain du rez-de-chaussée et me déleste, non sans grimacer de dégoût, de mon pull. Je suis si bien tombée que le purin a traversé le tissu et j'ai maintenant une tâche peu ragoûtante sur mon t-shirt, à la hauteur de ma poitrine. Je le retire également et me saisi d'un gant de toilette que j'humidifie et me passe sur la peau pour tenter d'enlever toute la crasse avant qu'elle ne sèche. En passant le gant sur mes bras je sers les dents, mes coudes sont tout éraflés. Je tamponne délicatement la zone pour essayer d'enlever le maximum de boue. Quand j'estime avoir suffisamment frotté, je me retourne pour attraper un linge quand mes yeux croisent ceux de Benjamin. Dans ma précipitation, je n'ai pas fermé la porte de la salle de bain et, trop préoccupée pour y prêter attention, je n'ai pas entendu la porte d'entrée s'ouvrir. Je tiens le linge devant moi d'une main mais suis complètement découverte, à l'exception de mon soutien-gorge. Sur le moment, je suis trop surprise

466

pour réagir puis, d'un seul mouvement, Benjamin se détourne et je remonte le linge jusqu'à mes épaules. Je reste quelques secondes interdite. Mon coeur bat vite, trop vite. Puis je secoue la tête, passe le linge autour de mon torse en le coinçant sous mes aisselles, ramasse mes habits sales et monte dans ma chambre sans même regarder si Benjamin est dans la cuisine.

Plus tard, je raconte ma mésaventure à Théo, sans toutefois parler de cet épisode. Je suis par contre très étonnée car Benjamin semble ne pas avoir décrit ma chute spectaculaire aux garçons, qui ne m'en parlent pas le soir au repas. Mes mini Miss débattent longuement sur les raisons de son silence, allant de l'indifférence totale à un respect envers ma personne, mais je balaie toutes leurs théories, souhaitant juste mettre derrière moi ce fâcheux incident. Une chose est sûre, je ne regarde plus le tas de purin de la même manière depuis...

CHAPITRE 23

« Can we, can we surrender?
Can we, can we surrender?
I surrender
No one will win this time
I just want you back. »
Surrender - Natalie Taylor

Comme si je ne l'avais pas vu venir, je dois admettre que l'hiver approche alors que, sortant du *Moose* à la fin de mon service un soir en milieu de semaine, je ressens une bouffée d'air froid m'envahir. J'accroche mon casque et enfourche mon vélo, espérant que le fait de pédaler jusqu'à la ferme pourra au moins me réchauffer. Tout en roulant, je me répète pour ne pas oublier de chercher dans les cartons que je n'ai toujours pas défaits - dernier signe de rébellion contre notre emménagement en Iowa sans doute - un bonnet, une écharpe et des gants. A défaut, je risque de geler à mi-chemin lorsque je devrai faire la fermeture du café. Ce serait quand même trop bête que je finisse sur une petite route de campagne, arrêtée en pleine course par le froid. J'en finis par inventer une chansonnette que je chante à voix haute dans la pénombre de la fin de journée. Peu avant de tourner pour m'engager sur le chemin de gravier menant à la ferme, je scrute le ciel et réalise que d'ici à peine quelques jours, que je ferme le bar ou parte avant, je rentrerai dans le noir. Et le froid très certainement. Si seulement j'avais une voiture. Même une voiturette ferait l'affaire. Un tout petit véhicule fermé. Je suis plongée dans ces réflexions lorsque j'arrive dans la cour. Sous le grand chêne, je suis surprise de découvrir tout le monde rassemblé. Même grand-père est dehors, appuyé sur une canne. Je contourne le groupe et dépose mon vélo contre le mur de la maison puis les rejoins. Ils ont tous l'air soucieux alors je commence à m'inquiéter.

- Qu'est-ce qu'il se passe?

Tout le monde se tourne vers moi en un seul mouvement.

- Les chèvres, commence maman.

- Le troupeau a réussi à sortir de l'enclos, poursuit John en avançant vers moi.

- Oh non...

Je porte la main à ma bouche.

- Mais il commence à faire beaucoup trop froid pour qu'elles restent dehors toute la nuit!

- C'est bien ça le problème, ajoute Damian.

- On va partir à leur recherche, finit papa.

Puis ils reprennent leur conversation là où je les ai interrompus en arrivant. Il est question de se séparer en plusieurs groupes afin de couvrir une plus grande surface. D'après Joseph, elles ne peuvent pas être bien loin. Mason estime qu'elles ont dû simplement s'éparpiller dans le bois et qu'en le ratissant bien on devrait les retrouver rapidement. Chacun y va de sa théorie. Moi je n'en ai aucune. En revanche, une grosse boule s'est formée dans ma gorge. Je m'occupe de ces chèvres depuis des mois maintenant, tous les matins. Je leur parle, j'ai noué avec chacune d'entre elles une relation spéciale et l'idée qu'elles soient quelque part dans le froid toute la nuit, avec tous les risques que cela comporte, surtout pour les plus jeunes, me plonge dans une profonde angoisse. D'un coup, j'en oublie la fatigue de la journée et me prépare à aller les chercher toute la nuit s'il le faut. Je me précipite à la maison et monte l'escalier en courant, puis saute sur les cartons que j'ai laissés dans un coin. Je passe rapidement en revue les inscriptions sur les côtés, jusqu'à ce que je tombe sur celui portant la mention « *affaires d'hiver* ». J'arrache le scotch qui tenait encore les battants fermés et farfouille dedans. J'en sors un bonnet, un tour de cou et des gants, puis redescends avec mon nouvel équipement, plus adapté pour des recherches nocturnes.

Les groupes ont été apparemment formés en mon absence puisque John et Damian ne sont plus là. Mason et Joseph sont sur le point de partir et se dirigent vers la colline à la balançoire.

- Tu restes ici avec Benjamin, m'annonce papa.

- Quoi?

Je suis stupéfaite et un coup d'œil vers Benjamin m'informe qu'il n'est pas plus d'accord avec ce plan que moi.

- Hors de question, proteste-t-il d'ailleurs.

Papa le regarde surpris.

- Je connais bien le terrain, argumente le jeune homme.

- Je sais, intervient maman, allez à la bergerie.

- C'est une très bonne idée Juliette, ajoute grand-mère. Il est très probable qu'elles finissent par y retourner d'elles-mêmes.

Aucun son ne sort de ma bouche tant je suis estomaquée qu'ils puissent ainsi discuter de ce que nous devrions faire comme si nous n'étions même pas là. Je suis sur le point de les envoyer paître mais papa lève la main devant moi.

- Ne discute pas Luna. Nous avons besoin de vous là-bas, point.

- Allez mon garçon, ajoute grand-père à l'attention de Benjamin, sur un ton nettement moins désagréable que celui que papa adopte avec moi.

Je comprends que nous avons perdu la partie quand je vois les épaules de Benjamin s'affaisser en signe d'abandon. Sans rien dire, il se retourne et prend le chemin de la bergerie. A quelques pas derrière lui, je le suis en silence. César, qui a senti toute l'agitation régnant à la ferme, se précipite vers nous et se met à trotter à côté de son maître, qui pose une main affectueuse sur sa tête.

472

Instinctivement, j'accélère le pas lorsque nous atteignons l'orée du petit bois, peu rassurée à l'idée de marcher seule dans la forêt. Je n'y vois pas grand chose mais aperçois néanmoins la silhouette de Benjamin devant moi. Alors j'essaye de me concentrer dessus jusqu'à ce que nous atteignons la petite clairière et la bergerie. Là, la percée dans les arbres laisse pénétrer la faible lueur de la lune. Du coup, j'y vois certes plus clair, mais la lumière grisâtre n'a rien pour me rassurer. En plus de sa couleur, sa pâleur dessine des ombres sur les troncs d'arbre, dont la moindre aspérité se transforme alors en des silhouettes difformes et inquiétantes. Alors que je regarde dans toutes les directions, non pas pour tenter d'apercevoir les chèvres mais plutôt parce que j'ai de plus en plus de peine à contrôler mon cerveau à l'imagination débordante qui voit dans les environs ce qui pourrait s'apparenter à une forêt hantée plus qu'à un simple petit bosquet gentillet, je remarque que Benjamin s'est assis sur les rondins de bois placés autour du foyer où les garçons allument des feux l'été. Après un instant d'hésitation, je l'imite et m'installe à côté de lui, laissant un rondin entre nous. On ne sait

473

jamais... Nous restons assis ainsi silencieusement pendant un temps interminable. Si je ne regardais pas régulièrement mon téléphone je pourrais parier que nous y passons la nuit entière. Au fur et à mesure que le temps passe, des nuages viennent obscurcir plus encore le ciel et dissimuler la lune, notre seule source de lumière, plongeant ainsi les alentours dans le noir et moi dans un état de panique grandissant. Je dois me faire violence pour ne pas sursauter à chaque craquement.

Je scrute les ténèbres si fort que j'ai l'impression que mes yeux pourraient s'extraire de leurs orbites. Et je ne vois rien. Toujours rien. L'air chaud s'échappe de ma bouche et se transforme en fumée. Je grelotte et souffle dans mes mains pour tenter de les réchauffer. J'ai de plus en plus l'impression qu'on nous a fichus là dans un coin sans vraiment avoir besoin de nous pour retrouver les chèvres. Et plus je me concentre sur cette idée, plus elle s'impose à moi et m'énerve. Au moins, quand je suis énervée, j'ai moins de place pour avoir peur. Je sens la colère monter à tel point que je ne peux m'empêcher de lâcher :

- Qu'est-ce que j'en ai marre d'être là !

- Je ne suis pas plus heureux que toi, rétorque Benjamin sur un ton agacé.

Je ne le regarde même pas. J'aimerais tant parvenir à faire comme s'il n'était tout simplement pas là, mais je me connais et je ne peux m'empêcher de prétexter :

- En même temps toi tu n'as rien d'autre à faire et nulle part où aller !

Je ne suis même pas sûre de vraiment penser ce que je viens de dire mais je suis bien trop énervée pour tenter de réfléchir à ça.

- Quoi ?

Il est énervé. Ça y est, j'ai réveillé la bête.

- Parce que tu crois que je n'ai que ça à faire de me les geler à côté de toi toute la soirée ?

- Arrête, tu n'es jamais sorti de ce trou !

C'est fou parce qu'une partie de mon cerveau sait très bien que je dis n'importe quoi mais l'autre, celle dirigée par la colère à ce moment précis, n'en n'a rien à faire et cherche juste à taper là où ça fait mal. J'entends Benjamin respirer avec une telle force que je me demande s'il ne va pas me frapper. Je le regarde avec méfiance, m'attendant à ce qu'il explose. Je l'ai vu faire et cela n'est pas pour me rassurer.

- Mais tu crois quoi ? Moi aussi j'avais une vie avant ! Moi aussi j'ai dû tout lâcher quand ma mère s'est barrée !

Il a presque craché les derniers mots. Je sens que je l'ai touché, mais je ne suis pas prête à reconnaître que je ne m'attendais pas à ça. Je le regarde maintenant du coin de l'œil, sans trop savoir quoi dire. Au fond de moi, je sais tout de même que c'est à moi de désamorcer la bombe que je viens de poser.

- Je ne savais pas, dis-je alors un peu sèchement.

Le silence s'installe à nouveau mais j'ai l'impression que la situation s'est détendue quelque peu. Je l'entends toujours soupirer, à plusieurs reprises, comme s'il se préparait à dire quelque chose avant de se raviser. Et je suis surprise de l'entendre :

- Je suis désolé pour le purin.

Ses excuses me prennent de court et je reste bouche bée quelques secondes. Puis je sens monter en moi un gloussement que j'ai peine à réprimer.

- C'était une première.

Je rigole à présent. Il me regarde un peu surpris à son tour et lâche, le sourire aux lèvres :

- On n'aurait pas dit !

Je feins d'être scandalisée par ses propos et le pousse à l'épaule. Nous éclatons tout à coup de rire. Et je ne parviens pas à m'arrêter. Et cette sensation est incroyable. Comme des millions de bulles qui explosent dans mon ventre. Je ne sais même plus quand est-ce que j'ai ri ainsi pour la dernière fois. Quand j'arrive enfin à reprendre ma respiration, je m'essuie les yeux et lui tends la main :

- Amis ?

Il regarde ma main un instant, interdit, avant de la serrer, un sourire en coin.

- Amis.

Il garde ma main dans la sienne un peu plus longtemps que nécessaire alors que nos regards se croisent. Quelque chose brille dans ses yeux clairs. Puis il finit par la lâcher, l'air gêné. Je cherche quelque chose à dire, n'importe quoi, pour ne pas perdre cet instant mais au moment où je vais dire la chose la moins intéressante qui soit, nous entendons des voix.

- Benjamin!

- C'est John, constate mon voisin.

Il y a un petit quelque chose dans sa voix qui me fait penser qu'il est déçu mais je chasse cette idée et me lève en même temps que lui. Nous scrutons l'orée du bois, en direction de la ferme, d'où proviennent des bruits de pas.

- Luna?
- On est là!

John apparaît sur le chemin.

- On les a retrouvées.

Je jette un coup d'œil en direction de Benjamin au moment où il lâche un long soupir et je vois ses épaules s'affaisser. Il semble sincèrement soulagé.

- Super. Où est-ce qu'elles étaient?
- Le long de la rivière. On va les laisser dans l'étable pour ce soir. La barrière de la bergerie doit être abîmée quelque part pour qu'elles aient pu sortir. Il faut la réparer avant de les y laisser à nouveau.

Nous regagnons la ferme en silence. Il est tard, je suis gelée, mais soulagée. Et je me sens plus légère. Une fois dans mon lit, je reste un long moment les yeux grands ouverts malgré la fatigue. Je scrute le ciel à travers le velux, repassant encore et encore les événements de la soirée. Inévitablement,

478

mes pensées remontent jusqu'à mon arrivée et les mois qui se sont écoulés et j'ai de la peine à réaliser le chemin parcouru. Mais j'ai l'impression que ce soir marque le début de quelque chose. C'est encore assez diffus mais je le sens vraiment. Avec l'envol du poids qui semblait me peser douloureusement sur le coeur. Et cette poignée de mains qui semble en dire beaucoup plus long que les quelques mots échangés.

REMERCIEMENTS

Ça y est, c'est fait. Mon premier livre. Son écriture et sa publication représentent l'un de mes plus vieux rêves. Avec le fait d'aller sur la lune. On verra plus tard pour ça...

J'aimerais profiter de cette occasion pour remercier tout ceux qui, de près ou de loin, ont contribué à cet accomplissement si significatif pour moi :

Merci S. pour ton indéfectible soutien. Et pour être si persuadé que j'ai du talent et que je peux réussir, même quand je n'en suis pas sûre.

Merci à mes lumières. Juste parce que tout ça n'aurait aucun sens si vous n'étiez pas là avec moi.

Merci ma famille, mes parents, mes sœurs et mon frère. Pour les discussions passionnées sur tous les livres que vous lisez en permanence, pour m'avoir donné le goût de lire, pour avoir été les premiers lecteurs de mes tout premiers écrits.

Merci L., « Bécasse », pour les débats sans fin et des fois sans queue ni tête, mais qui font tous d'une manière ou d'une autre avancer ma réflexion et mon imagination. Rendez-vous à l'EMS.

Je ne dis *pas* merci à Marie-Jo et Alessandra. Grâce à qui ce livre n'est pas juste un pavé indigeste mais une trilogie. *Pas* merci de m'avoir fait douter avant de le regretter amèrement :-)

Et finalement merci à toi lecteur. J'espère que tu auras pris autant de plaisir à lire le début des aventures de Luna et Ben que j'en ai pris à les écrire. Et j'espère que tu les auras trouvés aussi attachants que moi. Merci d'avoir choisi ce livre pour t'accompagner un petit bout de chemin.

Printed in Poland
by Amazon Fulfillment
Poland Sp. z o.o., Wrocław